日本橋の桃青

――若き芭蕉がゆく

松浦　節
matsuura takashi

郁朋社

日本橋の桃青——若き芭蕉がゆく／目次

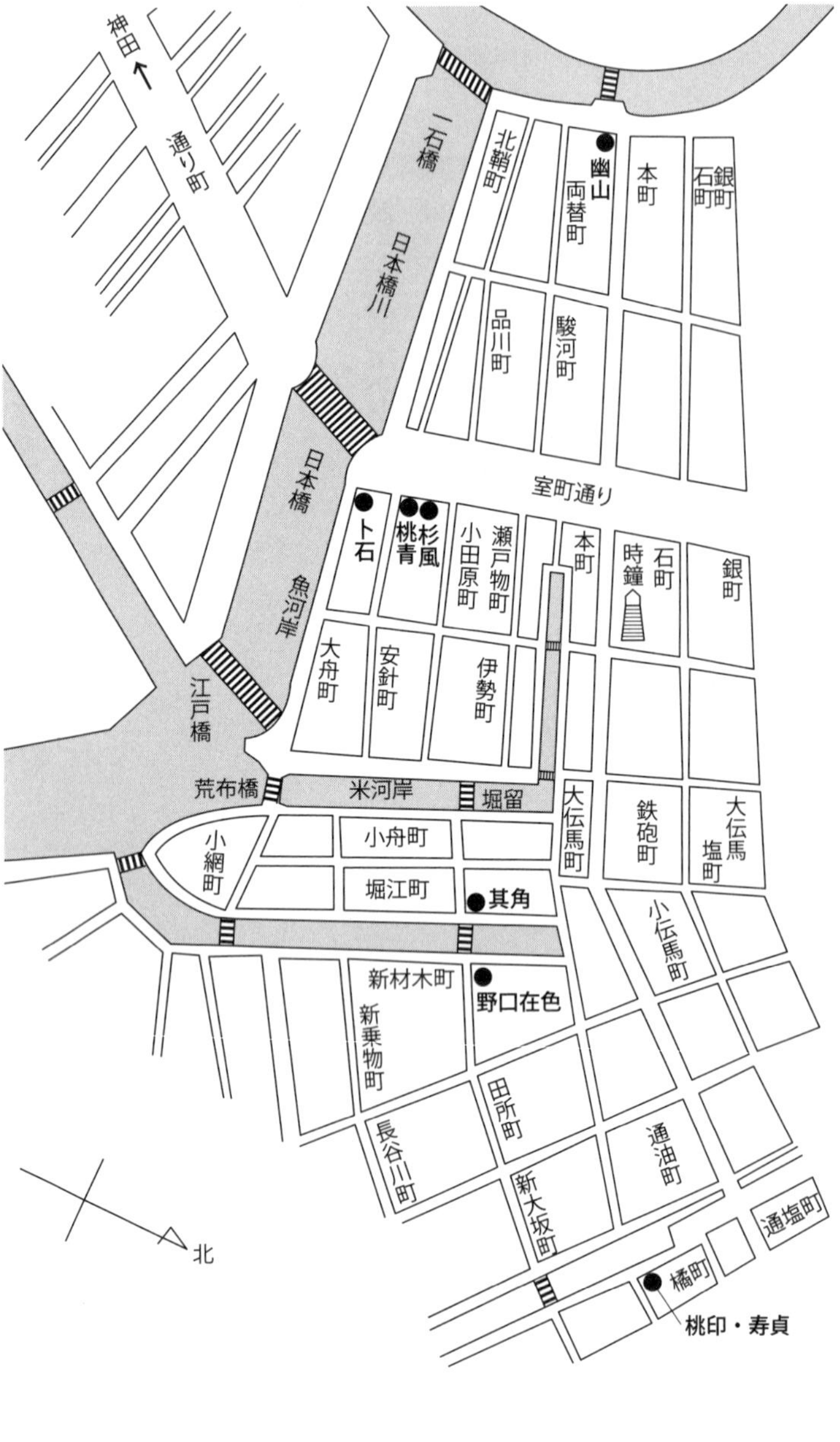
神田
通り町
一石橋
日本橋川
北鞘町
幽山
両替町
本町
石町
銀町
品川町
駿河町
室町通り
日本橋
卜石
桃青
杉風
小田原町
瀬戸物町
本町
時鐘
石町
銀町
魚河岸
大舟町
安針町
伊勢町
江戸橋
荒布橋
米河岸
堀留
大伝馬町
鉄砲町
大伝馬塩町
小網町
小舟町
堀江町
其角
小伝馬町
新材木町
野口在色
新乗物町
田所町
長谷川町
通油町
新大坂町
通塩町
橘町
桃印・寿貞
北

日本橋の桃青

――若き芭蕉がゆく

第一章　与左衛門

納戸《なんど》で寝ている父が、はげしく咳《せ》きこむのを聞きつけ、金作は眼をさました。

父は布団を持ちこみ食事も運ばせて夜おそくまで書きものをする。「手跡指南《しゅせきしなん》」の教材づくりではなく、今は杜甫《とほ》と李白《りはく》を調べており、巻紙《まきがみ》に年号、詩の題、地図などを、次々と書きこんでいくようだ。金作は家族とともに奥の部屋で寝ている。

父は通《とお》し土間《どま》から裏口を出て、溝《みぞ》の流れに向かってまた咳きこむ気配《けはい》だ。金作は跳《は》ね起きて裏へ向かう。明け方の薄青い冷《ひ》えこみ、その中に浮かぶ父の背中。

「父上、どうした。何か吐《は》いたのっ」

「何も吐きはせぬ。気づかい、ない」

笑《え》みを浮かべ優しく手を延《の》べて金作を押しもどすが、顔は青白く、息づかいも荒い。

——去年、畑で倒れた。父は四十九。こんなに寝不足《ねぶそく》をして、ほんとにだいじょうぶなのか。

裏の溝まで駆けて行ったのは、よほどの吐き気があったからだ。

鳩尾《みぞおち》が寒くなるのをこらえて、金作は着替《きが》えをする。

松尾金作の家は伊賀上野城《いがうえのじょう》の東、赤坂《あかさか》の農人町《のうにんちょう》にある。呼名《よびな》のとおり農民だけが集まって暮らす、坂の上の一画《いっかく》である。

十一歳の金作は朝食のあと表《おもて》の八畳間《はちじょうま》を箒《ほうき》で掃く。父の身体《からだ》に気がかりな兆《きざ》しがあらわれたというのに、ここは夏の爽《さわ》やかな空気が流れ、あまりにも明るい。表通《おもてどお》りに面《めん》した格子《こうし》越《ご》しに朝日が障子《しょうじ》いっぱいに射《さ》して、まぶしいほどだ。

正面の壁に、おとつい手習《てなら》いした「卯月朔日《うづきついたち》」の文字が貼《は》ってある。

金作は唇《くちびる》をかんで、父与左衛門《よざえもん》の机を正面《しょうめん》に据《す》えなおす。それから大きな銅《どう》の香炉《こうろ》を机の上に置く。その横に、水を入れた景徳鎮《けいとくちん》の水滴《すいてき》を置く。

父は納戸で支度《したく》をしている。覗《のぞ》きこんで顔を見たいが、ぐっと踏みとどまる。

やがて、道を駆けてくる二人の足音が聞こえてきた。

通《とお》し土間《どま》に勢いよく入ってきたのは長吉《ちょうきち》と、少しおくれてお初《はつ》であった。

「おはようございます」

叫ぶように挨拶《あいさつ》する長吉のうしろに立って、お初は肩を泳がせ、はあはあ息をととのえており、まだ声も出ない。納戸《なんど》から姿は見えぬが、父の太い声が答える。

「おはよう」

お初は金作を上目《うわめ》に見て唾《つば》を呑みこみ、やっとおはようございますを言う。

「追っかけっこ？」

金作がたずねると、

「ぜったい、しくじるって。長吉さんがおどかすんだもの」

一気《いっき》に声が出て、赤い頬をふくらませ金作のほうに突《つ》っかかってくる。

「しくじるって、何を」

「それは、あとのおたのしみ」

にやりと笑って長吉がさえぎった。

長吉はずんぐりした躰《からだ》つきで顔も丸いが、やることはすばしっこい。伊賀上野の二之町《にのまち》通りで鍋《なべ》・釜《かま》、桶《おけ》・笊《ざる》などをあきなう荒物《あらもの》屋の長男である。三年前から「松尾塾」にかよい、最年長《さいねんちょう》の十三で頼《たよ》りにされ、みなの面倒《めんどう》をみる。

お初は十歳の少女だが髪を高く束《たば》ねた働き者で、新たな発見に出合うたびに目を大きく瞠《みは》って感心する明るい子である。長吉の家と同じ通りに住む菅笠《すげがさ》屋の娘で、長吉に連れられて塾を見学にあらわれ、今年《ことし》二月、父親同伴《どうはん》で入門してきた。

二人は隅《すみ》に寄せてある自分の文机《ふづくえ》をひっぱり出し、師匠の机から水滴を取ってきて、硯《すずり》に水を垂《た》らし墨《すみ》を磨《す》りはじめた。机は入門のとき持参《じさん》した小さな坐《すわ》り机《づくえ》である。

机の上には与左衛門が「実語教《じつごきょう》」「童子教《どうじきょう》」などから抜粋《ばっすい》して書き与えた習字《しゅうじ》の手本を開いている。平安・鎌倉の古人《こじん》も練習した詩句《しく》だという。

「人学《ひと》ばざれば智無《ちな》し（人不学無智）、智無きを愚人《ぐじん》とす（無智為愚人）」

金作も長吉のとなりに机を並べて、大きな楷書の文字を見ながら墨を磨った。

習字のあとには暗誦《あんしょう》がある。これは与左衛門が自習《じしゅう》用に名文を選び「名文真宝《めいぶんしんぽう》」と名《な》づけて持たせている草紙《そうし》をもちいる。

「暗誦します」と名のり出た者は草紙を伏せて、おぼえてきた漢詩文《かんしぶん》を唱《とな》える。つっかえることなく唱え終われば、草紙に「暗誦」の印《いん》を捺《お》し、日付《ひづけ》を朱書《しゅしょ》してもらえるのだ。

長吉が金作のほうに身をかたむけ、鼻をうごめかして言う。

「お初ちゃんは、きょう、杜甫《とほ》をやるんだ」

——ぜったい、しくじるとは、このことか。いまもお初が眼をつむったまま顔を挙《あ》げ、口の中でもごもご呟《つぶや》いているのは、詩句をそらんじているのだ。

「杜甫の何をやる」

たずねると、長吉が金作の耳もとでささやく。

「絶句二首《ぜっくにしゅ》」

「ああ、あれ。江碧《こうみどり》にして……」

「言わないでっ」

お初が長吉のむこうから、まんまるに眼をひらいて金作をにらんだ。

「おはようございます」

そのとき紙屋《かみや》の息子、十二歳の文平《ぶんぺい》が土間に駆けこんできた。いそいで金作の横に机を並べる。

松尾塾に学ぶ弟子《でし》は、金作をふくめてこの四人である。

去年まで八人いた弟子が、次々とやめていった。

――伊賀の国は凶作《きようさく》が続いており、去年（承応三年一六五四）は牛の疫病《えきびよう》が流行《はや》って農耕《のうこう》の牛まで斃《たお》れ、食うものも乏《とぼ》しくなった。手習いどころではないのだ。

このようなとき、ことしお初が入門してきたのは、奇跡《きせき》だと金作は思う。

お初は母を亡くしている。父が菅笠造《すげがさづく》りで十五の兄は父に菅笠を習いつつ竹籠《たけかご》も編《あ》む。お初はよく締まった草鞋《わらじ》を編む。この菅笠・竹籠・草鞋を長吉の荒物屋に置いてもらうと、お初の草鞋がいちばんよく売れる。

家事をまかなっている姉がお初の熱意に負けて、塾へ行くことを許してくれたのだ。

束脩《そくしゆう》（月謝《げつしや》）は菅笠四つと草鞋十足《じつそく》であった。


松尾家は「郷士《ごうし》」と呼ばれて名字帯刀《みようじたいとう》をゆるされる身分《みぶん》だが、家計《かけい》は苦しい。水田《すいでん》を持つ本百姓《ほんびやくしよう》ではなく、一反《いつたん》（約992㎡）ほどの畑作《はたさく》と、一日おきに開く与左衛門の手跡指南が家計の支《ささ》えであった。六人の子に嫂《あによめ》を加えて九人家族である。

金作は松尾家の次男であり、兄半左衛門《はんざえもん》と母の梅《うめ》はいま畑に出ている。ほかに一人の姉と三人の妹がいる。

父与左衛門は伊賀の土豪「柘植《つげ》七党」の一つ福地家の出である。織田信長による老若《ろうにやく》男女皆殺《みなごろ》しの「天正伊賀の乱」では信長軍と戦って破れ、郷士《ごうし》となって柘植に帰農した。そして慶長十三年（一六〇八）、藤堂高虎《とうどうたかとら》が伊勢・伊賀両国の領主として移ってきたとき、伊賀上野に出て「無《む》足人《そくにん》」の身分となった。

無足人とは筒井氏が始めた制度であるが、藤堂高虎は郷士たちの反抗心を懐柔するためにこの制度を利用した。無足人を「藩士に準ずる身分」と認め、農民の上に立つ階層として名字帯刀《みようじたいとう》を許し、禄《ろく》（俸給）は与えぬが、有事の際には藩のために戦うよう定めたのである。

つまり、金作の父は「準藩士《じゆんはんし》」の身分であり、軍事の役《やく》は「藪《やぶ》廻り鉄砲者《てつぽうもの》」、藤堂新七郎家《しんしちろうけ》の「鉄砲者十士《じつし》」のうちの一人という扱《あつか》いになっている。

父は俸給がないので農作によって暮らしを立て、戦《いくさ》となれば従軍する半士半農《はんしはんのう》の身である。ゆえに一年のうち四ヶ月、月の六日間はかならず城代家老《じようだいがろう》の下《しも》屋敷に参集《さんしゆう》して、鉄砲の訓練を受けねばならない。


「一同《いちどう》、注目《ちゆうもく》」

長吉の声で弟子たちは両手を膝《ひざ》に置いて姿勢をただす。

大柄《おおがら》な体格の与左衛門が背筋を伸ばし、厳《おご》そかな歩みで現れた。鬢《びん》に白いものがまじり、今朝《けさ》は頬が痩せこけている。微笑《ほほえ》んでいるつもりらしいが、金作には痛ましく見える。

――父はからだの奥深《おくふか》くに病《やまい》を持っている。ああ、どうする。

祈るような気持ちで見つめる。

納戸には多くの綴《と》じ本を積んだ書棚《しよだな》があり、父は習字手本や「名文真宝」などの教材を精魂《せいこん》かたむけてつくる。子供にふさわしい詩文を漢籍《かんせき》から抜き書きし、それを大きな楷書で手本に書きあらわす。金作は綴じ本をつくる作業を手伝ったことがある。

与左衛門に向かって弟子たちはいっせいに頭を下げた。

「お願いします」

「うむ。さあ、始めよう」

与左衛門は皆を見まわし、間《ま》もなく長吉のほうへ来た。両手で長吉の肩を起こし姿勢をなおしてやる。文平には背後からかぶさるようにして右手を添え、いっしょに筆を持って運筆《うんぴつ》をする。

「ここでおさえて、ぐうっと引いてきて、こう、このようにゆっくり払《はら》う」

金作のところでは頭上から視線がじっとそそがれている。やがて通り過ぎ、与左衛門はお初のうしろに立つ。

しばらくまわって師匠の机にもどると、長吉が一番に清書を見せに前へ出た。

「でかしたぞ長吉。うむ、よう書けておる。合格じゃ」

いちいちうなずいて朱筆《しゅひつ》で丸をつけ、合格と朱書《しゅしょ》する。

「一枚先の、車胤《しゃいん》は……に進みなさい」

微笑《ほほえ》んで指示した。出来た者は先へ進むのである。長吉は得意満面《とくいまんめん》で、合格の書を見せびらかしながら机にもどり、お手本の一枚先をめくる。

「車胤は夜学を好み（車胤好夜學）、螢《ほたる》を聚《あつ》めて燈《ともしび》とす（聚螢為燈矣）」

「字画《じかく》が多いぞ。胤《いん》と聚《しゅう》はむつかしい字じゃ。書いて見せようか」

与左衛門は身を乗り出してのぞきこむ。

「けっこうです」

長吉は真剣な目で新しい漢字を見つめ、墨を磨っている。

「読みはわかるな。車胤という人については明後日《あさって》、皆にも話そう。長吉は一枚清書《せいしょ》して持ってきなさい」

「はい」

師匠の机の上には黒く燻《いぶ》された銅の香炉《こうろ》があって、太い線香《せんこう》が一本立っている。線香は師匠が取りかえる。こうして線香二本が燃えつきるまで一刻《いっこく》（二時間）のあいだ、手習いが続いた。

「ようし、やめ」

与左衛門の声で休憩《きゅうけい》となる。

子供たちは歓声をあげて正座《せいざ》をくずし、うおおっと伸び上がって立つ。

長吉は表《おもて》の障子を開け放つ。

格子越しに青空が見え、さわやかな風がさあっと入ってきた。文平がまっさきに草履をつっかけ、おもての道へ飛び出していく。それを追ってお初、金作、長吉が駆け出した。

左斜《ひだりなな》めの彼方《かなた》に大竹藪《おおたけやぶ》があり、さわさわと空高く竹が揺れている。

「ねえ、待って」

お初が遅れるがひっしの顔で駆けてくる。竹藪の下陰《したかげ》に山吹《やまぶき》の黄色が点々と見える。手前の草地には丸く広がって蓮華《れんげ》が群生《ぐんせい》している。

文平は草に踏みこみ、しゃがんで掻《か》きわけ、酸葉《すいば》を探《さが》しているようだ。

「わあい、見ろ」

酸葉を口にくわえて振りむき、跳びあがって見せる。

「あたしも」

お初が叫ぶ。金作も駆けこんでいき、杉菜《すぎな》が密生《みっせい》するその先に酸葉を二本見つけた。

「ここだ」

掻きわけて示すと、お初は赤みを帯《お》びた浅みどりの茎《くき》を、ぽきりと折り取った。

「ありがとう」

金作を見上げながら口にくわえ、白い歯で薄皮《うすかわ》をむく。

「ああ、すっぱい」

金作も緑の茎をさくさくと噛んだ。草の香りと酸っぱい汁が口に満ちてくる。どこか、空の高いところで雲雀《ひばり》がさえずっていた。

長吉が傍《かたわ》らを過ぎながらお初をからかう。

「すかんぽ食《く》ったら、頭もすっからかん。杜甫が消えちゃうぞ」

「いじわるっ。なにさ、あんなの、へっちゃらよ」

お初は遠ざかる長吉の背中に向かって、思いっきり叫んだ。

杜甫の「絶句二首」は字数四十の短いもので、意味もわからぬままの暗誦であったが、お初以外の三人はすでに終えている。

金作と文平はいま杜甫の「兵車行《へいしゃこう》」二百二十三字に、長吉は諸葛亮孔明《しょかつりょうこうめい》の「出師表《すいしのひょう》」六百三十字に挑戦中なのだ。お初が十歳の新米《しんまい》なので、からかったのである。

駆けまわっていた長吉は、大竹藪に踏みこもうとしている。この竹藪は藤堂藩が管理して立入禁止である。鉄砲の火縄《ひなわ》を作るには木綿《もめん》よりも若竹《なよたけ》がよいとされ、真竹《まだけ》のまだ若い竹が生えているところも含めて竹藪全体《ぜんたい》に入ってはならない。

長吉は筍《たけのこ》を探すらしい。口に指を立てて、右手で手招《てまね》きをした。金作もすぐに駆けて行って藪陰《やぶかげ》の下を掻《か》き分け、一歩を踏みこんだ。

「しーっ、あれをみろ」

竹藪の中は湿った土が一段低くなり、枯れ葉が遙《はる》か奥まで散り敷いて、青々とした香りが満ちる別世界だ。しいんと冷《ひ》えた風がかよってきて陽射《ひざ》しがところどころ斜めにこぼれ、林立する竹の明るい緑《みどり》を輝かせている。

長吉が顎《あご》をしゃくってささやいた。

「あそこ」

おお見よ。金作がひそやかに立つ枯葉のむこう、ほら、あそこ。

土をかぶって突き出た頭《あたま》。黒光りする茶褐色《ちゃかっしょく》の皮に包まれ、皮は緑の髭《ひげ》にふちどられ、太い頭を出したばかりだが、いかにも威張《いば》ったように生《は》えている筍《たけのこ》。

腰をかがめ透《す》かし見れば、あるある、あそこにも。枯れ葉と土を押しのけて、ひたむきに逞《たくま》しく頭を出している。長吉は思いっきり笑顔《えがお》が弾《はじ》けて、無言《むごん》の勝鬨《かちどき》を、右手を高く突き上げて送ってよこす。

「すごいっ」

金作もその場で、えいっと跳び上がる。

二人で微笑《ほほえ》み交《か》わし、竹の柱《はしら》を握ってくるっと回り、抜《ぬ》き足《あし》さし足で引き返した。

文平とお初が覗きこんで待っている。文平は得意《とくい》げに酸葉を三本見せびらかす。

「よこせ」

長吉が一本をくわえる。

そのとき遠く、松尾家の戸口から与左衛門が歩み出る姿が見えた。与左衛門は空を仰いで両手を挙げ、伸びをしている。

「ようし、もどるぞ」

長吉の号令で皆が勇んで与左衛門をめざし、いっせいに駆け出した。


机を前に正座すると「名文真宝」の素読《そどく》がはじまる。

しかし与左衛門は素読・解釈に向かわず、見まわして問いかけた。

「暗誦は、おるかな」

すかさずお初がさっと立ち上がった。

「暗誦します。杜甫の、絶句二首」

「ほう」

与左衛門は目をみはる。みなが静まるなか、お初は右足でとんと畳《たたみ》を踏み鳴らす。

「やります」

両手の拳《こぶし》を握りしめ、大きく眼を開《あ》けて与左衛門の顔を見つめ、張りのある高い声でゆっくりと唱え出した。

「江碧《こうみどり》にして鳥 逾《いよいよ》白く　　江碧鳥逾白
山青《あお》くして花然《も》えんと欲《ほっ》す　　山青花欲然
今春《こんしゅん》看《みすみす》又過《す》ぐ　　今春看又過
何《いづれ》の日か是《こ》れ帰年《きねん》ならん　　何日是帰年」

金作は横からお初を見あげ、心の中で拍手《はくしゅ》を送った。与左衛門が励ます。

「ようし、これで一首」

お初は唾《つば》をのみこみ、息を吸って二首めに入る。こんどは目を閉じて、顔をやや仰向《あおむ》けにして唱える。

「遅《おそ》き日に江山麗《こうざんうるわ》しく　　遅日江山麗
春の風に花草香《かそうかんば》し　　春風花草香
泥融《どろと》けて燕子《つばくろ》飛び　　泥融飛燕子

沙暖《すなあたた》かにして鴛鴦《えんおう》睡《ねむ》る　　沙暖睡鴛鴦」

与左衛門が机をばんと打って大きくうなずいた。

「ようやった。お初、完璧《かんぺき》じゃ。この詩の情景が、おまえには浮かんでおるのか」

お初がさっと差しだす草紙に「四月三日」と朱書し、「暗誦」と篆刻《てんこく》した印《いん》を捺《お》しながら、まじまじと顔を見つめた。

「まっ白い鳥が水の上を飛んでいます。山には真《ま》っ赤《か》な花が咲いている。気持ちがいい。でも、すこし、かなしい……。二首めはよくわかりません」

「ほう。気持ちよくて悲しいか。そうなのじゃ。そうか、わかるのだな。皆にも解釈してあげよう。この詩を大きく書いたものがある。金作、衝立《ついたて》を出せ」

金作が板の衝立を前に引き出すと、与左衛門は納戸から巻物を持ってきて吊《つる》し、するすると開いた。

「杜甫の五言絶句《ごごんぜつく》じゃ。いつの作か決めかねるが、とにかく四十八歳以後の詩であることはまちがいない。にわかに起こった安禄山《あんろくざん》の乱。長安の都が陥落《かんらく》した大戦《おおいくさ》じゃ。杜甫は家族を連れて都を脱出。ながい放浪の旅がつづく。その旅のなかで作った」

与左衛門はそこで言葉を途切《とぎ》らせ、一瞬の沈黙がある。はっと驚いた金作に向かって、与左衛門は悲しげな目をして、小さくうなずいた。

「おそらくわしと同じ四十九歳。このとき杜甫は揚子江《ようすこう》の南の地方をさまよう舟の上におった」

金作はどきりとして、尋ねる声がふるえる。

「舟の上。家族もいっしょにですか」

「戦《いくさ》は止《や》んだかと思うとまた起こった。繰り返し起こるので妻と子供は沿岸の田舎にあずけた。しかし杜甫が遠くへ移るときは家族を引き連れ、舟の上でいっしょに暮らした」

「子供は」

「この詩を作ったとき、宗文《そうぶん》が十歳、宗武《そうぶ》が七歳」

お初がかん高い声をあげた。

「あっ、あたしと同じ」

「こうして杜甫は、揚子江《ようすこう》やその支流の地を転々《てんてん》とさまよう。旅は十年つづいた」

「十年」

長吉が身を乗り出して叫ぶ。

「その旅の途中《とちゅう》、杜甫は、ついに舟の上で死んだ」

金作が尋ねる。

「舟の上とは。家族の目の前で」

「いや、亡くなったときは家族と離れ、杜甫ひとりが舟の上だった。看取《みと》ったのは船頭《せんどう》であろう。亡骸《なきがら》を妻と子が引き取った。五十九歳。ついに長安の都には帰れなかった」

お初がううっと泣き出した。長吉がなだめる。

「泣くな」

金作が暗誦したとき、父は何も語らなかったが、さっきは金作の目を見てうなずいた。わしと同じ四十九歳と言ったときの、悲しそうな顔が、ぐっと身にしみてきた。

金作は頭を振り、手をあげて尋ねる。

「江《こう》とは川のことですか」

「揚子江かその支流の湘江《しょうこう》だが、わが国の川を思い浮かべてはいけない。海のような大河《たいが》じゃ。こちら岸《ぎし》の山々は見えるが対岸は遙かにかすんでおる」

金作はさらに聞く。

「碧《みどり》と読む字と、山青くの青は、どう違うのですか」

「碧《へき》は碧玉《へきぎょく》のふかみどり。山青くの青《せい》は、若葉の早《さ》みどりじゃ。濃いふかみどりの水面《みなも》を背景に、まっ白な鳥が飛ぶ。それがくっきりと目にしみるほど白い。ゆえに、逾《いよいよ》白くじゃ」

お初が顔を挙げ、拳《こぶし》で涙をぬぐいながらつぶやいた。

「景色がはっきり見えてきました」

「山青くして花然《も》えんと欲す。この青は舟から見た、こちら岸の目にあざやかな新緑《しんりょく》の山じゃ。若葉の早《さ》みどりに映《は》える花。それは火のような赤。あちこちに赤、赤、赤。最も美しい色を競《きそ》いあうように燃《も》やしておる、まっ盛《さか》りの春」

金作は姿勢を起こし、目を閉じて唱《とな》える。

「今春《こんしゅん》みすみす又過《す》ぐ、いずれの日か是れ帰年ならん」

「そう。今年の春もみすみす、看《かん》の字じゃ。じっと見つめる杜甫の目の前を、春は最高の美しさあらわしながら、音もなく過ぎ去ってゆく。都に帰る日は、わが命の衰えとともに、どんどん遠ざかってゆく」

金作は引き込まれ、立ち上がっていた。

「それゆえ杜甫は、目の前の風景を、懸命に見つめた」

「そうじゃ、金作。杜甫の詩には過ぎゆくものへの凝視《ぎょうし》がある」

父は拳を握りしめ、金作をみつめてくる。

「しっかりと見る。命がけで見つめる。語《ご》、もし人を驚かさずんば死すとも休《や》まず。そういう覚悟で詩を書いた」

――過ぎゆくものを「命がけで見つめる」とはどうすることか。そして、なぜ、いま「わが命の衰え」を言うのか。

金作は父の言葉が気にかかる。去年の冬、父は畑を耕しているとき急に胸をおさえて倒れ、十日も寝込《ねこ》んだ。しかし、痩せた身体《からだ》で起き上がり、皆が心配するのもかまわず床を上げさせ、いま情熱をこめて語っている。

「二首め。遅日《ちじつ》、この二字がよい。ずばりと言い切っておる。春の日は陽ざしが麗《うら》らかで優しくふりそそぐ。まさに一日《いちにち》が遅いのじゃ。山も川も鮮やかな色に輝き、春風に乗って花の香り草の香りが満ちあふれる。燕は子育ての巣を作ろうと嘴《くちばし》に泥を含んでさあっと飛び去り、川岸の砂浜《すなはま》には、番《つがい》の鴛鴦《おしどり》が陽を浴びて眠っておる」

「それらを杜甫は、じっと見つめている。舟はゆっくり下っていくのですね」

金作は舟の上から見える情景を追っていく。

すると、長吉が大きな声でたずねた。

「お師匠さま、杜甫はなぜ、都で仕官できなかったのですか」

「そこなのじゃ。唐の玄宗皇帝は詩歌《しいか》を愛した。杜甫は詩を奉《たてまつ》っておる。皇帝はみごとな詩に感動し、一芸《いちげい》に秀《ひい》でた者を集めよと人材登用《とうよう》試験をおこなった。しかし、実務家の宰相《さいしょう》李林甫《りりんぽ》が、文学をやる者は役に立たぬと言って、みな落としてしまった。そして、野《の》に賢者《けんじゃ》なしと報告した」

「ひどい。なんてことをするんだ。春望《しゅんぼう》だって兵車行《へいしゃこう》の詩だって、杜甫は国のことをあんなに憂《うれ》えているのに」

長吉は我慢できぬというように拳《こぶし》で膝を打つ。

そのとき、文平が突然立ち上がった。

「お師匠さま。兵車行の暗誦、やります」

「なに」

皆が驚くなか、細い躰《からだ》つきの文平が、やらせて下さいと与左衛門の前へ一歩進み出て、大きな声で唱えだした。

「車《くるま》は轔轔《りんりん》　馬は蕭蕭《しょうしょう》
行人《こうじん》の弓箭《きゅうせん》は各々《おのおの》腰に在《あ》り
耶嬢妻子《やじょうさいし》走って相《あい》送り

塵埃《じんあい》に見えず咸陽橋《かんようきょう》

衣《ころも》を牽《ひ》き足を頓《とん》し道を攔《さえぎ》って哭《こく》し

哭声《こくせい》は直《ただ》ちに上《のぼ》って雲霄《うんしょう》を干《おか》す

道旁《どうぼう》を過《す》ぐる者の行人《こうじん》に問えば

行人但《た》だ云《い》う点行頻《てんこうしき》りなりと」

この詩は金作が暗唱に成功するまで一ヶ月を要した詩だ。情景が思い浮かばないと詩句が繋《つな》がらない。

金作の心に今ふたたび、弓矢で武装した出征《しゅっせい》兵士に走り寄って取りすがり、地団駄《じだんだ》踏んで「行かないで」と道をさえぎって泣き叫ぶ女、そして子供の姿が浮かんできた。泣き声はまっすぐ天に昇って雲にとどくほどだ。道行《みちゆ》く人がなぜこんなことになるんだと、兵士に問えば、召集《しょうしゅう》の命令がしきりに発《はっ》せられるのだという。

だが、文平の暗誦はそこでつっかえた。忘れたのか、感極《かんきわ》まったのか。まっ赤《か》になって歯をくいしばって、ううっと唸《うな》っている。

しばらく待って、与左衛門が声をかけた。

「ようし、そこまで」

文平はがっくり、うなだれて坐る。

長吉が金作の右から文平をのぞきこむ。そして文平の鼻を指《ゆび》さしてささやいた。

「怒ってるのか、おまえ。なんだお前《まえ》、鼻の頭だけ、汗かいてるぞ」

皆が文平のほうへふり向いた。

「完璧におぼえていたのに」

文平は鼻に手を当《あ》て、くやしげにつぶやく。


午《ひる》近く松尾塾の手跡指南は終了した。

弟子たちは硯《すずり》の墨を捨てに立つ。通し土間を裏口へ抜けて、梅の木のかたわらに流れている溝で筆と硯を洗ってくる。

裏へ抜ける土間の、右手の居間《いま》には金作の妹たち、九歳の加代《かよ》、七歳のやす、五歳のおよしが遊んでおり、さらにその奥のお勝手では、嫂《あによめ》の静《しず》が竈《かまど》に火を焚《た》きつけながら、土間越《ご》しに妹たちの面倒を見ている。

金作の姉十四歳のお栄《えい》は、柘植《つげ》の武家屋敷へ奉公に出て、家を離れている。

弟子たちは半左衛門の妻、静にもありがとうございましたと挨拶して帰っていく。

しかし今日はお初が残り、静に許しをもらって、九歳の妹、加代をさそった。

「加代ちゃん、まりつき、しない？」

「するっ」

加代は赤いかがり糸の手鞠《てまり》を持って、すぐ土間に出てきた。それを追ってやすとよしも出てくる。午《ひる》前なのでお初も長くは遊べないが、ときどきこうして遊ぶのである。

「三回勝負よっ」

「あたしが先」

おもての道に駆け出したかと思うと、負けん気の強い加代がすぐにつきはじめた。

金作は八畳間の机を隅に寄せ、箒《ほうき》で掃きながら、障子を開けた格子越しに女の子たちの鞠つきを眺めた。

「おととん　おとんと　落とせばうしろに
　こやなぎ　いまわり　すとより　すっとんとん」

声をそろえて歌っている。糸鞠《いとまり》はへちまの繊維を芯にしてこれを綿《わた》でつつんで、木綿《もめん》と絹糸《きぬいと》で巻いているが、高く弾《はず》ませるには強くつかねばならない。

鞠を足の下にくぐらせたり、次第にむつかしい技《わざ》になる。加代は大きく足を回し、踊るようにしてついている。

「一《いっ》ちゃどんどん　二《にい》やどんどん　三やどんどん　四《しい》やどんどん」

「五あがりっ、やったぁ」

加代の歓声が聞こえ、よし、こんどはあたしと、お初がつきはじめる。

――お初は一つ年下《としした》の加代と塾でいっしょに学びたいのだ。あんたも父上に頼んで早く弟子入りしなさいと勧めたらしい。

午後からはこの八畳に父が毛氈《もうせん》をひろげて、大きな和紙に漢詩を書く。凶作で食うにも困る伊賀に、父の書を襖《ふすま》や屏風《びょうぶ》に仕立てたいと望む人がいるのだ。

有名な漢詩を墨痕《ぼっこん》あざやかに書いておくと、経師屋《きょうじ》が取りに来て、やがて商家や農家から謝礼の米や麦が届くのであった。これが家計を助ける。

百姓で米・麦を食う者は無足人と庄屋くらいで、伊賀の国では一村に一、二軒というありさまであった。

武家屋敷へ下働《したばたら》きに出ている姉のお栄《えい》も、時おり帰って何かと届けている。

それでも窮乏《きゅうぼう》するとき、兄半左衛門がひそかに質屋の菊岡如幻《きくおかにょげん》宅へ行くことを金作は知っている。母の梅が持たせる質種《しちぐさ》は、衣類や帯留《おびどめ》などのようであった。


伊賀は周《まわ》りを山々に囲まれた九里四方の小さな盆地《ぼんち》である。

どこから入るにも深い山を越えねばならぬ。西の大和《やまと》から木津川《きづがわ》の渓谷をさかのぼって入る道を大和街道《やまとかいどう》という。東の伊勢から鈴鹿《すずか》山脈の加太峠《かぶととうげ》を越えて入る道が加太越奈良道《かぶとごえならみち》で、山脈を越えたところに柘植《つげ》がある。父の与左衛門は柘植で生まれた。

伊賀は近江《おうみ》、山城《やましろ》、大和《やまと》、伊勢《いせ》と四つの国に接し、しかも京へ通ずる要衝《ようしょう》である。戦国大名の誰もが傘下《さんか》に入れたいと望む。

しかし伊賀は大名の支配を拒《こば》み「惣国一揆《そうこくいっき》」という自治《じち》の国を構《かま》えた。忍びの術を鍛《きた》えて外敵と戦い、織田信長の次男信雄《のぶかつ》をも山岳戦《さんがくせん》で追い返した。

天正九年（一五八一）、激怒した信長が四万余の大軍で攻め入り、九千の伊賀勢《ぜい》を殲滅《せんめつ》し全土を焼きはらった。天正伊賀の乱である。

金作が生まれたのは正保元年（一六四四）。天正伊賀の乱は六十三年前であるが、信長による老若《ろうにゃく》男女皆殺《みなごろ》しの残虐《ざんぎゃく》は、伊賀の人々に深い傷《きず》を残した。

その信長が天正十年（一五八二）、本能寺で明智光秀に討たれた。信長に招かれて堺を見物していた徳川家康は明智軍に囲まれ危機に瀕《ひん》した。これを伊賀の服部半蔵《はっとりはんぞう》が先導し野武士《のぶし》と戦いつつ、「加太峠越《かぶととうげご》え」をして岡崎へ脱出させた。

以来、伊賀は徳川の傘下に入り、関ヶ原（一六〇〇）でも東軍に従って戦った。

慶長十三年（一六〇八）、藤堂高虎《とうどうたかとら》が伊予今治《いよいまばり》（愛媛県）から転封されて来て、大坂の豊臣氏に対抗するために、伊勢の津《つ》（津市）と伊賀上野の両方に新しい城を築き始めた。巨費と莫大な人足を投入した築城、そして城下町の建設であった。このとき金作の父は祖父とともに柘植から伊賀上野へ出たのである。

母の梅は高虎に従って伊予の宇和島から移った桃地《ももち》氏の出《で》である。桃地氏のむすめが伊賀の松尾与左衛門に嫁《とつ》いだわけで、母も武家《ぶけ》の出であった。

伊賀上野城に高虎は天守閣を築くが、竣工直前の慶長十七年暴風雨により倒壊した。その三年後の大坂夏の陣で豊臣氏が滅んでしまったので、天守閣は再建せず、十丈《じょう》（三十ｍ）の高石垣《たかいしがき》の上に二の丸と城代屋敷《じょうだいやしき》だけが残った。

今は高虎（高山公《こうざんこう》）も亡くなり、二代高次《たかつぐ》が伊勢の津城を本城として、伊勢・伊賀両国を治《おさ》める。伊賀上野城は支城となり、忍者の土豪《どごう》、服部宗家《はっとりそうけ》の保田元則《やすだもとのり》が「藤堂采女《うねめ》」という名を頂《いただ》いて城代《じょうだい》をつとめている。

伊賀上野の城代が高虎の弟高清《たかきよ》から、忍者の血筋《ちすじ》を引く「藤堂采女」に代《か》わったのは、金作が生まれる四年前であった。松尾家はこの配下《はいか》に組み込まれている。

夏、七月。盆《ぼん》の十五日より晦日《みそか》まで松尾塾は休みに入る。

陽射《ひざ》しがかっと照りつける暑い日、金作は服部川《はっとりがわ》へ魚釣りに出かけた。

お初の父が作ってくれた、角笠《つのがさ》という天辺《てっぺん》から軒《へり》へ円錐形《えんすいけい》に広がった笠をかぶる。内側に五徳《ごとく》という台座が縫いつけてあるので風通《かぜとお》しがよい。

釣竿《つりざお》をかかげ、魚籠《びく》、餌箱《えさばこ》を腰につけて金作がおもてへ出ると、長吉が駆け寄ってきた。長吉も角笠姿《すがた》だ。

「文平は店の手伝《てつだ》いだとさ」

「どうして……。十匹以上釣るって、はりきっていたのに」

金作ががっかりすると、長吉もちょっと首をかしげ、

「文平は手伝いだと言うが、何か様子が変なのだ。……ま、いいや。行こう」

長吉は振り切るように叫んで歩き出した。

――何があったのか。金作も気にかかったが、魚釣りの期待がふくらんできて、いつしか弾《はず》む足どりになっている。

赤坂を北へ下ると田野《でんや》がひらけ、藤堂氏が伊予から移ったとき植えたという松の大木が遠くに

見える。広い水面《みなも》の服部川が北西に流れ下《くだ》り、岸辺は灌木や葭《よし》が茂り、河原には白い石が陽光を受けてかがやいている。

長吉は釣竿のほかに、三又《みつまた》の杈《やす》を付けた短い竿を持っている。

「きょうは鮎釣りだけじゃないぞ。おれは深いところに潜《もぐ》って、アマゴを仕とめてやる」

長吉は魚を突くしぐさをしながら川に近づいていく。

「さあ。先ずは鮎釣りだ。金作、餌は川虫《かわむし》を採《と》るんだ」

二人は草いきれのする野道を駆け降りた。

水は澄んで冷たく、陽に照りつけられた身体《からだ》に気持ちよい。浅瀬で川虫をさがす。流れる水のなか、底の石を裏がえすと緑褐色《りよくかつしよく》の虫が、吐いた糸で砂混《すなま》じりの網を張って石に貼《は》り付いている。

これを餌箱に貯《た》めていく。

川虫を鉤《はり》に仕かけて、きらきら光るせせらぎの、深さ踝《くるぶし》ほどのところに立つ。

「釣るぞぉ」

金作は魚籠《びく》を腹の前に提《さ》げ、ひゅうっと竿を鳴らして糸を投げた。

上流から流していく。錘《おもり》は付けるが浮子《うき》はないので、葭《よし》の茎《くき》二寸ほどのものを、糸に結び付けているだけだ。

流れにまかせて、竿を川上から川下へゆっくりと回していき、水底《みなそこ》の当たりを感じながら、目は白い葭の茎を追っている。

長吉はやや下流の、もっと深みに立って同じようにやっている。

「どちらが、先かぁ」

長吉の声が飛んできた。

早い流れのせせらぎの上に、時おり跳ねあがるやつがいる。鮎か鮠《はや》か。空中を飛ぶ虫に食いつくのか。

――魚はいるのだ。おれの足元をすばやく泳ぎ回るほど、いるのだ。

たちまち、くくっと食《く》いが来た。ふっと力を抜いてしっかり食わせ、さっとたぐると、手ごたえ確《たし》かに小さな魚の、全身のふるえが伝わってきた。

――やった。

きらきら輝く四寸の鮎。金作は息を呑んで、滑らせるように魚籠の真上にたぐり寄せ、左手で鮎をつかんだ。

ぴくぴく跳ねる魚体《ぎょたい》の躍動とともに、さわやかな瓜《うり》のような香りが立つ。

「鮎だぁ」

そこでやっと声が出た。長吉がざぶざぶ水しぶきを挙げて寄ってきた。

「すごいっ。どれ。ううん。……こいつぅ」

くやしそうにうなり、急いで引きかえしていく。

やがて長吉に当たりが来た。叫んでいる。

「ざんねん。鮠《はや》だぁ。だが見ろ、大きいぞ」

ぶら提げて振って見せた。

それから二人に次々と引きが来た。

夢中になって釣りながら、ふつうは上《のぼ》っていくのだが、服部川をしだいに下流へ移動して、柘植《つげ》川との合流点まで来た。

お城のほぼ真北《まきた》にあたり、川幅は広く流れも深くなっている。灌木は姿を消して葭《よし》が生い茂り、河原の石と白い砂州《さす》がまぶしく陽を照り返す。

「どうれ」

河原に腰をおろして、魚を見せ合う。金作が七匹、長吉は八匹。

「おれのほうが多い」

長吉が叫んだ。金作は魚籠《びく》を水に浸《ひた》しながら微笑む。

「鮎を数えてみろ。おれは四匹、長吉は三匹じゃないか」

「うう、うん。負けるもんか。弁当食ったら、又やるぞ」

長吉は角笠をとり、着物も脱いだ。

「その前に、ひと泳ぎだっ」

褌一丁《ふんどしいっちょう》になって、ざぶりと飛び込む。

金作も飛び込んだ。水中《すいちゅう》ななめに、青い深みへ向かって両手を伸ばし、思いっきり水を蹴る。頭を振って目を凝《こ》らすと、大きな丸石《まるいし》が腹の下を過ぎ、頭上の光は幾本もの輝く筋となって、青い水紋《すいもん》の中に揺れ広がる。

魚が目の前をかすめた。きらり鱗《うろこ》を光らせ反転したのは鮠《はや》であろう。あそこにも。

――長吉はアマゴを狙うのか。

金作は背丈《せたけ》の二倍はある水底《みなそこ》を蹴って、ぶわっと水面に顔を出した。

少し離れた左に長吉が這い上がり、

「ここは、おるぞぉ」

水飛沫《しぶき》を散らしながら、杈《やす》を取りに走っていく。右腕の下に掻《か》い込んで、真剣な顔つきで、また、ざぶりと飛び込んだ。

長吉はなかなか上がって来ない。息のぎりぎりまで潜《もぐ》って、杈の先が水面に現れ、ぜえぜえ息を鳴らして這い上がり、その場にへたり込む。

三度、試みたがアマゴは突けず、ついに金作の横に来てどっかと坐った。

頭を振ってしぶきを飛ばし、流れをにらんで吐き出すように言う。

「でっかいやつがおる。だが、アマゴじゃない。あれは鮠《はや》だ。アマゴじゃなきゃ、だめなんだ」

両手を挙げて叫んだ。唇が青くなっている。

「ああ、くやしい。腹へった。飯《めし》、食《く》おうっ」

木陰《こかげ》の草に腰をおろした。二人はそれぞれ、打違袋《うちがいぶくろ》（筒状で両方に口がある）に手を突っこんで、弁当を抜き出す。

竹の皮をひらくと、米の握りめし二つ。それに田螺《たにし》の煮染《にしめ》と漬物《つけもの》。

「おおっ」

――母の心づくしだ。

長吉も同じで、干し魚に昆布が添えられていた。

――凶作が続く伊賀は一日一度が麦飯《むぎめし》である。他は粉米《こごめ》を炊《た》いた粥《かゆ》、小麦や唐黍《とうきび》の団子《だんご》、芋《いも》、大根などを食っている。

「戦並《いくさな》みの弁当だぜ」

そう言って金作は握り飯《めし》にかぶりつく。田螺の煮染を噛みしめ味わいながら、白い河原と流れゆく川面《かわも》を眺めやる。

「そうだよ。戦《いくさ》に出ればみんな、米の飯だって言うじゃないか」

「何《なん》て言ったって、命《いのち》がけで戦うんだもの」

長吉は鰯《いわし》の干物《ひもの》を、半分裂いて寄こした。金作は田螺を差し出す。

「これはうまい」

たちまち平らげ、二人とも草に寝ころんだ。うっとりして、しばらく青空を見ていた。

「文平は、どうしたんだろう」

金作がつぶやいたとき、隣の長吉が素早《すばや》い動作で身を起こした。

照りつける河原から三人の子供が近づいてきた。

逞《たくま》しく陽焼けして大柄なのが十三歳の仙太《せんた》だ。不敵《ふてき》な面構《つらがま》えで先頭を来る。去年、松尾塾をやめた鍛冶屋《かじや》の息子である。

釣り姿ではなく、同じ年ごろの仲間二人を連れている。

仙太が合図して仲間の二人はさっと左右に離れ、金作らを取りかこむ構えになった。

「ここで釣っておったのか」

仙太が近づいてくる。蔑《さげす》んで見下げる眼は金作をにらんでいる。

「ちっ」

首を振って唾《つば》を吐いた。長吉が身がまえながら前に出る。

「仙太、おまえだな。文平に何を言うた」

飛びかかって仙太の胸倉《むなぐら》をつかんだ。

「やかましいっ。お前らは、裏切り者の師匠に、まだ付いておるのか」

仙太は振り払って、両手で長吉を突き飛ばした。

金作は裏切りという言葉に驚愕《きょうがく》し、立ち上がっている。

「裏切り？　何ゆえ、父が」

もっとも忌《い》みきらう汚名《おめい》だ。金作は身《み》ぶるいして怒り、仙太めがけて猛然と突っこんでいった。

仙太は怯《ひる》んだが、かえっていきり立ち、

「そうよ、息子のお前もだ。裏切りやろうめっ」

近づく金作の顔をまともに殴りつけた。

横にぶっ倒れつつ、この辱《はずかし》めには、武士の子なら斬り死《じ》にするぞと思い、

「何をっ。赦《ゆる》さんっ」

逆上《ぎゃくじょう》して立ち上がる。

仲間の一人が横から飛びかかってきた。金作は振りほどこうとする。

長吉が仙太に突進している。二人がかりで殴り返され、また向かっていく。

金作は組みついた子を引きずりながら、仙太をにらんで叫んだ。

「どういうことだ。言えっ」

長吉から一歩さがった仙太が、大声でわめいた。

「塾をやめた、本当のわけはなぁ。松尾が、伊賀の裏切り者ゆえじゃ」

「なにっ」

「信長の手先《てさき》になって、皆殺しの手引《てびき》をしたやつの、子孫じゃ」

「うそだっ」

たちまち乱闘になった。

三人がかりで二人は殴られ突き倒された。起き上がりつつ金作は叫んだ。

「何が証拠だ」


仙太は松尾塾にいたとき、長吉と同い年の先輩として後輩の面倒をよく見た。しかし、一人の後輩をしつこくいじめ殴ったことがあり、破門《はもん》されそうになった。

「教へに順《したが》はざる弟子は早く父母に返すべし。和《わ》せざる者を冤《なだ》めんと擬《ぎ》すれば、怨敵《おんでき》と成《な》って害を加《くわ》ふ」

これは「童子教《どうじきょう》」の言葉で、習字手本にも載せている松尾塾の鉄則である。

始末に負えぬ悪戯《いたずら》をする子に、与左衛門は破門を申し渡す。破門された子は入門のとき持参した机を持って家に帰る。このとき弟子も付いて行き、親に破門の理由を説明した。親は子供を連れ、師匠のところへあやまりに来る。

「叱っていただき、ありがとうございました。二度とせぬよう、きびしく注意いたしますので、どうかお赦し下さい」

子供と一緒にあやまった。親だけでなく先輩も、時には師匠の奥様までがあやまる、「あやまり役」のような習慣があった。師匠がふたたび叱ると、「どうか私《わたくし》に免じて赦してやって下さい」と真剣にお願いした。

師匠は反省の深さをたしかめて赦す。子供はじっと見ていて、涙をながして申しわけなく思う。仙太はこのようにして破門をまぬがれた。

しかし、去年の秋、ついに塾をやめていった。それは農作物の凶作による、やむをえぬ事情だと師匠も誰もが思っていたのだ。

金作と長吉を見下ろし、仙太が立ち上がった。唇から血をたらしている。

「お師匠さまと言うておるが、松尾は、福地の子孫じゃ」

「松尾は福地から分かれた一族だ。なぜ先祖のことを言う」

「福地伊予守《いよのかみ》というやつが、伊賀全滅の手引きをしたのじゃ」

「なにをっ」

金作は叫んで起き上がる。

「先祖の裏切りは子孫がつぐなうのじゃ」

「だまれ」

金作は必死に考えて切り返していた。

「福地のぜんぶが、信長に味方したのではない」

「柘植《つげ》から逃げてきたではないか。柘植の福地城は裏切り者の砦《とりで》じゃ」

長吉が立ち上がって仙太に迫っていく。

「このやろう。親から吹きこまれたか」

仙太に飛びかかって一気に押し倒した。

「お師匠さまと金作の、どこが悪い」

馬乗りになって右、左と顔をはたき、駆け寄る仲間を突き飛ばす。

「おれは松尾塾が大好きだ。お前こそ裏切りだ。文平にまで吹きこみやがって」

長吉は怖ろしい形相《ぎょうそう》になり、くやし涙を流して叫んでいた。

血がにじみ顔を腫《は》らした金作が長吉と並んで立った。後退《あとじさ》りする仙太に向かって金作の声が飛んだ。

「鍛冶屋の父上に言うておけ。赦さん。謝りに来なければ、こっちから行く」

その夕べ、鍛冶屋の父が仙太を連れてあやまりに来た。

通し土間に、色黒《いろぐろ》で朴訥《ぼくとつ》な父親とふてくされた仙太が立ち、頭を下げたとき、与左衛門が静かに言った。

「喧嘩を仕かけたのは三人であろう。三人の親子がそろってあやまらねば、断じて赦しませぬ。これは塾の子供の諍《いさか》いではない。親が吹き込んだ嘘から起こった喧嘩じゃ。出なおして来なさい」

やがて三人の親子がそろい、表《おもて》の間《ま》で深く頭を下げた。

与左衛門のかたわらに、金作と長吉が正座して背筋《せすじ》を立てている。ま向かいに仙太と父親がうつむいていた。その横に他《ほか》の親子。

「裏切り者とは、身の毛もよだつ汚《きたな》き言葉。金作と長吉は深く傷《きず》ついた。かかる辱《はずかし》めを受ければ、武士は命を賭《か》けて汚名《おめい》を雪《そそ》ぐもの」

与左衛門の声は無念の悲しみに満ちていた。親たちは青ざめてうなだれる。

目の前の仙太は少し頭を下げた。

「わしが怒るのは、相手に汚名をかぶせ自《みず》らは正義面《づら》をするその根性《こんじょう》じゃ。しかもいわれなき誤解に基づく汚名。天正伊賀の乱より七十三年を経《へ》た今、なにゆえ、かかる不信の噂がはびこるのか」

声は凛としてひびきわたった。

「松尾は福地の子孫だと一括《いっかつ》して言うのが、まちがいじゃ。福地氏は柘植《つげ》三方《さんぽう》と呼ばれる日置《へき》、福地、北村のうちの一豪族じゃ。その日置氏の中から柘植、松尾と分かれたのが松尾家である。福地一族はこのように枝分《えだ》かれして数十年を経ておる」

仙太とその父を見つめて言う。

「仙太、この塾に学んだお前が、かかる噂に惑《まど》わされたことが悲しい。無念じゃ」

鍛冶屋の父が仙太の頭を押さえつけた。

「織田信長に内応《ないおう》したのは確かに福地伊予守宗隆《いよのかみむねたか》じゃ。信長の子信雄《のぶかつ》の家来《けらい》にされたとき伊予守は敵方にまわった。しかし、福地につながる者がみな伊予守に従《したご》うたのではない。信長の大軍が伊賀の四方から押し寄せたとき、誰がどう動いたか、くわしく見るがよい。松尾氏は柘植一族とともに、柘植口《つげぐち》を守り固めておった」

与左衛門は薄い綴じ本を取り出した。

「これは質屋で文筆家の菊岡如幻《にょげん》どのより頂《いただ》いた草稿《そうこう》。天正伊賀の乱の記録を集めておられる。わしも柘植の史実《しじつ》を話し、本にまとめられる前の草稿を頂いたのじゃ」

——父は質屋の菊岡とこのような話をしていたのか。

納得《なっとく》させずにおくものかという強い気迫が、金作に伝わってきた。

「上柘植《かみつげ》焼き討ちの一節《いっせつ》にこうある」

父はゆっくりと言葉を句切って読み上げた。

「先陣滝川《たきがわ》は、早上柘植《はやかみつげ》の馬宿《うまやど》に火をかけたりと見え、猛火《もうか》東西に飛び散り、雲や霞《かすみ》と焼きたてられ、七郷《しちごう》に乱入し、神社仏閣《ぶつかく》民家等ただ一時に焼き払うおりから、柘植の一族棟梁《とうりょう》の者ども、他行《たこう》して手に合わず」

ここで綴じ本を下ろし、皆を見つめた。

「柘植の首領《しゆりよう》たちは、人質《ひとじち》に取られたか織田に内通《ないつう》したか、上柘植焼き討ちを防ぐ戦場にいなかった。ここに残った者が、押し寄せる織田軍と必死に戦ったのじゃ」

ふたたび綴じ本を読む。

「残りの者ども柏野《かしわの》村に立て籠《こ》もる。その人々は冨田、勝長、蒲田《かまた》、中野、浜地《はまぢ》、平岡、久田《ひさだ》党《とう》、松尾氏、これみな上柘植の住《じゆう》なり」

与左衛門は顔を上げた。

「松尾氏は、棟梁がいなくなった上柘植の人々とともに、柏野村に立てこもって戦った。なだれを打って織田の全軍が侵入して来て、ついに柘植の本拠《ほんきよ》が壊滅《かいめつ》。しかし、柘植一族がすべて滅《ほろ》んだのではない。生き残った者がおったのじゃ。その翌年に織田信長が本能寺で討たれた」

緊張した視線が与左衛門を見つめてくる。

「生き残った者たちは、織田へ内応した者を探し出した。追う者と追われる者がところを変え、裏切り者を追及《ついきゆう》した。ついに、伊予守《いよのかみ》一族は加太峠を越えて逃げ去った」

仙太が涙の眼で与左衛門を見上げる。

「松尾家はその後三十年、柘植にとどまった。柘植を守り、裏切り者を許さなかった。伊賀上野に新たな城下町を造るとき、わしは父に連れられ、柘植を出たのじゃ」

与左衛門は親たち一人一人を見つめて続ける。

「戦国の世は終わった。もう戦《いくさ》はない。ふたたび起こさせてはならぬ。伊賀上野城に天守閣がないのは、戦はせぬと覚悟を示したものじゃ」

鍛冶屋の父がうなずいている。

「豊臣と戦うために五年がかりで城を築いた。だが出来上がる前に天守閣が暴風で倒れた。その三年後に豊臣が滅んだ。このとき高山公《こうざんこう》は、もう戦はない、戦は致しませぬと内外に示すために、将来を見すえて再建されなかったのではないか」

鍛冶屋の隣にすわる親が背筋を伸ばして答えた。

「そうです、もう戦《いくさ》はせぬと」

「徒党《ととう》を組んで敵味方《てきみかた》に分かれ、疑心暗鬼《ぎしんあんき》で憎み合う時ではない。仙太よ。不確《ふたし》かな噂《うわさ》に紛動《ふんどう》されるな。心を開いて語り合うのじゃ。そのために学んできたではないか」

「はい」

仙太が歯をくいしばって、食い入るように与左衛門の眼を睨《にら》んでいる。

「過去の傷《きず》を暴《あば》いて己《おのれ》の優越《ゆうえつ》を誇る者に未来はない。前進は止まっておる。仙太、人を憎んでおるあいだ、お前の成長は止まったままなのじゃ。学《がく》は光《ひかり》、無学《むがく》は闇《やみ》。共に懸命に学んで一歩一歩前へ進む。仙太よ、われら、そういう師弟ではなかったか」

「申しわけございませんでした」

仙太がほとばしるように叫んで、両手をついて嗚咽《おえつ》しはじめた。

仙太は紙屋の文平のところにも現れた。

文平の話によると仙太は「間違《まちが》うたことを教えて悪うございました」と、文平の父にも頭を下げていったという。

事件のいきさつを聞いて、お初は目を丸くして驚いた。金作は父の言葉もくわしく話してやった。長吉が師匠の口調《くちょう》をまねて語る。

「過去の傷を暴《あば》いて、おのれの優越をいばる者に未来はない。成長は止まっておるとな」

「そんなことがあったの」

お初は金作と長吉の痣《あざ》の痕《あと》をしげしげと覗《のぞ》きこむ。長吉が勢いこんで文平に尋ねた。

「塾に戻《もど》ると、仙太は言わなかったか」

「ううん、戻るとは言わんのだ。秋になれば鍛冶屋は忙しい。おれは暗いうちから起きて、鞴《ふいご》を押して火を熾《おこ》すんだと言うておった」

「そうかぁ。あんなに殴り合うて、恥ずかしくて戻らぬのでは、ないのだな」

金作が気づかうと、文平は首を振った。

「それはない。からっとしたものよ。名文真宝の暗誦をやるってさ、負けないぞと言うておった」

「なにっ、ふいごを押しながら、出師《すいし》表《のひょう》を唱えるのか」

長吉がびっくりして急に直立不動《ちょくりつふどう》になり、唱え出した。

「臣亮言《しんりょうもう》す。先帝《せんてい》創業未《いま》だ半《なかば》ならずして中道《ちゅうどう》に崩殂《ほうそ》せり。今天下《いま》三分《さんぶん》し益州《えきしゅう》疲弊《ひへい》す。此誠《これまこと》に危急《ききゅう》存亡《そんぼう》の秋《とき》なり」

そこで止めて皆を振り返った。

「ははは。こんど仙太を呼び出して、どこまで言えるか勝負するか」

松尾塾は元気いっぱいに再開した。

秋に入って、お初が塾を休むようになった。

お初の家を訪《たず》ねた長吉の話によると、父の喜之助《きのすけ》が眼を病《や》んでいて、しだいに見えなくなってきたという。

——あの若々しい気品《きひん》ある父が、眼を病んでいるとは。

金作は思い出す。二月初午《はつうま》の日。お初を連れて入門の挨拶に来た三十八歳の父は、精悍《せいかん》な顔に澄んだ瞳《ひとみ》で与左衛門を見つめ、貧しさを恥じることなく、

「男《おとこ》やもめの一家ですが、子供らみな精出《せいだ》して働いてくれます」

はっきりと家の実状を語った。丸味《まるみ》を帯《お》びた大《おお》ぶりの菅笠《すげがさ》を差し出し、

「これは入門の祝いです。お師匠さまがお使い下さい。こんどは娘さん方に花笠《はながさ》をお造りいたしましょう」

快活に笑った。そのとき与左衛門が尋ねた。

「そこもとの振舞《ふるま》いを見るに、どうも、ただの菅笠屋とは思えぬが」

「はい。父は伊賀土豪《どごう》の末《すえ》にて、わたくしは十二のころ、武家屋敷の下働《したばたら》きに」

「おお、やはり。して、いずこの御家中《ごかちゅう》に」

「父が西島《にしじま》八兵衛様にご奉公に上がり、子のわたくしも」

「ほう、高山公のご近習《きんじゅう》、あの西島さまのお屋敷に。どうりで」

「父が亡くなり、屋敷を下がって、菅笠屋の徒弟《とてい》に入ったのです」

「男の子を武家奉公にとは、思いなさらぬか」

「もはや戦もなき世。息子の辰吉には菅笠を継がせます。妹のお初が松尾塾にと言い出したとき、手習いだけはぜひにと思うたのです」

そう語る父の横でお初が、負けないわよという眼で金作に微笑みかけ、ごくりと唾を呑みこんでいた。

てっぺんに赤い布で花をあしらった花笠が三つ、とどけられた。

――あの父が眼を病んで、寝込んでしまったのか。なんということだ。お初は塾を休んで、いま懸命に働いているのだ。

すぐにも行ってお初に会い、その父も見舞いたいが、家の中へ入るのが憚《はばか》られ、長吉から様子を聞いてがまんしていた。

半月《はんつき》が経《た》ち、夕刻、お初が父喜之助の手を引いてやって来た。

松尾家はみな畑へ行って、父と金作だけであった。

――やめるというのか。お別れなのか。

金作は胸が締めつけられ、与左衛門の横に正座して、通し土間に入ってくるお初と父をじっと見つめた。

お初は右の掌《てのひら》を上向《うわ》きにして、父喜之助に軽くあずけている。

「お父さん、お師匠さまのお顔を、しっかり見ておいてね」

お初は与左衛門のほうを見ながら、父にささやいた。

喜之助はお初の掌に、左の指先を触れているだけで足元《あしもと》が分かるらしく、滑《なめ》らかな動きで座敷に上がってきた。

お初と並んで笑《え》みを含《ふく》んで坐り、深々《ふかぶか》と与左衛門に頭を下げた。病《やまい》の影はいささかもなく、整った顔立ちに澄んだ眸《ひとみ》が動いている。

——あれで見えていないのか。

「右眼《みぎめ》に一寸（三㎝）の丸《まる》だけ、視野《しや》が残っております。竹筒《たけづつ》から覗いておるようなもので、もう菅笠はつくれませぬ」

静かに首を振った。明るい声であった。

与左衛門はまっすぐ喜之助の眼を見て尋ねる。

「何かで強く打ったとか、外傷がおありか」

「いいえ、ことしの夏、急に視野《しや》に黒雲《くろくも》があらわれ、周りから狭《せば》まってきたのです。からだの内《うち》より起こる病《やまい》だと医師は申します」

「そうか、ううむ」

「按摩《あんま》をやろうと思います」

突然、はっきりと言った。

「いえ、揉《も》んでもらうのではなく、わしが習うて按摩になるのです。さいわい、菅笠は息子の辰吉が腕を上げて参りまして」

「ううむ。按摩とは、たいへんなことじゃ」

与左衛門は腕を組んで唸《うな》った。

そのとき、お初が両手をついた。与左衛門を見上げてきっぱりと言う。

「お師匠さま。あたしは塾をやめます。お世話になりました」

金作はあっと声を挙げ、お初の眸《ひとみ》を見つめた。打ちのめされ、涙がこみあげる。

――どうすることもできぬのか。

「あたしは、どんなことがあっても、お手本と名文真宝を抱きしめて学び続けます。ここで、教えていただいたご恩は、決して忘れませせぬ」

「おお、おお、お初」

与左衛門は両手を差し伸べる。

「離れておっても、おまえは可愛いわが弟子じゃ。いつでも帰って来るんだぞ」

「はい。お師匠さま」

見上げるお初の眼に涙があふれた。

喜之助が与左衛門を見つめ、真率《しんそつ》な声で言う。

「ありがとうございました。八ヶ月。短くとも、生涯にわたる宝《たから》を授けて頂きました。続けさせたい。だが、わたくしがこのありさまにて、お初の決意は固く」

お初が引きとって続ける。

「父にはしばらく、からだを休めてもらいます。道庵先生のお話で眼に効く薬があるそうです。

あたしたちが薬料《やくりょう》を稼《かせ》ぎ、必ずなおして見せます」

それから金作のほうへ身を乗り出した。

「金作さん。ありがとう。いっぱい助けてくれたね。あたしは、どこへ行っても、暗誦を続けるわよ。こんど会ったとき、負けないでね」

「負けるものか。いつでもおいで。おれたちは一生、仲間なんだ！」

金作はやっとそこまで言い、涙をぬぐう。

「それでは、お師匠さま」

喜之助が声をかけ、父と娘は与左衛門に深々と頭を下げた。

「達者でな」

「はいっ」

お初は父に手を貸し、そろって土間へ降りる。

外で待っていたのか、戸口をくぐって少年が入ってきた。

「兄の辰吉です。妹がお世話になりました。ありがとうございます。お初の文机《ふづくえ》をいただいて帰ります」

「おお」

金作はお初の文机を引き出して、瞳の凛々《りり》しい十五の辰吉に手渡《てわた》す。

おもてへ見送って出る。三人は与左衛門と金作に、もう一度、お辞儀をした。

「さようなら」

お初ら親子が農人町《のうにんちょう》から南へ、本町通りのほうへ下《くだ》っていく。

夕陽に照らされた後《うし》ろ姿は、まん中に背の高い父、左に手を添えるお初、右側に文机をかかえた辰吉。遠ざかりながら、辰吉が父を見上げて話しかけるのが見えた。

その姿は金作の眼に深く焼きついた。


弟子は三人になったが、松尾塾の熱気は衰えない。

文平が「兵車行」の暗誦をやりとげると、諸葛孔明の「出師表《すいしのひょう》」は、長吉よりも金作が先に、挑戦の名乗りをあげた。

「暗誦します。諸葛亮《しょかつりょう》、出師表」

金作が立ったとき、長吉がほおっと叫んで見上げた。

長吉と文平は「名文真宝」を開いて、出師表の原文をたどる。解釈はせず素読《そどく》だけを教わってきた。

金作は両足を踏んばって立ち、父の眼を見つめて静かな声で暗誦に入った。六百三十字は長い。緊張して何度も行きづまっている。

父の眼と、斬りむすぶように視線を交わしたまま、金作は唱え続けた。

章の句切りに来ても、父はお初の時のようにうなずきはしない。励ましの表情も浮かべない。じっと金作の眼を見返してくる。

——何十回と繰りかえし憶えてきた文だ。意味は字面《じづら》からつかんでいる。

湧き出る言葉のままに、静かに唱えていく。すると、孔明の熱い思いが金作の心に染みわたってきた。

――蜀漢《しょくかん》の国は強大な二つの国に挟《はさ》まれ、先帝亡《な》きいま押し潰《つぶ》されそうだ。国が持ちこたえているのは人材の力である。自分は先帝に恩を受けた。先帝より託された使命がある。国を守り魏《ぎ》を討つために、遠く出陣する。生きては帰れぬ。

国に残る若き皇帝は誰を信じ、いかに用《もち》いゆくべきか。

金作は宮中と軍隊の、中核となる人の名をしっかり憶えていた。孔明はこの人々を信じよと遺言《ゆいごん》したのだ。

「郭攸之《かくゆうし》、費褘《ひい》、董允《とういん》等、これみな良実《りょうじつ》にして志慮忠純《しりょちゅうじゅん》なり」

「宮中《きゅうちゅう》のことは事大小《ことだいしょう》となく悉《ことごと》く以《もっ》てこれに諮《はか》り、然《しか》るのちに施行《しこう》」せよ。

「将軍向寵《しょうちょう》は性行淑均《せいこうしゅくきん》、軍事に暁暢《ぎょうちょう》す。昔日《せきじつ》に試用《しよう》せられ、先帝これを称して能《のう》と曰《いえ》り」

「賢臣《けんしん》に親しみ、小人《しょうじん》を遠《とお》ざけしは、これ先漢《せんかん》の興隆《こうりゅう》せし所以《ゆえん》なり」

――どうか、小人に親しんで賢臣を遠ざけること、なさいませぬように。

懸命に訴えている。

「臣、本布衣《もとふい》にして躬《みずか》ら南陽《なんよう》に耕《こう》し、苟《いやしく》も性命《せいめい》を乱世に全《まっと》うせんとして聞達《ぶんたつ》を諸侯《しょこう》に求めず。先帝、臣の卑鄙《ひい》なるを以《もっ》てせず」

三顧《さんこ》の礼《れい》を尽くして孔明を招き、軍師に登用《とうよう》なされた。孔明はその経緯《けいい》をくわしく述べ、先帝の恩に感激し、いま出陣する。

「願わくば陛下《へいか》、臣に託すに討賊《とうぞく》・興復《こうふく》の效《こう》を以てせよ」

金作はついに最後の一句まで来た。

「臣、恩を受くるの感激に勝《た》えず。今、遠く離るるに当《あた》り、表《ひょう》に臨《のぞ》んで涕零《なみだお》ち、言う所を知らず」

——唱えきった。

しばらく立ったままであった。遠い昔《むかし》の異国の人、軍師諸葛孔明の心とひびき合う、不思議な体験《たいけん》に、身《み》をひたしていた。

父が立ち上がってきた。歩み寄って金作の両肩をがっしりとつかみ、抱きしめる。

「ようやった、金作。これが十一のわが子か。誇りに思うぞ」

涙声《なみだごえ》であった。抱きしめる父の力は強かった。

金作は一気に汗が吹き出す。

「負けた、負けた。やられた。見事だったぞ、金作。うっうっ、うん。おれだって、もう少しなんだ」

長吉が幾度も首を振ってくやしがった。


十月、父与左衛門がふたたび倒れた。

その日、塾は休みで、家に静《しず》と妹たちを残し、松尾家は北の畑に出ていた。

父と母はみどり濃い人参《にんじん》の畝《うね》にしゃがんで、人参を抜いていた。

抜きにくいところは父が鍬《くわ》をとって、畝の根元に軽く鍬を入れる。ときおり、母の笑い声も聞こえてきた。

金作と兄の半左衛門は、やや離れたところの秋大根《あきだいこん》の畝にいて、小さいが密集している大根葉《だいこんば》を間引《まび》いていた。陽が西に傾いて、肌寒い夕暮れどきであった。

人参の根元に鍬を入れた与左衛門が、そのままどっと畝へ突っ伏した。

「ああっ」

母が悲鳴をあげて横から抱きつく。畝を飛んで駆け寄った金作と半左衛門が介添《かいぞ》えして、ゆっくり仰向《あおむ》かせる。母の腕《うで》のなかで父は青ざめて口ががくがく震《ふる》え出した。

「父上っ」

金作は絶叫して父の頭をささえた。半左衛門が野良着《のらぎ》を脱いで父をくるみ、家の方角を指さして叫ぶ。

「金作、褞袍《どてら》だ。静《しず》に知らせろ。雨戸を一枚持ってこい」

「はいっ」

金作は懸命に走った。家が見えてくると大声で叫んだ。

「姉上っ、静姉さんっ、父上がっ」

家に駆けこんで褞袍を見つけ、静に投げ渡す。

「父上が倒れた。震えている、着せてあげて」

雨戸をはずした。それをかかえ必死に駆けもどる。坂を越すと兄が駆けてきた。

「早く」

「血の気《け》がもどってきた。だが、まだ震えている」

兄は静が持つ縕袍をわしづかみに取り、駆けていく。

皆で父を抱きかかえ雨戸に寝かせた。母がすがりついて身体《からだ》を激しくさすり、首元《くびもと》まで縕袍でくるむと、やや震えがおさまってきた。

雨戸を持ち上げて家へ連れ帰る。兄と金作が前、母と静がうしろを持った。

父は戸板の上で眼をつぶったままだ。ときどき大きく胸を波打たせ、深い息をする。

「父上っ」

金作が呼びかけると、かすかにうなずいた。

納戸の一隅《いちぐう》に枕屏風《まくらびょうぶ》をめぐらし、布団に父を横たえた。

兄の半左衛門が医者を呼びに走った。


「何よりも安静が大事です。心臓が弱っておられる。二度目ですぞ」

医師の見立てはきびしかった。

布団に横たわる父は、げっそりと痩せ、顔色は青みをおびている。

——父上、あの気迫を取りもどして下さい。どうか!

枕屏風の陰で、金作は涙をながして祈った。

母は気丈《きじょう》に腹をくくった様子を示し、笑顔さえ見せて事をはこぶ。

「金作、めそめそしている時ではありませんよ」

優しく声をかけられた。

「もう父上を働かせてはなりませぬ。治《なお》るまで畑には出しませぬ。わたしがいっさい面倒をみます。松尾塾は閉門です」

家族を集めて言いわたした。

奉公に出ていた十四歳の姉、お栄が駆けつけて母を助けた。武家屋敷の下働きで鍛えられたか、毅然《きぜん》と眼をあげた姉はつねに母の横にいてかいがいしく、次々と確かな手配をする。

納戸を与左衛門の病室にあて、箪笥《たんす》、長持《ながもち》は表《おもて》の八畳間《ま》に出し、その外側を屏風で仕切《しき》って来客と対応する。夜は奥の居間に兄夫婦といちばん下のおよし、おもての間《ま》に金作、加代、やすが寝た。

まっ先にお初が見舞いに来た。納戸に入って与左衛門の手をとり、しばらく話すうちに泣き伏してしまった。金作はお初とともに納戸を出る。

それから長吉、文平の親子、そして仙太と鍛冶屋の父が現れた。弟子たちだけが納戸に入る。与左衛門は身を起こして言葉をかけているようであったが、かれらは涙ぐんで厳しい顔をして出てくる。

「どうぞここは、いったん諦《あきら》めて下さい。元気を取りもどしましたら、また、塾を再開いたします」

母とお栄が並んで坐り、両手をついて頭を下げた。

二十日《はつか》寝ていた父が、母の止めるのを押し切って、ふらつく身体《からだ》で起き出した。

「心配かけたな。もうだいじょうぶだ」

「いけませぬ。寝ておいでなくては。去年も治《なお》りきらぬうちにお起きになったから、よくなかったのです。畑はだめですよ」

「そうじゃな。少しずつ、力を取りもどしていこう」

父は表《おもて》の間《ま》に出て、大きな和紙に漢詩を書くようになった。母の言葉にしたがい納戸で休息をとるが、すぐおもてに出てくる。いつもよりも明るくふるまい、言葉少なく、しきりに考えをめぐらす様子である。

お初が見舞いに来た。

「お師匠さま。起き上がられたのね。ああ、よかった、ほんとによかった」

「お初、よう来た。おまえこそ、どうなのじゃ、無理するでないぞ」

父はいかにもうれしそうだ。二人は手を取り合い、涙ぐんでいる。

二十日見ぬうちに、お初はきりっと眉があがり、大人《おとな》びてきている。何か決意を秘めているようで、金作は横顔を見てどきりとした。しかし、お初は急に淋しそうな顔になり、

「また来ます」

あっという間に帰っていった。

翌日、午《ひる》を過ぎ夕刻《ゆうこく》ちかくなって、ふたたびお初が現れた。こんどは背負《しょ》い籠《かご》に藁《わら》を入れてきて、金作に草鞋《わらじ》の編み方を教えるという。

金作は筵《むしろ》をかかえてきて土間にひろげ、そこに二人で坐った。

「きっと役にたつわ。じょうずに編めたら、長吉のとこ、置いてくれるかも知れないよ。まあ、それはすぐには無理かな。だけど大人になったとき、きっと役にたちます。長い旅に出ることもあるし」

藁は叩いてきたらしく、柔らかく編みやすくしてあった。

「先ず、芯《しん》になる縄を綯《な》うのよ。これは知ってるでしょ。藁を両手に握って、そう、掌《てのひら》をねじるように強く擦《す》り合わせて。そう、強い草鞋を編むには、これをしっかりと引き締めて、しごいて。そう。縄《なわ》に縒《よ》ったら、両足の親指にこうかけて」

金作の躰《からだ》に覆いかぶさるように身を寄せ、伸ばした両足の親指に縄を掛けてくれる。お初の両腕が眼の前にきて、足の親指をつまんで縄を掛け、ぐいと引く。藁を手に取り縄を潜《くぐ》らせ折り返し編み進めて、両側に二つずつ「乳《ち》」という輪を作る。

お初の仕草《しぐさ》は丁寧で力強く、金作の躰を幾度も揺する。横顔は怒ったように真剣だ。

金作は覚《さと》った。お初がいなくなる！　これは、別れを告げているのだ。

——行くのか。どうしても。

お初の横顔に向かって言葉がほとばしる。

「どこへ。どうするんだ、これから」

お初はさっと顔を挙げ、金作を見つめた。大きく見ひらいた眼に涙があふれてくる。歯をくいしばっている。深く、うんとうなずいた。

「あたしは、だいじょうぶ。……だいじょうぶじゃなくても、あたしは、やるの」

「お初ちゃん！」

「ありがとう、金作さん。あなたこそ、負けないでね」

お初は両方の掌を、やさしく金作の手にかぶせる。

座敷に坐っていた与左衛門が背筋を伸ばして、土間にいる二人を見つめていた。

お初は背負い籠の中から、金色の糸で巻いた大きな手鞠を取り出した。

「加代ちゃん」

大きな声で呼ぶ。加代が駆けてきた。

「これあげる。あんたのは赤い鞠でしょ。あたしはもう、つくことないし」

加代は目をみはって金色の鞠を胸に抱きしめている。

お初は与左衛門を見上げる。それから、もういちど、大きな声で叫んだ。

「お師匠さま。お母さま。帰ります。ありがとうございました」

母があわてて出てきた。

「ありがとうね。お初ちゃんこそ、からだに気をつけて」

「はいっ。さようなら」

金作が出口へ追っかけて叫ぶ。

「手紙を！」

お初は振り向かず、深くうつむいて身をよじるようにして駆けていく。金作は片手を挙げたまま立ちすくんだ。

翌日、長吉が現れ、お初が京の掛け茶屋《ぢやや》へ奉公に出たと知らせてきた。

父の与左衛門は出歩けるまでに、体力をとりもどした。

畑仕事はしないが、畑までの道のりを、背筋を立てて悠然と往復する。

ひと月後に、鉄砲訓練の日がめぐってくる。母は休みを願い出てはと気遣《きづか》う。しかし、与左衛門はこの日をめざして体力をととのえてきたのだ。

「無足人とは言え、藩士に準ずる身。これを休んでは、ただの百姓に落ちる」

ついに訓練の日を迎えた。

父はいささかの衰えも見せず、豪放に笑って出向いていく。気を張ってふるまう父が、金作には痛々しく見えた。

こうして六日間、藤堂采女家の下屋敷《しもやしき》にかよった。鉄砲は下屋敷に常備《じようび》してあり、よく磨《みが》いて点検し武装《ぶそう》に着がえ、敷地内の広場に出て撃《う》つ。

城代家老の下屋敷は松尾家の西方にある。近かったので時おり鉄砲を撃つ轟音《ごうおん》がこだまして聞こえてきた。

訓練をのりきると、からだを一日休めて父は言い出した。

「寒くなる前に、柘植へ行ってくる」

柘植には菩提寺《ぼだいじ》の長福寺《ちようふくじ》がある。兄半左衛門を連れて行って宗智和尚《そうちおしよう》に会い、農閑期に武家奉公ができるようお願いし、ほかにもいろいろと頼んでくるという。

母が付き添うことになり、三人で出かけていった。

――父は松尾家を、たとえ半士半農であろうと、なんとしても藤堂藩に繋《つな》がる家にしておきたいのだ。しかし、禄《ろく》を頂戴せず、麦を作り野菜を育てる暮らしは、水田を持つ百姓よりもはるかに貧しく、遣《や》り繰《く》りの苦労が絶えぬ。

金作はこのしくみの苛酷《かこく》さがしだいに分かる年齢になっている。

父与左衛門は柘植の親戚にもまわった様子で、二泊して帰ってきた。

やがて兄半左衛門は、藤堂内匠《たくみ》家で下働《したばたら》きをするようになった。一と五がつく日だけ、畑を休んで屋敷に上がり、雑役《ざつえき》に従うのである。


師走に入り、雪がちらつく寒い朝であった。

金作は父に連れられ、「久米屋《くめや》」と名のる質商、菊岡如幻《にょげん》宅へ向かった。

二人とも菅笠《すげがさ》をかぶって出かけた。

赤坂から南へさがり農人《のうにん》町を抜けると、東西に走る本町通りに出る。

そこは三筋町《みすじちょう》と呼ばれ、同じく東西方向の二之町《にのまち》通り、三之町通りがあり、ここに立ち並ぶ町筋《まちすじ》が城下町の中心部である。

与左衛門と金作は、いちばん北の本町通りを西に曲がる。

雪が舞い降り、道を白く染めはじめている。だが、見上げる空は明るく、まもなく止むだろうと思われた。

右に菅原《すがわら》神社（伊賀上野天満宮《てんまんぐう》）の石鳥居《いしどりい》と、大きな瓦屋根《かわらやね》の山門が見える。ここは松尾塾の仲間とよく遊びに来たところだ。

「お参りしていこう」

父が先に歩み入り、高く聳《そび》え立つ山門をくぐる。

二人は菅笠をとって石畳《いしだたみ》を神殿まえへ進み、父が太い綱《つな》をつかんで上についている鈴を鳴らした。並んで柏手《かしわで》を打つ。

金作は父の病《やまい》がどうか治りますように、そして京にいるお初の無事をお祈りした。

父は金作をかえりみてささやく。

「手習いの手本や名文真宝を作るときも、わしは天神様にお参りした」

見上げる金作に父は語りかけた。

「学問の神様じゃ。おまえの学問が栄えゆくよう、さあ、もういちど祈ろう」

「はい」

二人で綱をにぎって鈴を鳴らし、もういちど祈った。

石畳を引き返すと、境内《けいだい》の土も彼方《かなた》にうずくまる大きな牛の石像《せきぞう》も、まわりの木立《こだち》も、みな雪をかぶって白くかがやき、陰影を濃くしている。

――父はもう、塾を開かない。

境内を出ながら、金作ははっきりとそう思った。

――菊岡如幻の家を訪問するのは、連れて来てみなさいと、言われたゆえに行くのだ。

——父はわたしの師ではなくなるのか。

質屋奉公をお願いするのではないと察せられ、菊岡如幻が師と呼ぶような人なのか、十一歳のわたしを受け容れてくれるのか、次第に不安が高まってくる。

源三位頼政《げんざんみよりまさ》の流れを汲《く》む家系で如幻も伊賀土豪の末裔《まつえい》だという。藩の許しを得て先代《せんだい》より両替《りょうがえ》と質《しち》をいとなむという。

父の話では、まだ二十九歳。和歌を詠み、天正伊賀の乱を研究する民間の学者である。

——菊岡如幻とはどのような人か。

札《ふだ》ノ辻《つじ》を過ぎるころには雪がやんで、二人は菅笠《すげがさ》を右にかかえ、思いにふけりつつ歩く。西の立町通《たてまちどお》りと交わる角《かど》を南にまがった。

白壁《しらかべ》の蔵をもつ大きな屋敷が見えた。

「あれが久米屋じゃ」

冠木門《かぶきもん》がある正面へ向かわず、父は脇の路地《ろじ》へ金作をみちびく。

生《い》け垣《がき》の中ほどに、桧皮葺《ひわだぶき》の屋根をのせた両開きの木戸《きど》がある。白い雪が濃《こ》い緑《みどり》の生け垣にも、奥に見える植え込みにも残って、雫《しずく》が光っている。

中庭に出て、木刀《ぼくとう》の素振《すぶ》りをしている人が見えた。

正眼《せいがん》の構えから、右足をすっと踏み出すと同時に上段に振りかぶる。無言の気合いで正面打《しょうめんう》ちをして元にもどる。それを繰り返す。

剣道の胴着に紺袴《こんばかま》、背が高く引きしまった横顔。生け垣のかなたにひと目見ただけで、金作は直感した。

——あの人だ。

十五、六歳の書生が、飛び石を大股に歩いてきて木戸を開けた。

「どうぞ」

与左衛門と金作は、書院につづく控えの間に通された。

菊岡如幻は鉄紺《てつこん》の袷《あわせ》に着がえてあらわれた。

「これは、松尾金作どの」

顔を挙げると、大きくて静かな瞳が、笑みをふくんで金作を見つめていた。

姓名に「どの」をつけて呼ばれたのは初めてであった。

父よりも先に声をかけられ、凝視《ぎょうし》されていると感じた。

「はいっ。松尾与左衛門の次男、金作でございます。よろしくお願い申しあげます」

金作はその瞳を見つめて挨拶し、両手をついた。

「うむ」

続いて父が挨拶を述べ、頭を下げる。

金作は手をついた姿勢から父とともに身を起こし、胸を張って向き合った。

如幻は額《ひたい》の秀《ひい》でた浅黒い顔、きりっと上がった眉《まゆ》、意志のつよそうな口元《くちもと》である。

逞《たくま》しい体格は人を圧倒するほどであるが、紺の襟《えり》もとをととのえ、背筋を伸ばして正座し、両手を軽く膝に置いた姿は折りめ正《ただ》しく、すがすがしい空気がそちらから吹いてくるように感じられる。

庭で素振りをしていた精悍《せいかん》な姿とはうって変わって、しんと静かな雰囲気がただよい、金作は緊張がほぐれていく。

「よいお子じゃ」

如幻は父に向かって静かに言った。

「ありがとうございます」

父はしんみりした声でうなずく。

「おあずかり致しましょう」

はっとして、金作は目をみはった。その金作を見つめて如幻は言う。

「弟子ゆえ、もちろん束脩《そくしゅう》（謝礼）は、なし」

即座に、きっぱりと言った。

「よろしかったら、いつでも。身《み》ひとつで、いらっしゃい」

金作のほうが声を発し、父とともに深々と頭を下げた。

「お願い致します」

——ついに決まった。

この人ならば、どんなことでも学んでいけると思った。

だが身を起こす金作は、父から離れる悲しみがこみ上げ、事をここまで運んだ父の心を思い、涙がこみあげてきた。

「よくぞお受けいただき、ありがとうございます」

父はくぐもった声で言い、うなだれる。

そのとき、如幻が金作に優しく問いかけた。

「ところで、金作どのは、釣りがお好きかな」

「はい」

「こんどはわしと行こう。服部川へ」

「はっ」

金作は思わず父と顔を見交《みか》わす。如幻は父に笑顔を向け、

「聞いておりますぞ。あの鍛冶屋から。はっはっはっは」

高らかに笑った。

「子供の喧嘩《けんか》は、時に伊賀びとの思いを、激しくあからさまにする。よくぞ三人の親子を納得《なっとく》させて下さった」

「恐縮です。草稿を読ませていただきました」

「打った鍬《くわ》を届けにきて、頑固おやじが神妙な顔をしてわしに謝《あやま》りましたぞ。とんでもない考え違いをしておりましたと。うちで使う鍬は、みなあの鍛冶屋が打ったものです。伊賀の土には、あの鍬でなくては」

金作は質屋の徒弟修行《とていしゅぎょう》に入った。

十六歳の書生《しょせい》、弥助《やすけ》と同じ部屋に住み込みである。

六畳の徒弟部屋に二人が入ったのだが、もう一人の先輩は、京の北村季吟邸《きたむらきぎんてい》へ修行に出ているとのことであった。

大きな眼で機敏に動く弥助は、来客と対応するのが役目で、十一歳の金作は常に如幻の傍《かたわ》らに置かれ、使い走《ばし》りと蔵の掃除を命じられた。

「おまえは、信吾《しんご》の後釜《あとがま》だよ」と弥助は言う。

執筆中《しっぴつちゅう》の如幻より声がかかる。

「金作、孫子《そんし》の軍争篇《ぐんそうへん》と用間篇《ようかん》を」

その一言《ひとこと》で金作は書院の控えから蔵の二階へ急ぐ。

手早《てばや》く見つけ出して持ってくるのだ。

質屋の蔵が二棟《ふたむね》並んで立ち、手前の蔵には質札《しちふだ》を付けた衣類、刀剣《とうけん》、骨董《こっとう》、あらゆる種類の物品が並ぶ。これは番頭《ばんとう》や手代《てだい》があつかい、金作らは入ってはならぬ。

書庫となっている奥の蔵はひんやりと静まり、かすかに薬草のにおいがする。

一階には伊賀忍者に関する文書類と、実物《じつぶつ》資料が整然と納められている。

壁に銃《じゅう》・槍《やり》類が掛かり、大きな長持《ながもち》に衣装《いしょう》・帷子《かたびら》、懐中《かいちゅう》武器・潜水具《せんすいぐ》。仕切りのある木箱に干鮑《ほしあわび》、鰻《うなぎ》白干《しらぼし》、茯苓《ぶくりょう》等の薬と食物《しょくもつ》。開けてはならぬ箪笥《たんす》に毒物《どくぶつ》もある。

梯子《はしご》を昇った二階には、白木《しらき》の書棚があり、忍法《にんぽう》書、地方の冊子《さっし》、図譜《ずふ》。そして間隔をあけて漢籍《かんせき》、日本の古典等が区別して並べられている。

時には如幻といっしょに二階に上がった。

「あれは、何巻だったか」

手分けして探すこともあった。


明けて承応《じょうおう》四年（一六五五、四月改元、明暦《めいれき》元年）、金作は十二歳になった。

正月は、五日まで赤坂の実家に帰ることが許された。

久米屋から大量の餅が届けられ、父母や家族の者、奉公から帰った姉のお栄も大喜びであった。

金作は質屋での暮らしぶり、特に如幻の人柄《ひとがら》をくわしく語った。

「そうか、そうか。よかったのう」

父がしきりにうなずき涙ぐむ。その姿がひときわ痩《や》せ細《ほそ》ったように見え、金作は胸が締めつけられる。

如幻は本名を捨松《すてまつ》という。先祖は菊岡村に住んだが、高山公《こうざんこう》の城下町建設のとき、父が伊賀上野に移り、両替《りょうがえ》・質受《しちう》けを家業とした。金作の父も上野に出て藤堂藩の鉄砲者《てつぽうもの》になったのだが、捨松の父は両替えの認可を取って豪商となったのである。

若くして家業を継いだ捨松は北村季吟に入門して和歌を学び、随性軒《ずいしょうけん》如幻と号した。そして、天正伊賀の乱が人々の心に残した傷《きず》を憂《うれ》えて、乱の実態を地元民の眼で記《しる》し残そうと、史料を集め伝承《でんしょう》の記録にとりかかった。

如幻の願いは伊賀の地に歌詠みが増《ふ》え、心が和《なご》やかになっていくことである。

「伊賀びとに和歌の風雅《ふうが》を与えよ。風雅の心で疑心暗鬼をはらうのじゃ」

そのために若い弟子を京の季吟のもとへ修行に出している。自分も歌を詠む。金作にも歌を学ばせたい。如幻がそう考えていると、しだいに分かってきた。

——やはり質屋奉公ではない。まったく別の、これは師弟の修行だ。

如幻はすぐには和歌を作らせなかった。

「先ずはよく見よ。山川草木《さんせんそうもく》、生きておる姿を見つめるのじゃ。歌の形にするのはまだ早い。見る修行を積んでゆけば、歌は自然に湧いて出る」

そう言って、「服部川吟行《ぎんこう》」などと呼ぶ吟行に金作を連れ出した。

矢立《やたて》（墨壺《すみつぼ》と筆が入る携帯筆記用具）と懐紙《かいし》を持って、発見したものを深く見て言葉に書きとめる。絵に描いてもよい。

「今日は、探梅行《たんばいこう》じゃ」

冬枯《ふゆが》れの正月《しょうがつ》、春のきざしを求めて、早咲《はやざ》きの梅を探しに城山《しろやま》のふもとをゆく。

梅だけでなく、薺《なずな》、菫《すみれ》など、咲いている花はないかと眺めつつ歩く。

寒気《かんき》が身にしみるが、小川のせせらぎは春を奏《かな》でている。金作は筆を取り出す。

梅をたずねて山道を登っていくと、ほのかに梅の香がかよってきて、足が止まる。

——あっ、あそこ。

空に向かって力強く突き出した枝。中ほどに白い梅の花が一輪、五弁の形もくっきりと咲いているではないか。近くの枝にも点々と蕾《つぼみ》が膨《ふく》らんで、開きかけている。

「おおい」

坂のかなたから如幻の声がする。はあいと答えて駆けていく。

「絵にも描《か》いておるか。できるだけ言葉にせよ。言い足りぬところを絵で補う。あくまでも歌になる言葉が主役だ」


金作との対話は、つねに一対一であった。弥助とは別の政《まつりごと》に関する話題である。時に応じ、書院、中庭、蔵の二階、服部川の岸辺で、真剣そのものであった。如幻は伊賀の国がらについて語った。

――なぜ金作にこの話をするか。

金作が心の奥に、問いを秘めているゆえだと如幻は言う。

蔵の二階で向き合って正座していたときであった。

「わしの雅号随性軒《がごうずいしょうけん》とは、ものの本性《ほんしょう》に随《したが》うとの意味じゃ。自然にしたがえば人為《じんい》は幻《まぼろし》の如《ごと》し。ゆえに如幻《にょげん》と号す。たとえば、伊賀を奪《うば》おうとして大名が調略《ちょうりゃく》の手を延ばす。これは人為じゃ。これに対し結束《けっそく》して大名の支配を拒《こば》むのは、人情《にんじょう》の自然」

こう言って金作をじっと見つめた。

「天下布武《てんかふぶ》をかかげ大軍にて押し寄せ、伊賀びとを殲滅《せんめつ》、神社仏閣民家すべてを焼き払うたは無《む》残酷烈《ざんこくれつ》の人為。信長《のぶなが》亡きあと伊賀に疑心暗鬼がうごめくは、人情の自然」

「はい」

「藤堂高虎はその名のとおり、つねに戦いの最前線を引きうけ、真っ向敵《こう》に当たる猛《たけ》き虎。しかして瞬時に将来を見とおす具眼《ぐがん》の士じゃ。伊賀びとの反抗心を骨抜《ほね ぬ》きにするには、この男しかないと大御所《おおごしょ》（家康）が遣《つか》わした」

ずばりと言い切った。

「無足人とは奇怪《きっかい》なしくみを作ったものよ。準藩士として名字帯刀《みょうじたいとう》は許すが禄《ろく》は与えぬ。これは藩が責任を取らぬ、使い捨てということじゃ。わが家《や》も土豪の末裔《まつえい》で無足人じゃ。禄をもらわぬ代わりに認可《にんか》を頂戴した。公認の両替商《りょうがえしょう》となり、伊賀びとの質《しち》を取って財《ざい》を成《な》した。誇れるものではない」

如幻は悲しげな面持《おもも》ちになっている。

「鉄砲者《もの》も無足人だが、忍びの者《もの》も無足人じゃ。忍びには金がかかる。どこからか莫大な金が出ておる。しかし、忍びは使い捨てゆえ、無禄ということになっておる」

目の前に忍者の武器があるので、話は身に染みた。

「伊賀の忍者は、いま」

「おまえも知っておろう。伊賀は、藤林《ふじばやし》党、百地《ももち》党、服部宗家《はっとりそうけ》、この上忍三家《じょうにんさんけ》の土豪に支配されておる。藤堂藩代々の領主は土豪をいかに懐柔するかに心を砕《くだ》いてきた。ついに、伊賀上野の城代が藤堂高虎一族の血統《けっとう》から、上忍出身の藤堂采女《うねめ》に変わった」

「そうです。知っております」

「采女の元の名は保田元則《やすだもとのり》、服部宗家の半蔵則直《はんぞうのりなお》の三男じゃ。藤堂藩はついに忍者の頭領筋《とうりょうすじ》の者に藤堂《とうどう》の名を与え、忍者に伊賀土豪ぜんたいの懐柔《かいじゅう》を任《まか》せたのじゃ」

「ああ」

黙《もく》しがちな伊賀びとの気質はここからくる。秘められた上忍三家の支配、無足人として貧窮に耐えねばならぬわが家《や》の運命《さだめ》。この苛酷《かこく》さが十二歳の金作にも分かってきた。

如幻は静かな瞳にもどっている。

「これすべて、政《まつりごと》の策がなせるわざ。人為じゃ。人為は幻のごとし。ゆえに、自然に随《したが》えと言うておる。風雅の心をいだいて自然に帰るのじゃ」


この年の四月（明暦元年一六五五）、金作は如幻のお供をして京へ上《のぼ》った。

伊賀上野より木津川《きづがわ》沿いに西へ、如幻の故郷菊岡村に寄って、笠置越《かさぎご》えをして京をめざす。如幻が師の季吟に再会するための旅であるが、金作にとっては生まれて初めての、心おどる上洛《じょうらく》であった。

「これぞ吟行、木津川吟行とでも呼ぼうか」

新緑の山脈《やまなみ》深く、幾重《いくえ》にも曲がりつつ山陰《やまかげ》に隠《かく》れては現れ、遠くまで輝いている木津川。

近く眼下に、あるいは遠くその瀬音《せおと》を聞き、川風《かわかぜ》に吹かれながら歩む。

金作は懐紙を綴じた手控えに、歌の語句をいくつも記《しる》している。

如幻は書院で書きものをしている時とはうって変わって、晴ればれとした顔である。岩に腰かけ休むときには、しきりに話しかけてきた。

季吟邸には如幻の弟子信吾が住み込んでお仕えしている。

如幻は季吟に自作の和歌の講評を乞うつもりだという。そして信吾が世話になっているお礼を述べ、さらに、信吾が季吟より学んで書き記《しる》した筆録《ひつろく》を見たいのだ。

金作と信吾が会うのも刺激になる。叶うならば、先生に金作をお目どおりさせたい、ゆえに連れてきたのだと言う。

「季吟先生は、わが国が誇る古典の山脈をいかに読み解くか、その方法と解釈を示して下さっておる。万葉集、源氏物語、徒然草。和歌・俳諧、広い分野にわたる」

「歌人であり、学者なのですね」

「そうだ、今は実作《じつさく》よりも学者であられる。しかも先生は教えを秘伝《ひでん》として隠すのではなく、版《はん》木《ぎ》に刷《す》って誰にも分かるよう、公表なさるという」

如幻は木津川の遙か彼方を眺めながら語る。

「先生の書が世に出て、先生から学んだ信吾が伊賀にもどれば、伊賀に歌壇が生まれるであろう。金作、おまえも大事《だいじ》な片腕となって、存分に活躍するのだ」

「はいっ」

如幻がかける期待に驚き、金作は胸が高鳴ってくる。

京に入った。

二人が泊《と》まる旅籠《はたご》に信吾が訪ねてきた。如幻と信吾は二年ぶりの再会のようだ。

「おお、信吾。大きく逞《たくま》しうなった。見違《みちが》えるほどじゃ」

金作も紹介された。信吾は太い眉に大きな瞳の明朗そうな青年であった。十九歳という。

大事にかかえてきた包みを、如幻の前でさっそく開いた。

幅広《はばひろ》の和紙を幾枚も重ねて二つに折った束《たば》が三つある。束の一枚目を開くと、信吾が細かい字でぎっしりと書きこんだ筆録《ひつろく》が現れた。如幻が手にとって見る。

「これは、源氏物語、夕顔《ゆうがお》の一節。ううむ」

如幻は一枚ずつ目を通していく。そして筆録を二人の前に開いて示す。

「たいへんな労作じゃ。信吾もよくぞここまで書きこんだものよ」

中央に源氏物語の本文がある。信吾が講義を受ける前に書いたものだ。注目すべき語句の右肩に番号を振って、その上に頭注《とうちゆう》、下に脚注《きやくちゆう》と、書き込みをする形で季吟先生の解説を筆録している。語句の意味、人物関係まで、解説を加えている。

「これを全巻やるのか」

「はい。版木《はんぎ》にはほぼこの形で載せます。まん中に源氏の本文をどんと置いて、頭注と脚注で全巻を、誰が読んでも分かるように浮かび上がらせる。ぜんぶで、六十巻以上になりましょう」

「ほう。五十四帖を六十巻にわたって解説するか。気が遠くなるような仕事じゃ」

「十年かかると仰せです。わたしは注釈の清書をお手伝いさせて頂いております」

金作は久米屋の書庫を思い浮かべていた。書棚に源氏物語五十四帖の流布本《るふぼん》が置いてある。開《ひら》けば漢字混《ま》じりの平仮名《ひらがな》が、行替《ぎようか》えなしにずっと続いている。

平安朝ではない。

――原文のままでは、古典の良さが輝き出ないのだ。分からせ、広めることの、なんとむつかしいことか。

その一端を手伝う信吾を、金作は尊敬のまなざしで見た。

翌日、金作はお目どおりが叶った。

如幻の後ろに控えて、北村季吟の若々しい姿、振舞いに目をみはっていると、「その人は」と尋ねられた。

「この者、藤堂藩鉄砲者《もの》松尾与左衛門の次男、金作と申します。どうかお見知りおきを」

「よろしくお願い申し上げます」

如幻の紹介に合わせて両手をついた。

「そうですか。菊岡如幻の新たな弟子じゃな。だいじになされよ。信吾はもうしばらく、お預かりします」

京から帰った金作は、蔵にある源氏物語の夕顔の巻を借り出した。漢籍と日本古典は、徒弟《とてい》部屋《べや》へ持ち出すことが許されていた。

いま目にする原文は、漢字混《ま》じりの平仮名の、どこまでも続く文字の羅列《られつ》である。

しかし金作は京の旅籠《はたご》で見せてもらって、信吾が懸命に筆録した頭注、脚注の形が、目に焼きついている。

——頭注、脚注の書き込みはあまりにも多く詳細であったが、この原文の中から季吟先生はどの言葉に着目して解釈されたか。信吾はどう書き取っていたか。

金作は思いをめぐらしながら、夕顔の巻を少し読んでは一語一句に目を止め、感心した箇所は書き写し、時を惜しんで読み進めていった。

秋も深まった十月。午《ひる》すぎ。

如幻が金作を書院へ呼び入れ、襖《ふすま》を閉めるように言った。

近くに寄ると、如幻は厳粛《げんしゅく》な顔付きをしている。

「金作、おまえは、俳諧《はいかい》をやりなさい」

——和歌ではなく、俳諧をやれとは！

師から手放《てばな》される気配を感じ、金作はぎょっとした。

「どういうことですか」

「今朝、山渓《さんけい》寺の大道和尚《だいどうおしょう》が来た。おまえのことを調べており、藤堂藩に推挙《すいきょ》してくれという。山渓寺は五千石の侍大将《さむらいだいしょう》藤堂新七郎家の菩提寺じゃ。和尚は藤堂藩に奉公する者の身元を調べて口添《くちぞ》えをする。新七郎家のご当主良精《よしきよ》様が、若殿良忠《よしただ》さまの伽《とぎ》に、おまえを召《め》しかかえたいと望んでおられるのじゃ」

「ええっ」

「伽とは若殿のお相手をする学友《がくゆう》じゃ。すでに二人の伽がおる。良忠さまは十四歳。俳諧を好まれ、季吟先生に入門して蝉吟《せんぎん》と号しておられる」

「なんと」

「この話は、父上与左衛門どのの願いから動き出した。柘植《つげ》の長福寺の宗智《そうち》和尚が、頭の良い、俳諧のお相手ができる子がおると、山渓寺の和尚に知らせたのじゃ」

──ああ、父は柘植へ行って、兄の奉公先だけでなく、わたしのことも頼んでいたのだ。

如幻は金作の肩に手を乗せて、

「わしの手もとを離れることになる。しかしわしは推挙《すいきょ》したい。金作、おまえはどうじゃ。お受けするか」

茫然《ぼうぜん》、何もわからぬ衝撃《しょうげき》。金作は天を仰ぎ眼をつむって気をしずめる。如幻は言う。

「父上はどんなにお喜びであろう。お父上の悲願が、事を動かしたのじゃ」

父が喜び、師匠が喜ぶ。じゅうぶんではないか。何を迷うことがあろうか。

「お受けいたします」

如幻の眼を見つめ、決然と答えた。

「よう言うた。突然のことで、おまえも先のことまでは分からぬであろう。すぐに帰ってお父上に知らせなさい。ただし、ぜったいに他言無用《たごんむよう》ぞ。夕方、再度《さいど》、結論《けつろん》を持ってきなさい。わしは明朝《みょうちょう》、推挙に動く」

「はい」

「父上に申し上げるのじゃ。ご存じであろうが、伽《とぎ》に召し抱えるとは下僕《げぼく》奉公ではない。若殿のお側に仕える小小姓《ここしょう》となり、いずれ中小姓《ちゅうこしょう》に上《あ》がる。無足人の子が藩士となるのは、きわめて稀《まれ》で厳しい道じゃが、夢ではないとな」

駆けるようにして家にもどった。

家には父与左衛門と嫂《あによめ》の静《しず》がいた。他の者はみな畑であろう。

父は表《おもて》の間《ま》にうずくまっていた。病が進んでいると一目《ひとめ》でわかる。痩せたうえに視力がおとろえ、手探《てさぐ》りするまでになっている。

――この父のそばに、もういられない、いっそう離れて暮らすことになる。

急な帰宅を訝《いぶか》る父を先ずは落ち着かせ、金作はゆっくり話し出したのだが、父は仰天《ぎょうてん》して立ち上がってきた。

「金作、いま何と言うた。若殿《わかとの》の伽にじゃと」

「はい。そうです」

大きく目をみはって、痩せた両腕を金作のほうへ差し出す。

「召しかかえるじゃと、藤堂新七郎家にか」

金作の肩をつかんで、口を開けたまま金作の顔を見た。

そして、金作を抱きしめ、おお、おおと嗚咽《おえつ》しはじめた。

「姉上、みなを呼んで下さい。それから、お栄姉さんにも知らせて」

久米屋へもどる道は、夕焼けが空を染めていた。

菅原神社の境内を進んで、ひとり柏手《かしわで》を打つと、あのとき金作の右に立っていた父の、見上げるような剛毅《ごうき》な姿が偲《しの》ばれた。

去年の師走《しわす》、雪の朝であった。お前の学問が栄えゆくようにと父は祈った。二人並んで天神《てんじん》にお祈りしたのだ。

——あの父が病み衰えて、今は手さぐりするまでになった。

一年足らずのうちの急な変転《へんてん》におどろき、金作はくちびるを噛《か》んだ。

父の手もとから如幻のもとへ行った。さらに遠くへ、いま行こうとしている。

——病んだ父が身を賭《と》して松尾一家の運命に揺《ゆ》さぶりをかけ、わたしのために道を開いたのだ。

「さあ、もういちど祈ろう」

父が呼びかけたあの雪の朝のように、もういちど柏手を打って祈った。

如幻は、明朝《みようちよう》山渓寺へ出向くと言って、手みやげを用意させ、記《しる》しておいた書付《かきつけ》をあらため、書院の中を動きまわって気を張りつめている。

「先ずは、お受けする旨《むね》を伝える。推挙はそのあとじゃ。わしに任《まか》せなさい」

金作に微笑《ほほえ》んで言う。

「殿さまは、俳諧をたしなむ同《おな》い年《どし》か、年下《としした》の子をお望みじゃが、俳諧を学ぶ子というのは無理、そのような子が伊賀におるものか」

「大人《おとな》の藩士におられましょう」

「殿さまは、こどもの学友が欲しいのじゃ。おまえは和歌を修行中じゃが、俳諧は和歌より派生《はせい》したるもの」

「未《いま》だ一句も詠んだことがありません」

「はっきり言うておくぞ。おまえの言葉を選ぶ素質はだれにも負けぬ。語《ご》もし人を驚かさずんば死すともやまず、与左衛門どのとわしの薫陶《くんとう》が向こうへ伝わったのじゃ。俳諧は未《ま》だ詠まぬほうがよい、若殿に導《みちび》かれながら、競《きそ》い合《お》うて俳諧に入ってゆくのじゃ」

「はい」

「伊賀には歌壇より先に、伊賀俳壇が生まれそうだぞ」


菊岡如幻の推挙、山渓寺和尚の口添《くちぞ》えにより、金作は侍大将《さむらいだいしょう》藤堂新七郎家の上屋敷《かみやしき》に参上した。上屋敷は松尾家の西の方角、伊賀上野城のふもとにある。

ご当主良精《よしきよ》様と、その横にすわっておられる若殿良忠《よしただ》様にお目どおりした。

こうして若殿良忠様の伽として、金作の武家奉公が始まった。

伊賀上野の領地は、七千石の城代家老《じょうだいがろう》藤堂采女《うねめ》がすべてを統治《とうち》する。その下に五千石の侍大将藤堂新七郎家と、同じく五千石の藤堂玄蕃《げんば》家があって、この両家が藩士を束《たば》ね、百姓町人《ひゃくしょうちょうにん》の支配にあたっている。

新七郎家の良精様は二代目で五十五歳。三代を継ぐ良忠様が十四歳の若さであるのは、長兄、次兄が次々と亡くなられたからで、良忠様は三男である。

明暦元年（一六五五）十月のことで、金作は十二歳であった。

他の二人の伽、萱野栄蔵《かやのえいぞう》と新井《あらい》虎之助は共に十三歳、藩士の子であった。

長身で鋭い目つきの栄蔵は、鉄砲衆《てつぽうしゆう》の組頭《くみがしら》の子であることを鼻にかけ、無足人の子と同席するのを露骨《ろこつ》にいやがった。

「藪《やぶ》まわりの鉄砲者《てつぽうもの》めが、百姓のくせに、頭《づ》が高い」

筆硯《ひつけん》の用具を壊《こわ》したり、城外で武家の子を集めて待ち伏せして殴りかかってきた。

若様お相手の剣《けん》の稽古のときにも、大柄《おおがら》な栄蔵は荒々しい熱意を示して木刀《ぼくとう》を振《ふ》るい、若様に容赦《ようしや》なく突っかかっていく。

師匠を招いて開く儒学講義《じゆがくこうぎ》の席では、三人の伽は若様と離れた位置に机を並べて学ぶ。

しかし、「蝉吟《せんぎん》」を名のる若様は、共に俳諧を学ぶ新しい伽として、金作だけを居室に呼ぶようになる。栄蔵と虎之助の怒りはいっそう高まった。

城代屋敷《じようだいやしき》で能《のう》・狂言《きようげん》の催《もよお》しがあるとき、若殿蝉吟はかならず金作を伴《ともな》った。

初めて能をみる金作は、こんなにも美しい、奥深い芸があったのかと目をみはり、涙を流して感動した。

荘重《そうちよう》な地謡《じうたい》の詞章《ししよう》と、囃方《はやしかた》の合奏《がつそう》が全身にひびきわたって、うっとりとなり、子を喪《うしな》った悲しみに気が狂った母親の妖《あや》しい能面《のうめん》のかたむきに胸をうたれた。シテの独白《どくはく》、はなやかな衣装がゆったりと舞う姿に、身じろぎもせず見入っていた。

「それほどにおどろくか。涙まで浮かべて」

蝉吟は微笑《ほほえ》んで横目《よこめ》に見やる。噂《うわさ》には聞いていた舞台。想像を越える煌《きら》びやかな世界を目《ま》のあたりにして、金作は驚きをかくすことができない。

蝉吟はしきりに金作を召し出し、上屋敷の書庫から古典の写本を運ばせた。

「金作、源氏物語の、明石《あかし》と花宴《はなのえん》の巻を持ってまいれ」

北村季吟があらわした『源氏物語湖月抄《こげつしょう》』『万葉集拾穂抄《しゅうすい》』などの写本も入手《にゅうしゅ》してある。金作は書庫に入って書棚《しょだな》をめぐり、命じられた本を見つけ出すのが好きで、いそいそと蝉吟の居室とのあいだを往復した。

「原典に当たるのじゃ。古典を知らずして俳諧はできぬ」

金作を鍛えると言いながら、蝉吟のほうが目を輝かして古典に感動し、没頭《ぼっとう》していった。二人は真剣に読みふけり語り合い、俳諧連歌の式目《しきもく》（規則）、技法《ぎほう》を調べた。


翌年秋（明暦二年一六五六）、父与左衛門が亡くなった。五十一歳であった。

兄の半左衛門が松尾家を継ぐ。兄は藤堂藩の無足人ではない。

このとき十三歳の金作は、「無足人であっても藩士に準ずる身」と、父が必死に守った身分の後《うし》ろ盾《だて》を失い、「只《ただ》の百姓」に落ちたのである。

金作は武家の世にひとり立つ孤独に打ちひしがれ、まわりから押し寄せる差別《さべつ》、蔑《さげす》みの眼に、身がまえずにはいられない。

しかし、若殿蝉吟にとって、競い合って俳諧を学ぶ金作は、片時《かたとき》も手放せぬ伽であり、上屋敷の中で寵愛《ちようあい》はさらに深まっていく。

第二章　月ぞしるべ

寛文三年（一六六三）、弥生《やよい》（三月）の午《ひる》すぎ。

藤堂新七郎家上屋敷《かみやしき》の桜は満開である。

書院の障子《しょうじ》は開け放《はな》たれ、庭先《にわさき》に明るい陽射しが満ちている。植えこみの彼方《かなた》には城下《じょうか》の田野《でんや》が見わたされる。

縁《えん》近くに文机《ふづくえ》が二つ並んでいる。

金作は名を「忠右衛門宗房《むねふさ》」と改め、ことし二十歳《はたち》になる。

若様の机の前にすわって、しばらく墨を磨っていたが、やがて自らの机にもどり、連歌をしるす杉原紙《すぎはらがみ》を一枚ずつ横に折りはじめた。

ときおり手を止めて外を眺めやる。白皙《はくせき》の額《ひたい》に切れ長《なが》の眼。若殿蝉吟《わかとのせんぎん》に仕えて八年、中《ちゅう》小姓に取り立てられ、ご当主大殿様《とうしゅおおとのさま》より宗房の名を賜《たまわ》っている。

若様は発句《ほっく》の想《そう》を練《ね》りつつ、先ほどまで座敷を歩きまわって、そのまま庭へ下りていかれた。今は池のあたりであろうか。

このような席のお手伝いには、一昨年《おととし》まで奥方《おくがた》付きの侍女、貞《てい》が仕えていた。しかし、今は里へ下がっているので、宗房一人が若様のお相手である。

春風《はるかぜ》は室内にも香りをふくんで吹きわたり、庭の桜をはらはらと散らす。

宗房から見ると、書院の軒先《のきさき》に縁取《ふちど》られて左上《ひだりうえ》から斜《なな》めに、明るい陽射しのなかを流れるように、白い花びらが舞い散ってゆく。

庭から快活な声が聞こえてきた。

「さて。そちの句は」

蝉吟が勢いよく縁《えん》を上がってくる。

陽焼けして引き締まった顔、ぐいと上がった眉《まゆ》に大きな眸《ひとみ》がいきいきと輝き、結んだ口元《くちもと》も意志の強そうな二十二歳の若殿である。

蝉吟は北村季吟の門下にあって、ことし出る撰集《せんじゅう》に入集《にっしゅう》するほどの上達《じょうたつ》ぶりである。宗房と二人して発句《ほっく》を詠進《えいしん》して京へ送る、その句はできたかと仰《おお》せなのだ。

近づく蝉吟を見て宗房は腰を上げる。

「若様、おぐしに」

鬢《びん》に一《ひと》ひら、羽織《はおり》の肩にも二《ふた》ひら、桜の花びらが乗っている。手を伸べてそっと払うと、一《ひと》ひらは文机の上に舞い落ちた。

「出来ておろう。申してみよ」

顔を寄せてくる蝉吟に向かい、宗房は居ずまいを正《ただ》した。

蝉吟を見つめて、ゆっくり口ずさむ。

「月ぞしるべ」

「うん？　秋か。属目《しょくもく》（見たものを詠む）ではないな」

「はい……。月ぞしるべ」

「うむ」

「こなたへ入《い》らせ、旅の宿」

「月に導かれながらいくと、こなたへ入らせ給《たま》えと誘《いざな》う。給《た》べと旅《たび》を掛けて、旅の宿」

「はい」

宗房はじっと見上げる。

蝉吟は立ったまま身を反《そ》らし、顔を仰向《あおむ》けるようにして反芻《はんすう》する。

「月ぞしるべ、こなたへ入らせ旅の宿」

宗房を見下ろし完爾《かんじ》と笑い、

「ううむ。よくぞ仕上げた」

蝉吟は大きくうなずくと、右手をしなやかに眼の高さに伸ばした。すっと摺《す》り足《あし》で前へ一歩を踏み出し、そのまま舞《まい》の動作に入っている。

書院の中央へ舞い進み、宗房を横目にふり返って微笑《ほほえ》んだ。

「花ぞしるべを変えたな。鞍馬天狗《くらまてんぐ》じゃ」

「そうです」

はやくも二人の頭の中には、謡曲《ようきょく》『鞍馬天狗』の地謡《じうたい》が朗々と鳴りひびいている。

浮かんでいる。

「いよおっ」

囃《はやし》の掛け声とともに鼓《つづみ》、太鼓《たいこ》が耳を打ち、城代屋敷で観たおおぜいの子方《こかた》が出演する能舞台が
「ゆうべを残す花のあたり」

桜舞い散るなか、シテの天狗僧正《てんぐそうじょう》と子方《こかた》の遮那王《しゃなおう》がゆるやかに大きく舞う。蝉吟の舞は天狗僧正だ。二人の思いは鞍馬の山奥へ飛んでいる。

蝉吟は荘重に謡いつつ、高揚《こうよう》して舞う。

「鐘《かね》は聞こえて夜《よ》ぞおそき。奥は鞍馬の山道《やまみち》の」

宗房も能舞台に上がった地謡方《じうたいかた》のように、いちだんと胸を張り、腹からの声で謡う。

「花ぞしるべなる。こなたへ、入《い》らせ給《たま》へや」

若様が舞い進む躰《からだ》の流れ、手のしぐさ、指先《ゆびさき》のしなり、宗房は真剣な目をして追っている。

首筋をすっと立てて凛《りん》とした横顔、ゆるやかだが力強い両腕の旋回《せんかい》にも、若者の美しさが匂い立つ。

——この若様の、どこに病《やまい》がひそむというのか。あの大量の吐血《とけつ》は、今は鳴りをひそめているが、いったい何《なん》だったのか。

蝉吟が舞い、宗房が謡う、このようなひとときを二人は愛《いつく》しむように過ごし、いつまでもと願ってきたのだ。

舞い納《おさ》めた蝉吟は額に汗を浮かべ、どっかと坐る。

「でかしたぞ、宗房」

手拭《てぬぐ》いをすすめる宗房を見つめ、蝉吟は情景を両手で描《えが》きながら語る。

「鞍馬は山奥で夕闇《ゆうやみ》せまり、もう暗い。だが、桜の咲くあたりだけは、ぼおっと白く明るいのだ」

「くらまの山の雲珠桜《うずざくら》、奥も迷《まよ》はじ咲きつづく」

「林を吹き抜ける風が、地に散り敷く桜を、ぱあっと舞い上がらせ、花びらは雪のごとく降り乱れる。その中に立つ遮那王」

宗房も身を乗り出す。

「僧正《そうじよう》ヶ谷《たに》にて遮那王《しやなおう》は、天狗僧正より武芸を習います」

「そうじゃ。老杉《ろうさん》高くそびえ、巨根《きよこん》地を這《ほ》うて昼《ひる》なお暗く、遮那王は鞍馬にあずけられ、修行中《しゆぎようちゆう》の身」

「はい。天狗僧正は神通《じんつう》最大の大天狗《おおてんぐ》にて、多くの烏《からす》天狗をしたがえ、武芸《ぶげい》・兵法《ひようほう》を教え、知恵を授けるといわれます」

「毘沙門天《びしやもんてん》の夜の姿とか。その天狗僧正が遮那王の前に夜《よ》ごとあらわれ、けわしい断崖絶壁《だんがいぜつぺき》を跳んで剣《けん》を磨く激しい稽古をつけるのだ。こうして武芸を鍛え、やがて遮那王に平家打倒、源氏再興《さいこう》の知恵を授《さず》けた」

宗房は姿勢をただし、いちだんと大きな声で謡う。

「花咲かば、告《つ》げんと言ひし山里の」

蝉吟が和《わ》す。

「告げんと言ひし山里の、使いは来たり馬に鞍《くら》……。そうじゃ」

「若様、馬に鞍とは、源三位頼政《げんざんみよりまさ》を呼び起こします」

「そう、源三位頼政が、先ず立ったのじゃ。平家討つべしと」

「頼政が平家打倒の旗揚《はたあ》げをしたのは、七十七歳」

「時こそ来たりぬ。さあ、馬に鞍を置け！」

蝉吟は拳《こぶし》で膝を打って口ずさむ。

「花咲かば告《つ》げよと言ひし山守《やまもり》の、来る音《おと》すなり馬に鞍おけ。……ああ、あの歌が、決然《けつぜん》たる老将《ろうしょう》、頼政の姿が浮かんでくるではないか」

「平家にあらずんば人にあらず、平家全盛の世に、負けると承知のうえで、以仁王《もちひとおう》を奉《ほう》じ、なぜ頼政は平家打倒の旗を揚《あ》げたのでしょうか」

「生涯《しょうがい》の終わりに頼政は、殿上《てんじょう》で花を愛《め》でる己《おのれ》を捨て、武士《もののふ》として花と散るために、馬に鞍を置き、最後の吶喊《とっかん》をしたのだ」

「それが世を動かし、遮那王　源《みなもとのよしつね》　義経を立たせ、ついに源氏の世をつくった」

「そうじゃ。宗房、心して聞け。人間いかに死すか。これこそ生涯の最大事《さいだいじ》ぞ」

「はい」

「西行《さいぎょう》を見よ。上皇《じょうこう》に仕える北面《ほくめん》の武士が突如《とつじょ》出家。何ゆえかれは、旅に出たか」

宗房の眼を覗きこんで唱《とな》える。

「願わくば花のもとにて春死なん、そのきさらぎの望月のころ」

眼をそらさず、宗房もかみしめるようにこたえる。

「旅にさすらい、風物と感じ合い、歌を詠み」

——歌のとおりに死んでみせると……。この言葉は呑みこんだ。

「うむ」

——そうです、若様。たしかに生涯の最大事。しかし……。

いかに死すか。蝉吟との語らいが、必ずここに集約しゆくことに気づき、宗房は愕然《がくぜん》とうち震《ふる》える。


「月ぞしるべ、こなたへ入らせ旅の宿」

蝉吟は宗房の発句を、ふたたび口ずさんで、

「桜《さくら》舞い散るこの爛漫《らんまん》の春に、そちはなんと、月ぞしるべと言う。秋ではないか。どぎもを抜かれたぞ」

宗房を指《ゆび》さして高らかに笑った。

「しかし、旅の宿と、みごとに言いおさめた。骨格の揺《ゆ》るがぬ、おそろしい句じゃ」

「おそろしい句」

「宗房よ、そちが見た月は、天空《てんくう》高く冴《さ》え冴《ざ》えとかかり、冷たい光を投げかけておる」

「はい」

「謡《うたい》の文句を借りるゆえ、連想《れんそう》は時空《じくう》を飛んで、さまざまなものを呼び起こすが、この月は、鞍馬の桜吹雪《ふぶき》に紛《まぎ》れてしまうような月ではない」

――なんと。あのときのことを……。

「そちが見た月は、伊賀上野城の秋の月。そうではなかったか」

――若様は、見抜いておられる。

「はい。お城の月です。去年の秋、搦手口《からめてぐち》の石段を登りつつ、仰《あお》ぎ見た月」

蝉吟の声は、おごそかな響きを帯《お》びてきた。

「こなたへ」

宗房のからだを戦慄《せんりつ》がはしる。

「この城へ、武士《もののふ》の家《いえ》へ。そちを招き入れたのは、わしじゃ」

蝉吟は宗房の肩へ手を置いてきた。

――ああ、城頭《じょうとう》高く冴《さ》えわたる月光を満身《まんしん》に浴びて、この句を孕《はら》んだときの恐怖がよみがえる。

去年の秋、寛文二年（一六六二）九月の十三夜。

この夜、金作は「忠右衛門宗房」の名を頂くことになるのだが、金作はある秘密を抱《かか》えており、経緯《いきさつ》を蝉吟にだけ告白していた。そして実《じつ》は蝉吟にも、人には言えぬ病《やまい》との闘いがあり、それを治そうと懸命に努力してきたのだ。

伊賀上野城の高石垣《たかいしがき》の上、壮麗《そうれい》な城代屋敷の大広間《おおひろま》で、月見の宴が催《もよお》された。

城代の藤堂采女《うねめ》のもとに、侍大将の玄蕃《げんば》家と新七郎家が集《つど》う合同の宴席である。

この月見の宴は、金作の前途を左右する恐ろしい一夜であった。

金作は蝉吟の奥方、也津《やつ》様にお側仕《そばづか》えする侍女《じじょ》、貞《てい》と恋におち、二人のあいだに男の子が生まれていたのだ。

貞の懐妊《かいにん》をいちはやく察知《さっち》したのは、金作の姉お栄であった。

「仕官《しかん》を願い若殿の寵愛をいただく身が、何たる不祥事《ふしょうじ》。いっときの猶予もなりませぬ。仕官が叶《かな》ったお武家様ならば、お手が付いたで済《す》まされようが、金作は農民出《のうみんで》の伽《とぎ》です。露見《ろけん》すれば罰せられ、松尾一族もあぶない。なんとしても隠《かく》すのです」

お栄は伊賀上野の商家の中に、幼子《おさなご》を喪《うしな》って養子をと望んでいる老夫婦がいないかと探しまわり奔走《ほんそう》した。そうして生まれて間もない子を、親の名も子の名も秘して、さる経師屋《きょうじゃ》へ養子に出したのである。

顕《あらわ》れれば地獄に堕《お》ちる秘密をかかえて、金作は月見の宴に招かれたのだ。

実はこの夜を迎える三年前より蝉吟と金作は、それぞれが背負《せお》う避けようもない運命に、自ら立ち向かい、人知れぬ苦労を重ねていたのである。

三年前、蝉吟は十八、金作は十六。

蝉吟は、長男、次男、長女と、兄や姉たちを、幼いうちに亡くしている。

「三男の自分も、二十歳《はたち》まで、生きられぬのではないか！」

蝉吟が思いを口にするのを聞いて、金作も心をいためてきた。伊賀の風土や、うちつづく旱魃《かんばつ》、飢饉《ききん》による栄養を考えれば、子供の早世《そうせい》は仕方がないことかも知れぬ。だが、蝉吟には思いあたる兆《きざ》しがある。

十歳の頃よりあらわれはじめた鼻血《はなぢ》の出やすい体質。十五を過ぎて吐血したこともある。医師を呼んで血の流れを診てもらうが異常はないという。蝉吟は自分の身体《からだ》への恐怖をつのらせながら育ってきた。

十七歳のとき、同い年《おないどし》の妻也津《やつ》を藤堂玄蕃《げんば》家より娶《めと》った。この新妻《にいづま》が一年たたぬうちに高熱を発して亡くなった。あまりの衝撃に呆然自失《ぼうぜんじしつ》。やがて毒殺かと疑い、果《は》ては妻への接し方に起因するかと悩んだ。

三周忌を経て二十一になった去年、こんどは藤堂采女《うねめ》家の娘、十六歳の小鍋《こなべ》を後添《のちぞ》いに迎えた。小鍋はきわめて健康そうに見えるが、蝉吟は時に鼻血を出し、それが拭《ぬぐ》ってもなかなか止まらぬのである。

いつ襲い来るか知れぬ死神《しにがみ》を追い払おうと、祈祷《きとう》もした。毒を盛る者があるかと身辺を探らせた。何の成果もない。結局は身近《みぢか》な家臣へ疑惑《ぎわく》が起こると、豪放《ごうほう》に笑って打ち消し、これは自らの心の病だと思いなおした。

——毒味役《どくみやく》などを置けば、新七郎家はたちまち陰惨《いんさん》になり、かえって小心《しょうしん》を笑われるであろう。

侍大将《さむらいだいしょう》藤堂良精《よしきよ》の後継《こうけい》として立つ。そのために、進んで武芸、馬術に励み、心身を鍛えあげるのだ。

「遠乗《とおの》りは、おひかえを」

馬を曳き出して来ながら、不安げに進言《しんげん》する金作をどなりつけた。

「だまれ。そちまでが、要《い》らぬ留《と》めだてをする」

家臣の信頼を勝ちとり、なおかつ伊賀の人々の心を安んじていかねばならぬ。おのれが負けてどうする。天正伊賀の乱で織田信長に皆殺しにされたこの地に、深くひそむ怨念《おんねん》を、なんとしても穏やかな心に変えていきたい。

蝉吟は熱心に家臣に説いた。

「俳諧の連歌は、その場につどう連衆《れんじゅう》が心を通い合わせて句を案じ、みなで一つの新たな天地を編み上げる共同の作業じゃ。独《ひと》りの趣味にとどまるような小さなものではない。お前たちも俳諧連歌に加《くわ》われ。そうして伊賀の人々を広く集めて、どしどし俳席を開いていくのじゃ」


金作は蝉吟の召し上がりものに心を配った。

――お父君の良精《よしきよ》様だけがご長寿で、お子様に次々と奇病が発するのはなぜか。やはり原因は外から来る。

毒味役を置かぬ新七郎家にあって、金作は若様付きの一奉公人にすぎぬ。若様の召し上がるもの、お飲みものなどを厳重に調べぬくしかなかった。

金作は十七になって中小姓《こしょう》に上がり、台所御用《だいどころごよう》を命じられている。

これを機に、あらためて仕入れの野菜、魚介類《ぎょかい》、そして調理法を点検した。疑わしき食材はすべて噛んでみたり、酒や調味料も舐《な》めてみた。

このとき、同じように若様の病を憂《うれ》えて原因をさぐり、召し上がり物に気を配っていたのが貞《てい》であった。

貞は亡き奥方《おくがた》、也津《やつ》様付きの侍女《じじょ》である。

若様蝉吟の俳席には、時に奥方が同席なさることもあった。筆墨《ひつぼく》、お茶やお酒の用意に、幾人かの侍女が控えてお世話をした。

その中の一人を見て金作ははっとおどろいた。お初に似ている。一目《ひとめ》見たとき、お初が衣装《いしょう》を改めて、ふたたびあらわれたかと思った。

一つ年下であり、黒目《くろめ》がちの美しい眸《ひとみ》に強い性格を秘め、負けずぎらいで、機転《きてん》がきいて工夫《くふう》する、優しい心くばり、お初そっくりであった。

奥方亡き後はお台所で働く。食材を前にして考え込む風情《ふぜい》、生《なま》の野菜を噛んでみるしぐさ、それを目にしたとき、金作は尋ねた。

「何をしておる」

きっと見上げた眸に、みるみる涙があふれた。うつむいて声をひそめて言う。

「也津様ご逝去《せいきょ》のときより、申し訳なくて心が治《おさ》まりませぬ。何が原因なのかと」

「わかった。それ以上申すな。わしも同じだ」

それ以来、若様の召し上がりものには、二人が気を配った。

屋敷内や台所ですれ違うとき、貞は無言でうなずき、目くばせだけで協力した。

こうして料理、お飲み物を特に警戒し続けた。やがて、解毒《げどく》に効きめのある食材を探し求めるようになった。

貞は金作を見上げて、低くささやく。

「伊賀はあらゆるところに忍《しの》びの網《あみ》があります。逃《のが》れることはできませぬ」

「それを言うな。おまえも振舞いに気をつけよ」

「あなた様ゆえご相談します。ご城代の采女様は服部宗家の血筋《ちすじ》です。藤堂家の中にはすでに忍者《にんじゃ》の血筋が」

「やめよ。その種の話、いっさい口にしてはならぬ」

「はい」

「若様がもっとも厭《いと》われるのは猜疑《さいぎ》じゃ。渦巻く疑心暗鬼をみずから払おうとなさっている。お前が疑いを広げて、なんとする」

「申しわけありませぬ。要《い》らぬ疑いはやめます。しかし、薬師《くすし》、祈祷、武芸のお稽古、何をなさっても効《き》きめがありませぬ……。もしや、伊賀の土が病んでおり、土から起こる病かも……、ならば解毒の薬草を」

貞は、ひかえめだが考えぬく、あきらめぬ娘である。奥方の逝去と若様の奇病を気づかい、伊賀忍者の勢力争《あらそ》いまで疑って、身をよじるように悩んできた。

こんどは薬草を頼りに、なんとしてもご健康を取りもどすという。思いは金作も同じであった。

「先ず解毒の薬草を試してみよう。ご様子を見ながら工夫するのだ。おからだを強くする強壮の食材も必要かもしれぬ」

金作は「惣菜《そうざい》買入帳」を付けており、貞の報せも聞き合わせ、日々書き込みを加えていく。


色も鮮《あざ》やかに香り立てと、念じて調《ととの》えし夕べの召し上がり物。

芹《せり》、芥子菜《からしな》、自然薯《じねんじょ》、鹿肉《ししにく》。精《せい》のつくものの験《しるし》にや。

お相伴《しょうばん》に仰ぎみる公の額《ひたい》は汗ばみ、肌《はだえ》は息づき――。


夜、若様のお部屋で、発句を書き散らした文机《ふづくえ》を脇へ片寄せるとき、なにげなく振りかえって金作は立ちすくんだ。

行灯《あんどん》に照らされた蝉吟の瞳は、先ほどまでの快活な笑みから一転して、きびしく光っている。

「二十歳《はたち》は、かろうじて越えた。三十路《みそじ》まで生きるとは思えぬ。薬餌《やくじ》も武芸の鍛錬も、この病を追い出すことはできぬ」

「何ということを」

「申すな。わしには為《な》すべきことがある。急いでおる。これは新七郎家を覆《おお》う宿業《しゅくごう》じゃ。なにゆえかくも次々と若死《わかじ》にするのか。わしの出血は止まらぬのか」

蝉吟が思いを吐露《とろ》することは、めったにない。

金作が伽に上がって以後、若様はいくども怪我《けが》をなさり、打撲《だぼく》も切り傷《きず》もあったが、出血《しゅっけつ》は止まった。元気いっぱいのご成長で、十七歳にして藤堂玄蕃《げんば》家のご息女也津《やつ》様とご婚儀、大殿様の継嗣《けいし》に据えられた。

不吉な鼻血が始まったのはそのころだ。このとき病魔が忍び寄ったか。

新妻は同い年の美しい也津様。薙刀《なぎなた》を得意とされ、騎乗《きじょう》して早駆《はやが》けなさるお姿は、皆が感嘆する凛々《りり》しさであった。

――こんどこそ盤石《ばんじやく》と思ったのに、その也津様が一年足らずでご逝去。労咳《ろうがい》も胃腸も病んでおられず、原因は分からなかった。

若様は大変な衝撃で長く引きこもられ、藤堂家に暗雲が立ちこめた。読経《どきよう》の声、香《こう》の煙《けむ》りが絶えず、加持祈祷《かじきとう》を催《もよお》し、医師がいくども呼ばれた。

やがて若様は意を決したように武芸稽古、馬の遠乗りなどなさるようになる。その甲斐あってか、徐々にではあるが、日焼けなさった肌は色つやを増し、筋骨たくましく頑健そうに見えてきた。

しかし、貞は蒼白《そうはく》な顔で金作の腕をつかんだ。

「お躰《からだ》の芯《しん》に、蒲柳《ほりゆう》の質《しつ》がひそんでいるのです。どうか、お引き止めを」

貞は也津様付きの侍女で奥方ご逝去ゆえ、やがて奉公を下がらねばならぬ。

「お稽古によって病が全身に及んではなりませぬ。はや切羽《せっぱ》詰まって、一寸の油断もならぬお躰なのです」

ついに、恐ろしい証拠を発見してきた。貞《てい》が持参した大きな白布《はくふ》を開いたとき、金作ははっと胸を衝《つ》かれ、その場にへたり込んでしまった。

労咳《ろうがい》の喀血《かっけつ》ではない。明らかに鼻血を拭《ぬぐ》われたものである。拭っても拭っても止まらぬとは、これほどの出血なのか。あまりにも大量の、ほとばしり出た鮮血《せんけつ》であった。

布を貞に発見されたとき、若様は言われた。

「加持祈祷にたよれば、かえって危ない」

貞は思い切ってお尋ねした。

「何ぞ怪しき者、お心あたりでも」

「そうではない。たよる心では負けるのだ。毒の詮議をすれば、猜疑《さいぎ》によって藤堂家は割れてしまう。外《そと》に企《たくら》みがあるのではない。わしの内《うち》に巣《す》くう業病《ごうびょう》なのじゃ。何としても、自らの力を奮い起こし、勝ちゆくしかないのじゃ」

暗澹《あんたん》たる眼を上げて、仰せであったという。


藤堂采女《うねめ》家の娘、小鍋《こなべ》様が後添《のちぞ》いに入られることが本決《ほんぎ》まりになった。

若様ご自身も跡継《あとつ》ぎの男子を儲《もう》けねばならぬ。

小鍋様付きの侍女が采女家より新七郎家に入る。そのとき、貞はお暇《ひま》を出される。

――だが、若様の内なる病を気づかい、乗り切る手助けを、ほかの誰が続けられようか。

「どうか、貞をお台所の下働きに」

若殿が召し上がる惣菜《そうざい》を、特に選別して調達するお手伝いのためにと、金作が願い出て台所に残してもらった。若様の病を知らぬ小鍋様付きの侍女たちから、貞は疎《うと》まれるであろう。貞が新七郎家を追われる日は近い。

——たとえ金作ひとりになろうとも、かならず協力して若様をお守りする。

二人は眼を見交《みか》わして誓い合った。

春は桜の舞う、秋は月や菊を愛《め》でる、夢のような上屋敷の暮らし。

その陰でひそかに二人の努力は続けられた。金作は漢方の書を調べ、松尾家の伝手《つて》をたよって薬種《やくしゅ》を手に入れた。

貞は効能ある菜根《さいこん》を求めて、古《いにしえ》の知恵を受け継ぐ農家を探しまわる。


五月のある日、二人で示し合わせて農夫《のうふ》に身をやつし、薬草を採りに伊賀の山深《やま》く入る約束をする。

前日、貞は金作の顔を見上げ、きっぱりした口調で、二人が逢う場所と刻限を告げた。

「赤坂を北へ下《くだ》ると路傍に古い地蔵堂《じぞうどう》があります。そこから右へ斜めに一本道《いっぽんみち》」

金作は貞の、いつになく強《きつ》いまなざしに驚く。

「畑まで行ったら、畦道《あぜみち》に入って森まで突きあたって下さい。大きな岩があります。その向こう側で待っています。刻限は明《あ》け六《む》つの鐘（午前六時）。わたしは二度めです」

「わかった」

二人きりで山深く入る。秘密の約束を交わしたことが胸をどきどきさせた。

——しかし、すでに貞は、一人であの山に入ったと言う。危ないではないか！

金作は若様の許しを得て、農人町のわが家にもどる。背負い籠に小さな鍬《くわ》と小刀《こがたな》を入れ、万一に備え短刀を忍ばせた。そして着古《きふる》した野良着《のらぎ》を選び、髷《まげ》を解いて頬かぶりの手拭いも種々とり替え試してみた。

夜、眠ろうと横になったが、抑えようもなく闇の中に貞の顔や仕草《しぐさ》が浮かんできて、明け方近くまで目が冴《さ》えかえっていた。

早朝、ひんやりと靄《もや》がたちこめ、草に露が光る野道を、明け六つの鐘が鳴る前に、貞より先にと、金作は前かがみに急ぐ。

畑を突っきり藪を掻き分け岩の向こうにまわると、貞がいた。紺地に椿の花の赤がぱっと鮮やかな野良着。あっと立ちすくんで金作は言葉が出ない。貞は大きくうなずいて、金作の全身を上から下まで見つめてくる。金作はうろたえた。

——わしはやつし過ぎた。洗い古して思いっきり色あせたのを着て、この頬かぶりも、薄汚《うすよご》れた茶色だ。貞は農夫といっても、まるで、可愛らしい田舎の少女ではないか。

そのとき愛染院《あいぜんいん》の鐘が遠くひびいてきた。

「あっ、約束の鐘。……さあ、参りましょう」

貞はさっと前を向いて、灌木の茂みを両手で掻き分け入っていく。金作は鐘の音に救われた思いで、ほっと息をつき後《あと》を追う。貞《てい》が前かがみに進みながら言う。

「何かの獣《けもの》が通る道です」

散り敷いた枯葉・枯草にわずかな凹みがある。金作も頭をぐらせ眼を上げると、新緑の早《さ》みどりがいちめんに煌《きら》めき、その奥へ密林の濃《こ》みどりが重なり、どこまで深い山かと、気が引きしまっていく。

——何かの獣が現れたらどうする。前には、女ひとりで来たのか。

貞がこんなにも懸命なのは、若様のあの大量の血を目《ま》のあたりにし、これは業病《ごうびょう》なのだ白らの力で勝つしかないと苦しい仰《おお》せを聞いたゆえだ。

——わしも若様あっての己《おのれ》。中小姓《ちゅうこしょう》の上司《じょうし》として接しておるが、ひとりの男として、このわしに貞のような女から慕われる何かがあるだろうか。

そう思って貞の後ろ姿を見ていると、突如、金作の胸に、倭建命《やまとたけるのみこと》の「国思《くにしの》び歌」が湧きあがってきた。

倭《やまと》は　国のまほろば　たたなづく　青垣
山ごもれる　倭し美《うるは》し
嬢子《をとめ》の　床《とこ》の辺《べ》に　吾《わ》が置きし　つるぎの太刀《たち》
その太刀はや

古事記のなかに「国思《くにしの》び歌」を発見したのは若様であった。若様は感激のあまり立ちあがって歩きまわり幾度も唱える。そして命《みこと》の魂《たましい》が大きな白い鳥となって空を舞いゆく、英雄の死の美しさを熱く語った。金作は父与左衛門を喪《うしな》って武家の世にひとり立つ孤独にうちひしがれていた。この歌の真率な叫びに心うたれ、金作も繰り返し口ずさんだ。そして勇気を取りもどしている自分に驚いたものだ。

——見よ。青垣うち重なり、山ごもれるこの伊賀を。をとめの床のべにわが置きし、つるぎの太刀を。ああ、嬢子《をとめ》は貞《てい》！　お貞を守らねばならぬ。

貞はいま姿が藪に見え隠れしている。金作はきっと眼をこらして追っていく。

急に貞が屈《かが》みこんで見えなくなった。どうしたと急ぎ駆け寄って見ると、灌木の太い棘《とげ》が、貞《てい》の右足の脚絆《きゃはん》を突き通して脛《すね》に達していた。

「ああ、ひどい、痛むだろう」

金作が紐を解いて脚絆をめくり上げる。棘は抜けているが、若々しい素足《すあし》の肌を傷つけ、血が滲《にじ》み滴《したた》り落ちる。貞は唇をかんで痛みをこらえ、すばやく籠から手拭いを取り出す。それを金作が受け取って半分に引き裂いて優しく血をぬぐう。

「そのまま上から縛って下さい。大《たい》したことない。あとで血止め草をみつけます」

幸い血が止まってきた。金作は手拭いを小さく折って当て布《ぬの》を作り、その上からきつく縛る。そして脚絆をそっと被《かぶ》せていく。貞の右脚から手をはなすと、

「ありがとう。もうだいじょうぶ」

貞は金作を見つめながら立ち上がって、柔らかに右脚で足踏みをしてみせた。

そしてすぐに頭を挙げ、茂みに入っていく。

すると、しいんと静まりかえった森の奥のほうで、がさっ、がさがさっと、何かが動く音がするではないか。二人はぞっとしてその場にしゃがみこんだ。

ずしずしと音は変わり大きくなり、枝を踏み折る音も聞こえしだいに近づいてくる。貞は身をこわばらせ金作の腕をつかんでいる。金作は駕籠の底から短刀を取り出した。

——何かが来る。何ものか、おまえは！　大きな猪《いのしし》か。

金作は音のほうを睨んで身がまえる。

音がふっと消えた。怪物は横に逸《そ》れたか。森は物音ひとつしない静寂にかえった。貞は金作を見上げ唾を呑みこんでほうっと息をついた。

森は恐ろしい、何を秘めているか分からぬ、金作は林立する樹々の奥をあらためて透かし見る。しかし貞は、頭をぶるっと振ってふたたび茂みの奥へ入っていく。

そしてついに見つけたようだ。

「ほうら、あったわ」

小刀を右手に、茄子《なす》の幹のような長い茎《くき》を左手に高く掲げて、得意満面《とくいまんめん》の顔で引き返してきた。金作の目の前にさし出す。

「うす紫のきれいな花でしょう。見て」

みずみずしい緑の若葉が密生する先に、五弁の花びらをいっぱいに開いて雄しべを突き出している。その下に可愛らしい赤い実を三つもつけている。

「この若葉は食べられるの。干したら枸杞茶《くこちゃ》。この赤い実が枸杞子《くこし》」

貞は勢いよく手ごろな長さに切り分ける。金作も小刀を取り出して手伝う。

「よく知っておるなあ」

「いいえ。枸杞《くこ》と忍冬《すいかずら》だけです。今回はこの二つだけを、くわしく教わってきたの。こんどは、たらの木の芽を探します」

——なんという娘《こ》だ。この恐ろしい山に、女ひとりで。

「前に来たのは、たぶん、この辺《あたり》まで」

つぶやいて貞が立ち止まった。そこは小さな広場になっていて落葉の下に若草の緑《みどり》が見える。

ふり仰げば高く繁り合う樹々の梢がわずかに切れて一条の光が射しこんでいる。

「今日はきっと、忍冬《すいかずら》を見つけてみせるわ」

貞は灌木の茂みへ進み、両腕で枝を掻き分ける。そのとき金作は厳しく言い放った。

「今日はわしがついておる。一人ではぜったいに許さぬ！　忍冬《すいかずら》は、もうよい」

貞の動きが止まる。

「次はわしが行く。わしといっしょに探す」

金作が叫ぶと、貞が振り向いて、大きく目を瞠《みは》った。

「まあっ、うれしい！」

頬かぶりをかなぐり捨て、金作に向かって両手をひろげ、跳ぶように駆けてくる。

振り向いたときの、すっかり安堵しきった顔の、あまりの喜びように金作は驚き、涙がこみ上げてきた。

——そんなに怖《こわ》かったのか。怖さも忘れて必死に探していたのか。

男らしい言葉が口をついて出る。

「そうだ。次はわしといっしょだ」

金作は頼りにされ、受け容《い》れられている自分がうれしい。金作のほうが前に進み、頰かぶりを解いて両手をひろげ、しっかりと抱きしめた。貞の柔らかな乳房が胸にあたる。

愛《いと》しい思いがこみ上げる。もういちど顔を見つめ合い、唇をかさねた。

貞は金作の胸に顔をうずめてささやく。

「ああ、……中小姓《ちゅうこしょう》さま」

金作は抱擁の腕をゆるめ、貞の昂揚《こうよう》した顔を見つめて、わずかに首を横に振る。

「ちがうぞ」

「えっ」

「わしは伊賀の、農人町《のうにんちょう》の金作だよ」

「まあっ」

貞の眸に、たちまち強い光がもどる。一途《いちず》に見返してきて、

「わたしも。……わたしも、山城《やましろ》の加茂《かも》の、田舎娘《いなかむすめ》の、お貞《てい》だわ！」

金作の腕の中で、声を弾《はず》ませてささやく。

抱擁を解くと貞は笑顔を浮かべ、金作にやさしく呼びかけた。

「伊賀の男の子に、かえったのね」

「そうだ」

金作は大きくうなずく。このとき二人のあいだに藤堂新七郎家は消えていた。

「ようし。笛を作ってやろう」

金作は少し歩いて茂みの奥へ入り、茶色い斑模様《まだらもよう》のある灌木《かんぼく》を掲《かか》げてもどった。

「伊賀の男の子は、山の中でもいろいろやるのだ。小刀は必ず持っている」

長い灌木の細いところを三寸（約九㎝）ほど切り取って、一方の端を斜めに削《そ》ぐ。木は筒状になっており中に白い綿が詰まっている。こんどは笹の細い茎《くき》を切り取り、それで綿を押し出して、
ふっと吹いた。

「ここに、こう切れ目を入れて」

斜めに削いだ筒の、上の端に、小刀でわずかな切れ目を入れる。

「そこの笹の葉を取って」

「これ？」

「もっと下の、若い葉がよい」

切れ目に笹の葉を挟《はさ》みこんで下へ押すと、筒の形に沿って丸く切れた。その上から灌木の太い部分を使って七分《ぶ》（約二㎝）の頭をかぶせる。こうして長さ三寸の筒に七分の頭がついた、二本の笛が出来た。

「吹いてみよ」

金作の笛はぶうと低く鳴り、貞の笛はぴぃーっと高く鳴りひびいた。

「ああっ、わたし、これ好き！」

貞は驚喜《きようき》、躍《おど》りあがって吹き鳴らす。


元の道にもどろうと、籠を背負い二人は森に分け入る。緑の茂みはどこまでも深く、両手で藪を掻き分け進むうちに、獣道《けものみち》も消えた。伊賀の深い山に迷ってしまったらしい。出口を見つけるのだと金作は焦《あせ》り、いくらかでも明るい方角をと、藪が生い茂る森の中を歩きまわった。

貞に作ってやった笛が、ぴぃーっと高くひびき、

「おーい」

貞は嬉しそうな声で後ろから呼びかけながら、喜び勇んでついて来る。ふり返って、

「迷ってしまったらしいぞ」

不安を隠さず言うと、顔を見合って立ち止まる。貞は落ちついている。

「聞こえるでしょ。かすかに川の音が」

「聞こえないよ」

「ほら、かすかに聞こえるわ、川はこの方角。あれはきっと柘植川《つげがわ》。わたしたち柘植川の上流のほうに来ているのよ」

そのとき森が急に暗くなり、冷たい風が樹々の梢をざわつかせた。金作は梢の先の空をにらむ。

暗い空に突き出した梢が激しく揺れている。

――雨がくる。一刻もはやく、ここを抜け出さなくては！

そう思ううちに、ごおっと凄まじい音が森ぜんたいを震わせてひびきわたった。森は夜の暗さになり、風が樹々を激しく揺さぶり、ばらばらと雫《しずく》が落ちてきて顔を濡らした。貞の顔つきが変わった。

「こっちよ。こちらのほうが明るい」

貞が先に立って、ぐいぐい藪を掻き分けみちびいていく。灌木のかなたに明るい切れめが見え、二人は突進した。

山肌がえぐれた、その突端《とったん》に出ていた。

突如、足元の土が崩れて金作は山肌を滑り落ちた。落ちながら左腕で何かの木をつかみ、かろうじて留《とど》まった。

貞が悲鳴をあげて下の道めざし滑り落ちていくのが見えた。そして必死の形相《ぎようそう》で金作を見上げ、山肌をよじ登ってくる。雨は激しく二人の顔を打つ。

「動かないで！　そこにいて！」

貞は木の根に足を踏んばり、灌木の枝を手繰《たぐ》り寄せ、じりじりと登ってくる。ついに金作の尻に覆《おお》いかぶさって金作の躰をささえた。

山肌の草木《くさき》に貼りつくようにして少しずつ躰を動かし、ようやく下の道に降り立った。

二人は岩根《いわね》にできた洞穴《ほらあな》を見つけて駆けこみ、雨を避ける。

洞穴は左奥へ広がり、立つと頭がつかえる高さ。奥には焚付《たきつけ》の粗朶《そだ》が残っていて、その手前に藁が、洞穴の入口には火を燃やした黒い跡がある。誰かがこの穴で幾日かを過ごしたものか。

金作は左の上腕《じょうわん》の、肘《ひじ》の外側を木の根で深くえぐられ、血が滴《したた》っている。

「ひどい。こんなに深く」

野良着は雨を吸って重く、びしょ濡れの肌に鮮血が流れる。

「脱いで！」

貞は金作の野良着を脱がしにかかる。むき出しになっていく金作の裸《はだか》をにらみつつ、金作の頰かぶりを取ってびりりと歯で裂き、その一枚で上腕をきつく縛《しば》った。

洞穴の向こうに大木《たいぼく》があり、根元《ねもと》に緑《みどり》の葉の血止《ちど》め草《ぐさ》が群生している。

貞が飛び出して摘んできた。雨で洗い、石の上で潰《つぶ》して傷口に貼りつける。

「ああ、血がこんなに。どうか、どうか止まりますように！」

貞は懸命に押さえ、自分の手拭いも二枚に裂いて拭《ぬぐ》うが、みるみる赤く染まっていく。

「かまわぬ。草を押しこんでくれ」

「しばらく、ここを押さえていて」

貞はもう一度飛び出して血止め草を取ってきた。傷口に厚く塗りつける。

「どうか、負けないで！　きっと止まる。止めてみせるわ」

貞は上腕の手拭いを締め直し、残りの手拭いで傷口を押さえ、あふれる血をぬぐう。

「あっ、止まってきた！　ほら、滲《にじ》むのが少なくなってきた。よしっ、ようし」

顔を見つめて金作の頬をぺたぺたとたたき、自分の頬をすり寄せる。

ふたたび傷口をたしかめて
「ここもきつく縛ります。もうだいじょうぶ」

髪をふり乱し歯をくいしばって、思いっきり強《きつ》く血止め草の上から縛った。

そのとき、金作にがくっと震えがきた。

「寒いの？」

貞は自分の野良着を脱ぎ捨て、覆いかぶさってきた。さくら色の温かい肌、弾む乳房がすっぽりと金作の躰《からだ》を包み、貞の鼓動が自分の鼓動に重なっていく。

抑えていた思いが一気に溢れ、金作は強く抱きしめ、唇をかさねた。熱く漲《みなぎ》ってくる安らかな陶酔に身をまかせて、金作は痛みに耐えぬいた。


十八歳の金作は恋に落ちた。このときの思い出がきっかけとなり、二人は逢瀬《おうせ》を重ね、貞は十七歳にして身《み》ごもる。

貞は実家に下がり太郎兵衛《たろべえ》が生まれた。喜びは束《つか》の間、二人は悩みぬいた末、金作の姉お栄に急《せ》かされ、赤子《あかご》のうちに養子に出すことになる。

お栄が金作の隠し子を引き取る養家《ようけ》はないかと、奔走しているあいだが、二人にとってわが子を可愛がる、涙が出るほど大切なひとときであった。

産湯《うぶゆ》に浸《つ》からせ、危なっかしい手つきだが太郎兵衛の両耳を後ろから押さえ、顔を見つめながら、手拭いで洗ってあげる。

「気持ち、いいよね、太郎兵衛」

やわらかな着物にくるみ、二人でかわるがわる、わが子の顔をみつめる。

金作は新七郎家の上屋敷を幾度も抜け出して、加茂まで逢いに行った。いよいよ息子を姉の手に委《ゆだ》ねなければならなくなったとき、金作はそっと優しく太郎兵衛を姉の懐《ふところ》に抱え入れる。その手はふるえ、どうぞ健《すこ》やかに育ってくれと、掌《て》を合わせて祈った。

貞は病《やまい》で一時《いちじ》里帰りしたと取りつくろい、やがて素知《そし》らぬ顔をして新七郎家の台所にもどった。そして新しい奥方小鍋様のお輿入《こしい》れで大勢《おおぜい》の侍女が入ったとき、ついに新七郎家を去った。

金作が奉公を続けるために、すべて秘密に取り計《はか》らったことである。

若様は貞が懐妊した頃からご存じで、子の名も知らせず、捨て子同然に養子に出したと告白したときは、激しく叱責《しっせき》された。

「連れもどせ。わしが後《うし》ろ盾《だて》となって、面倒を見させよう」

しかし、貞の一時の里帰りすら怪しむ者がおり、若様を巻きこむ動きなど、できるものではなかった。

伊賀上野城の城代屋敷で催された月見の宴は、蝉吟と金作が立ち向かった、この三年のあいだの人知れぬ苦労に、区切りをつける一夜となった。

金作にとっては、前途《ぜんと》が問われる月見の宴である。

宴に招かれぬということになれば、さまざまな経緯《いきさつ》から隠し子の事情を知った新七郎家が、金作を元の農民に放逐《ほうちく》することを意味した。

「招かれた」

そのうえ金作は、新しき名を賜《たまわ》ると内々《ないない》に告げられたのである。

若様の御名を一字頂戴《ちょうだい》して、「松尾忠右衛門宗房《そうぼう》」を名のる。

ご当主良精《よしきよ》様の漢詩と和歌の雅号《がごう》は「宗徳《そうとく》」、良忠様の号が「宗正《そうせい》」、そしてわが名は「宗房《そうぼう》」。日常は訓読《くんよ》みして宗房《むねふさ》。

新七郎家は武家《ぶけ》ながら、風雅の道においても宗家《そうけ》であると誇示《こじ》するものではないか。宴席でお披露目《ひろめ》があるかもしれぬ。

秘密は若様が呑みこんで伏せられた。醜聞《しゅうぶん》は流れず、大殿《おおとの》良精様もご存じない。そして、継嗣《けいし》良忠様にとって金作は欠かせぬ家臣と見なして登用されたのだ。

この登用は、亡き父与左衛門の悲願であり、菊岡如幻《にょげん》が言った無足人の子が藩士となる厳しい道の一歩である。

——生涯、若様にお仕えし、この伊賀の国に風雅の道を拓《ひら》きゆくのだ。

金作の隠し子を引き取る養家《ようけ》はないかと、青ざめて奔走したお栄をはじめ松尾家では、天にも昇るように語り合った。

「お父上がご在世なら、どれほどお喜びのことか」

白髪《はくはつ》で腰もまがった母梅《うめ》は、涙をうかべて衣装を取り出し、嫂《あによめ》の静《しず》も、かいがいしく着付けを手伝う。兄の半左衛門はお城まで送って行くと言って、自分も衣服をあらため、金作の履物《はきもの》や提灯《ちょうちん》を用意した。

こうして九月十三日、金作は奮い立つ思いで登城《とじょう》したのである。

仲秋《ちゅうしゅう》の名月《めいげつ》ではなく、収穫《しゅうかく》感謝祭の意をこめて、澄《す》んだ秋天《しゅうてん》に「あとの名月」を愛《め》でる、十三夜《じゅうさんや》のやや肌寒い宵であった。

農人町《のうにんちょう》の家を出て、北の田畑へ下《くだ》る坂が赤坂である。

金作は兄が点《とも》す提灯《ちょうちん》にみちびかれて西へ折れて、城への道をたどる。

十三夜の月が野づらを白くかがやかせ、木々の影は黒々と沈み、草の葉も明暗をくっきりと分けている。

大竹藪《おおたけやぶ》の陰《かげ》を行くと、深い闇がふたりをつつんできた。提灯の薄明《うすあ》かりが草を浮かび上がらせ、虫の声がたえだえに聞こえた。

金作は月を仰ぐように胸を張って歩き、兄は身をかがめて足元を照らす。

兄は色黒の大柄な農夫の身体《からだ》つきであるが、幼少より奉公に上がった金作は剣術稽古のお相手をして、俊敏《しゅんびん》な引き締まった風貌《ふうぼう》になっている。

「仕官を望んだゆえに、父上は柘植《つげ》から伊賀へ出て、手習《てならい》師匠までなさったのじゃ。いろいろあったが金作、ようやくお前に仕官の道が開けたのう」

兄はくぐもった声でつぶやいて深い息を吐き、言葉少なに思いにふける。

伊賀上野城へ登る搦手口《からめてぐち》の城門《じょうもん》にさしかかると、月が高く冴えわたり、門前の広場は昼のような明るさであった。

桔梗《ききょう》の紋《もん》（藤堂家）を描《か》いた提灯《ちょうちん》がいくつか見え、その一つが急ぎ足にこちらへくる。肩衣《かたぎぬ》を左右に揺らして、猫背《ねこぜ》の年老《としお》いた番士《ばんし》が近づいてきた。そうして二人の顔を提灯で下から照らした。

兄は深々と腰を折り、金作がはっきりとした声で名のる。

「今宵《こよい》お召しの、松尾金作でございます。よろしくお願い致します」

「うむ。そのほうか」

年老いた番士の顔は、背後の月光のために黒く沈んでよく見えぬが、痩せて頬骨《ほおぼね》の出た見知らぬ武士であった。

兄は二度お辞儀をしながら後退《あとじさ》りして去っていき、番士は黙ったままゆっくりと金作を先導《せんどう》する。

農民出《のうみんで》の若輩《じゃくはい》に武士の案内がつく鄭重《ていちょう》さを訝《いぶか》ったが、やはり今宵の警備は厳しいのだと思う。若様より格別の寵愛をいただく金作をねたむ者は多い。闇夜の道を歩いて背後より迫る二人の武士に、しつこく付《つ》け狙《ねら》われたことがある。

搦手口の大きな石段にかかる。

ゆるやかな勾配で左に大きく弧を描いて登りゆく、幅二間（約三・六ｍ）はある石だたみの道が、月光を浴びて濡れたように光っている。

切石《きりいし》を横長《よこなが》に置き、奥へ野面石《のづらいし》を敷き詰め一段の奥行《おくゆき》が広い。石段の左側は切石を縦に縁取《ふちど》り、もう一本も縦に置いて側溝《そっこう》を造っている。水は今は流れず、浅い側溝の底に敷きつめた石が輝いている。

影法師《かげぼうし》のような番士が先に立ち、一段下を金作が行く。

高い城壁《じょうへき》のかげになると、しばらく闇がつづき、提灯が赤みを増した。

城壁の角《かど》を出るとまともに月光《げっこう》を浴びる。先に立つ番士の動きは黒い影絵《かげえ》になる。

そして最上段にかかり、額《ひたい》から肩、胸と、満身《まんしん》を月光に晒《さら》したとき、恐怖が稲妻のように全身をつらぬいた。

登りつめる先、段上《だんじょう》の地平《ちへい》は、眩《まぶ》しく輝いて何も見えぬのだ。めくるめく空白《くうはく》である。

金作は立ちすくんで踏みとどまり、おののく声をあげた。

「この上か」

黒い影法師が深くうなずく。金作は恐怖をこらえてつぶやいた。

「月ぞしるべ、か」

そのとき、影法師の動きが、ひたと止まった。その背中は、咎《とが》めるように動かぬ。

黙ったまま、ゆっくりと振り向いた。

——小賢《こざか》しい。本歌取《ほんかど》りか。何《なん》ぞを踏《ふ》まえねば、ひとことも吐けぬのか。

金作はその言葉を内心に、雷《かみなり》がとどろくように聞いた。

老いたる番士は叱責しているのだ。

金作の頭には蝉吟とともに見た「鞍馬天狗」の能、きらびやかな衣装の稚児《ちご》たちが舞う舞台《ぶたい》が浮かんでいる。

——発句《ほっく》の初五《しょご》は、「月ぞしるべ」だ。

だが、無言の叱責が、金作を踏みとどまらせる。

——借り物ではないか。鞍馬天狗の「花ぞしるべ」を思うて、「月ぞしるべ」に変え、そこから現《うつつ》の月を見るとは。

——花ではない。桜吹雪などはない。借り物は要《い》らぬ。あの月を見よ。

小賢しい、まっすぐ見よと、老いたる番士は叱っている。

眼前にあるのは、月光に照らされて濡れたようにひかる石段。その段上の地平。眩《まばゆ》く輝いて何もない、真っ白の空間ではないか。

——わが運命を指し示し、月が照らし出すこの道を、しっかり見よ。この道を登りゆく農民の己《おのれ》を見よと叱っているのだ。

このとき、石段の上から、番士の声がひびいた。

番士はこちらを向いて左手の提灯をうしろに下げ、腰をかがめるようにして右の掌を差し出した。金作をじっと見て呼びかける。

「こなたへ」

——入《い》らせ給えと言うのか。「旅の宿」へ。

一句を得た。だが、衝撃にうち震えている。

――武家の城、旅の宿へ、わたしは登ってゆく。

上から招く番士の顔は、月光を背後より浴びて黒い髑髏《どくろ》のように見え、金作はぎょっと立ちすくんだ。


このようにして、城代屋敷における月見の宴は終わった。

その翌年が今年《ことし》寛文三年の弥生で、金作は宗房の名を頂いて、蝉吟の傍《かたわ》らにいる。

暖かくなるにつれ、蝉吟はしだいに体力を取りもどした。春の陽光を浴びて、病は影をひそめているると思われる。

桜舞い散る上屋敷の書院で「鞍馬天狗」を謡い、語り合ったのち、二人は京の北村季吟へ送る発句を清書した。

七夕《たなばた》にかすやあはせも一《ひと》よ物　　伊賀蝉吟
月ぞしるべこなたへ入らせ旅の宿　　伊賀上野松尾宗房

意外にも蝉吟の発句は秋であった。

――わたしの句と同じ季節……。わたしへのご教示か。

しかも本歌取《ほんかどり》に拠《よ》らぬ句である。本歌取りをやめよと仰せか。宗房は蝉吟の顔をつくづくと見上げた。これは「只《ただ》」という部立《ぶたて》に分類されるはずだ。

宗房の句は謡曲の詞章を踏まえているので、「謡之詞《うたいことば》」の部立に入る。

「蝉吟」という俳号も公《おおやけ》の撰集《せんじゅう》へは初めて出す、今回は晴れの詠進《えいしん》である。

伊賀上野城へ登る石段でこの句を得たとき、髑髏のような番士に叱責されたと、宗房はその夜の光景を告白した。

まざまざと思い出す無言の叱責。それを言葉に出して蝉吟に言ってみた。

「小賢《こざか》しい。本歌取りか。何ぞを踏まえねば、ひとことも吐けぬのか」

蝉吟は驚いて、目をみはった。

「それは、そちの、内心の声じゃ」

たしかに老いたる番士は無言で立ち止まり、上の段から手を差し伸べ、「こなたへ」と言っただけなのだ。

しかし宗房は、ふり仰いだ段上の地平が、何もない真っ白の空間であった、あの恐怖は語ることができなかった。段上の宿は、蝉吟の御座《おわ》す武家《ぶけ》である。

「そちは、もの言わぬ声を聞く。不思議な才よのう。本歌取りから身につけたか」

「本歌取りは現《うつつ》より眼をそらします。いらぬ借りものです」

宗房は勢いこんで訴える。蝉吟はようやく微笑《ほほえ》みを返す。

「いよいよおまえも、本歌取りを越えゆくか」

蝉吟の発句は七夕の宵に飾る衣装を貸す気持ちを、すなおに詠んでいて、古典にたよらず本歌を持たない。掛詞《かけことば》のわずらわしさもない。

「本歌を知らねば分からぬ、能を見ぬ者には良さが味わえぬ。俳諧はそのように狭い、教養ある者だけの遊びであろうか。わしは、和歌の余技とされる連歌の古き殻《から》を打ち破って、俳諧を広く、伊賀の人々にとどけたい」

蝉吟の口調は熱気をおびてきた。

「古典からは精神を学ぶのじゃ。古典の言葉を借りず、われらは、俗語を用いて、われらに身近な題材を詠んでいく」

宗房は菊岡如幻を訪ねた。

若様の奇病について教えを乞うためである。

三年前、貞が懐妊し、思い悩んで告白したとき、如幻は激怒して破門を言い渡した。即座に追い返して出入り禁止となった。

しかし今年、薬草を探し求める宗房のもとへ、密《ひそ》かに数種の煎じ薬が届けられた。包みには「用法を誤るな。出頭せよ」と添《そ》え文《ぶみ》があった。

宗房は書院に迎え入れられた。

「金作、いや宗房。若様の伽《とぎ》に出よと、お前を推挙したのは、わしじゃ」

きびしい顔つきで宗房を見つめた。

「若様のご回復を願うおまえの苦労、よく存じておる。はっきり言おう。新七郎家ご兄弟の夭折《ようせつ》、也津様の急死、そして若様の奇病、すべて、上忍三家に関《かか》わりなし。お家騒動《いえそうどう》を疑うのは、見当《けんとう》ちがいじゃ」

きっぱりと断言した。

「おお、やはり」

「時をむだにするな。俳諧を伊賀に広めんと、俳席をたびたび開かれる蝉吟公のご活躍は、何にも増《ま》して貴重《きちょう》、ありがたい」

——ああ、迷いが吹っ切れていく。

「若様は伊賀にとって大切なお方じゃ。若様のお躰を守れ。忍《しのび》の者が用いた解毒の薬種《やくしゅ》を調達しよう。腎《じん》・肝《かん》のはたらきを良くし、毒を排泄《はいせつ》して血の道を清める」

「やはり解毒。そして腎のはたらき……」

「先ずは茯苓《ぶくりょう》と山梔子《さんしし》、それに黄蓮《おうれん》を持ち帰れ。お前も調べておるようじゃが、薬種のことはわしに訊《き》け。ただし内密にじゃ。薬草を探しまわれば怪しまれる。誤って用いれば、かえって危ない」

「はい」

「お躰に合うものを、見つけなければならぬ。わしも、さらに調べておく」

「ありがとうございます」

宗房は涙が出るほどうれしかった。

「伊賀上野の統治《とうち》は、すでに城代の藤堂采女《うねめ》が握って揺《ゆ》るぎない。新七郎家に暗殺を仕掛ける何《なん》の必然があろう」

「はい。若様が後添《のちぞ》いに迎えられた小鍋《こなべ》様は、ご城代采女様の息女《そくじょ》」

「新七郎家に忍者の血筋が入る。蝉吟公にとっては藤堂家にお生まれになった以上、逃《のが》れられぬ運命《さだめ》じゃ。伊賀を平穏に保ちゆくために、これは、やむをえぬ支配のかたちではないか」

――若様は覚悟の上で小鍋様を迎えられたのだ。そしてわが身にひそむ病と闘いつつ、伊賀びとの心に平安を取りもどせと、動いておられる。

「蝉吟公はお悩みのすえ、大局に立たれた。構想は遠大にして着実、わしの望むところと同じ。宗房よ、何としても蝉吟公のご恢復《かいふく》を促《うなが》し、支えゆくのじゃ」

如幻は深くうなずいて尽力《じんりょく》を約《やく》した。

宗房の一子《いっし》太郎兵衛と妻の貞について、このとき如幻はひと言も触れなかった。宗房はそのことにも師の配慮を感じる。

――妻子の犠牲をこらえて、若殿を支えよ。仕官への道を貫《つらぬ》けということだ。

宗房は決意の眸で両手をつき、如幻のもとを辞した。

――厳しい道となる。自ら踏み込んだ運命《さだめ》だ。受けて立たねばならぬ。

太郎兵衛は三歳。自分が養子であるとも知らず、実の父母も、ほんとうの名も知らず、伊賀上野の経師屋《きょうじ》にいる。

貞《てい》は上野札之辻《ふだのつじ》の造《つく》り酒屋《ざかや》に住みこんで、陰《かげ》ながらわが子を見守っている。

第三章　雲と隔《へだ》つ

翌寛文四年（一六六四）五月六日。

新七郎家の上屋敷で、藤堂良勝《とうどうよしかつ》五十回遠忌法要《おんきほうよう》が営《いとな》まれた。

藤堂新七郎家の初代は、蝉吟が深く尊敬する祖父、藤堂良勝である。

祖父が大坂夏の陣で討死《うちじに》して五十年めにあたる。

二十三歳の蝉吟は大広間に家臣を集めて、祖父良勝の追善《ついぜん》にと、みずから詠んだ句を披露《ひろう》した。

奉書紙《ほうしよし》に大書《たいしよ》して掲《かか》げさせている。

五月六日大坂うち死《じに》の遠忌を弔《とむら》ひて
大坂や見ぬ世の夏の五十年

「わが祖父藤堂良勝は、大坂夏の陣で討死なされた」

穏《おだ》やかな声だが、真率《しんそつ》なひびきをおびている。

「ここに、『見ぬ世の夏』と申すは、われらが深く敬《うやま》う、兵《つわもの》の心《こころ》ということじゃ」

ゆっくりと家臣たちを見わたした。

「つわものは義《ぎ》のために死ぬ。策《さく》ではない。義のために迷わず死ぬる者こそ、つわものである。なにゆえ祖父は、藤堂家のかけがえのない大将《たいしょう》九人と、討死を誓い合う盟約《めいやく》をなされたか」

――部将《ぶしょう》九人が互いに討死を誓い合った、あの木村重成《しげなり》軍との決戦。

いきなり核心に踏み込んで、お家の歴史の秘められた部分を直截《ちょくせつ》に語り出している。

末席にいた宗房は目を瞠《みは》った。

陰《かげ》でささやかれてきた噂に対し、明白《めいはく》に名前をあげて武士の生きざまを説《と》いている。

「前年、冬の陣のとき、祖父は留守を命じられ、伊賀を守っておられた。しかるに戦場において、渡辺勘兵衛《わたなべかんべえ》が高虎公《たかとらこう》に対し戦術の異論を唱《とな》えて叱責《しっせき》され、罷免《ひめん》された。その後任《こうにん》として祖父が参陣《さんじん》した」

居並《いなら》ぶ家臣が身を乗り出す。

「祖父は戦功を立て、二万石の加増《かぞう》を申し渡された。しかし、お断《ことわ》りして高虎公の激怒を買う。大坂の戦《いくさ》が終わればお受けしますと申し上げた」

「お怒《いか》りは凄《すさ》まじく、どうなることかと」

目《ま》のあたりにした老臣が思いを告げる。

「その翌年が夏の陣じゃ。わしは『見ぬ世の夏』と詠んだ。祖父良勝《よしかつ》は藤堂良重《よししげ》、高吉《たかよし》、氏勝《うじかつ》ら各軍を率いる九人の大将と出陣の酒を酌《く》み交《かわ》わした。祖父が言う。敵と見れば真《ま》っ先《さき》に駆けて討死せんと」

蝉吟は右手を前に差し出し、立ち上がって家臣を見おろした。

「大将が討死すれば全軍が敗走するぞと訝《いぶか》る部将らに、祖父いわく、日頃家中《ひごろかちゅう》の手柄《てがら》は渡辺勘兵衛のひとり占めで、他《じ》は無《な》きがごとしと憤《いきどお》っておるではないか。こんどの戦《いくさ》は、先に討死を誓い合うて杯《さかづき》を交わそうぞ。そう申して杯を差し出した。氏勝が珍しい杯だと受け、みな次々《つぎつぎ》と受けた。八尾《やお》・若江《わかえ》の戦いにおいて、木村重成《しげなり》の大軍に真っ先駆けて激突《げきとつ》し、祖父をはじめ盟約の九人はみな討死した」

座は静まりかえった。

「祖父は兵《つわもの》の生き様《ざま》を示された。渡辺勘兵衛は戦略《せんりゃく》の人。祖父良勝は義に死す人じゃ。戦国の世は二君に仕えずではなく、七度主《しゅ》を替《か》えねば男になれぬと言われた」

宗房も知っている。高虎公自身が主君を幾度も替えてこられた。勘兵衛も主を替えてきた。勘兵衛は立てた戦略で勝つためには、死を恐れず一番乗りしたという。

「しかし、義のために迷わず死を決する人があってこそ、戦略は成る。この決死の人こそ兵《つわもの》ぞ。義をつらぬくか、策をつらぬくかは、根本《こんぽん》がちがう」

夏の陣を生き抜いて帰国した渡辺勘兵衛は、戦略を評価する論功行賞《ろんこうこうしょう》の席でふたたび高虎公と対立した。

ついに主君を見限《みかぎ》って藤堂藩を去ると言う。高虎公が改易命令《かいえきめいれい》を下《くだ》されると、勘兵衛は兵に武装させ、槍先《やりさき》を光らせながら伊賀上野城を退去《たいきょ》した。

「皆の者、わしは祖父良勝の血を受け継いでおる。つわものの血筋じゃ。祖父の良《よし》は義《ぎ》。良勝とは義をもって勝つ運命《さだめ》の人じゃ。わしは良忠《よしただ》、義を尊び伝える。わが使命は、義をもって伊賀の人心《じんしん》を安らかにすることにある」

内に業病《ごうびょう》を秘めた若様が、侍大将《さむらいだいしょう》を継ぐ決意を、家臣一人一人を揺さぶるようにして訴えなさる。必死の誠実さに宗房は涙ぐんだ。

「天正伊賀の乱で皆殺しにされた恨みがやすやすと消えるものか。伊賀には疑念と策略が蠢《うごめ》いておる。叛乱《はんらん》に決起《けっき》せんとの烽火《のろし》が幾度も上がった。そのすべてを厳戒令《げんかいれい》で抑えてきた。大坂の陣の時は村人《むらびと》が伊賀上野城に乱入したではないか。島原の乱が起これば伊賀の土豪たちが、われらもと動く。隙あらば蜂起《ほうき》せんとする一揆《いっき》を政《まつりごと》で治《おさ》めておるように見えるが、背後には武力《ぶりょく》の恫喝《どうかつ》がある」

「若様、外で仰《おお》せになってはなりませぬ」

「うむ。皆を信じて言うておる。戦《いくさ》のおさまった今、民に深く染みこんだ疑心《ぎしん》を解きほぐし、策を弄《ろう》する愚《ぐ》を知らしめ、安らぎの心を取りもどすには、いかにするか」

皆の顔を見つめ、蟬吟は若殿らしい思いをぶっつける。

「武家《ぶけ》と農夫《のうふ》と町人《ちょうにん》が、身分を越えて集《つど》うのじゃ。共に句を繋《つな》ぎ合うて一つの乾坤《けんこん》（世界）を造《つく》りあげる。輪になってしみじみと語り合う。この俳諧の連句こそ、心を通《かよ》わすにもっとも有効。そうは思わぬか」

「拙者《せっしゃ》には、俳諧の才はありませぬ」

「俗語を用いる。ありのままでよい。試してみるのじゃ。実作《じっさく》はわれらが手ほどきする」

「お教えいただけるのですか」

「俳席《はいせき》の連衆《れんじゅう》となって共に作る。伊賀の人々と語り合うのじゃ。策ではなく風雅の心を広めて、伊賀を忍びの里から、桃源郷《とうげんきょう》へと変えてゆくのじゃ」

若さの力《りき》みはあるが、家臣たちの中には共感の面持《おもも》ちが見られた。誠実な訴えは老臣の心をも動かしていると宗房は思う。


翌五月七日、蝉吟に従って遠駆《とおが》けに出た。

万緑《ばんりょく》のなか、だく（早足）で奔《はし》らせる風は頬に心地《ここち》よく、樹々の葉が陽光にきらめいてまぶしい。田植えをひかえ代掻《しろか》きする水田が広がり、農夫が働いている。

蝉吟の白馬《はくば》を宗房ともう一騎、高畑治左衛門《たかはたじざえもん》の馬が追った。治左衛門は厩番《うまやばん》をつとめる家臣である。

去年までは蝉吟の遠駆けをお諫《いさ》めした。

しかし如幻から届けられる数種の煎薬《せんやく》を、長期にわたって差し上げ、調理にも工夫をこらすうち、効きめがあらわれ、今では警戒しながらも宗房がお供をして、遠出《とおで》ができるまでになったのである。

治左衛門は宗房と同じ二十一歳。競い合って俳諧に励む連衆《れんじゅう》で、俳号を市隠《しいん》と言う。

若様をはじめ伊賀の地で生まれ育った三人は、みどりの風が梢《こずえ》を揺らし、燕《つばめ》が飛ぶ、この季節の山野《さんや》が好きだ。

伊賀街道を西へ駆け、山道《やまみち》をまわって東へもどり、服部川の岸辺《きしべ》に出た。

彼方《かなた》より合流してくる柘植《つげ》川の白い中洲《なかす》が見わたされ、川面《かわも》が遠く光っている。

宗房は子供のとき、あの河原で殴り合いの喧嘩をした。

そう思いながら土手を並足《なみあし》で進み、蝉吟と馬を並べて止まる。川風《かわかぜ》がさわやかに吹きわたる。

三人とも汗ばんでいる。

市隠が土手を降りたところの立木《たちき》に馬を繋ぎ、上がってきて声をかけた。

「下の寺で、ご休息を」

「この土手がよい。爽快《そうかい》じゃ」

蝉吟は乗馬の手綱《たづな》を市隠に渡して、土手の道を歩く。

「お馬に、寺の水を」

「うむ。宗房とここで待っておるぞ」

市隠は白馬の轡《くつわ》をとって野道《のみち》へ降りていく。宗房も下の木に馬を繋いできた。

蝉吟は遠く河原を眺めわたし、ああっと両腕を上げ、大きく伸《の》びをしている。

どさっと草に坐《ざ》し、仰向《あおむ》けに寝ころんだ。

「ああ、気持ちよい。青空を雲がゆく。夢のようじゃ」

宗房が近寄っていくと蝉吟は身を起こし、額《ひたい》と胸の汗をぬぐう。

襟《えり》をくつろげて風を入れ、いかにも心地よさそうであった。鬢《びん》の後《おく》れ毛が風にそよいでいる。

宗房は傍《かたわ》らに坐って、蝉吟の頰のあたりが、すこし痩せてきびしくなっているのに気づいて、はっとする。

蝉吟は遠い一点を見やったまま、いきなり声をかけてきた。

「宗房。将来、伸びゆくのはお前じゃ。ゆえに、わしを継ぐ者として鍛《きた》えてきた」

——何を仰《おお》せ、若様。

「生きゆくお前そのものが、わしの発句《ほっく》じゃ」

不吉《ふきつ》な言葉におどろき、息を呑《の》んで横顔を見つめた。

蝉吟は遠くを見たまま、唱《とな》えるようにつぶやく。

「見ぬ世の夏の五十年」

このとき、蝉吟の魂《たましい》が宗房に乗り移ってくるように思われた。

「わが命《いのち》に祖父が宿《やど》り、兵《つわもの》の心をわしは受け継いだ」

「はい」

「お前は、その先を行け」

「若様のおそばに。どうか、いつまでも」

それには答えず、蝉吟はぐいと振り向いて身を寄せ、宗房を見つめて言う。

「つわものの心を、継いでゆくのじゃ」

有無《うむ》を言わせぬ、厳《きび》しい眼であった。

「われらの武器は俗語じゃ。和歌は俗語を禁じた。われらが俗語を手にしたとき、俳諧は束縛《そくばく》から解き放たれた。俳諧は広く万人《ばんにん》のもの」

「そうです」

「俗語によって民《たみ》の生《い》き様《ざま》を詠め。わかりやすく民の心と響《ひび》き合《お》うて、幸《しあわ》せをかみしめ、権威《けんい》の風《かぜ》を笑い飛ばすのじゃ」

「はい」

「お前は伊賀にとどまる男ではない。行くのだ。もっと大きな世界がある。伊賀はわしがやる。伊賀俳壇は市隠らにやらせるがよい」

「なんと」

蝉吟はふたたび遠くへ眼を転じた。横顔のまま言う。

「今、貞《てい》は、どこにおる。お前の子は」

突然の問いであった。

――わが子太郎兵衛《たろべえ》は、伊賀上野の経師屋《きょうじや》の子となりました。いま四歳。

――貞は、小鍋様お輿入《こしい》れのとき奉公を下がり、上野札之辻《ふだのつじ》の造《つく》り酒屋《ざかや》の下女《げじょ》に、住みこみで入りました。ことし二十歳《はたち》にて、母とは知らせず、ひそかに太郎兵衛を見守っております。

宗房はありのままを報告した。

「晴れて夫婦《めおと》となり、親子を名のらせてやりたいのう。すべてわしのために、堪《こら》えてくれておる。しばし待て」

「畏《おそ》れ多いことを。わたくしごとき者の瑣事《さじ》にお心を煩《わずら》わせ、申し訳ございませぬ」

「いや、ちがうぞ」

蝉吟は宗房の腕をつかんだ。

「歌仙《かせん》三十六句を巻けば、恋あり月あり。恋は艶《つや》めき、夫婦は貧乏ながら逞《たくま》しく、暮らしを謳歌《おうか》しておるではないか」

宗房に迫ってくる眼は、いかにも悲しげで、涙ぐんでいるように見える。

「あれは風雅の、まぼろしか」

――われら夫婦の身の上を、どうしてやることも出来ぬと歯噛《はが》みなさっている。

その思いが伝わってきて宗房も強く手をにぎり返した。そして、ひと言《こと》ひと言、ゆっくりと申し上げる。

「まぼろしの中に、かえって、真実《まこと》があるのかも知れませぬ」

「そうじゃ。俳諧の中にこそ、真実が宿る」

ぱっと晴れたような笑顔であった。

「つわものの俳諧を、やるか。どこまでも」

市隠が土手を上がってきた。


寛文五年（一六五五）十月。

宗房が二十二、貞は二十一。太郎兵衛は五歳になっている。

太郎兵衛の養父《ようふ》であった経師屋《きようじや》が、長く労咳《ろうがい》をわずらったすえ、ついに亡くなった。同じ病にかかりながら気丈《きじょう》に店を仕切っていた養母も、痩せ衰えて働けなくなり、暮らしが立ちゆかなくなった。

造り酒屋に住みこんで太郎兵衛を気づかっていた貞《てい》は、ついにその時が来たと決意した。そして、わたしが実《じつ》の母ですと名のり出て引き取ろうとした。

これを宗房の姉、お栄が止めた。

「名のり出てなんとする。これまで皆が堪《こら》えてきた辛抱《しんぼう》は何のためですか。今や忠右衛門宗房は、若様側近《そっきん》の中小姓《ちゅうこしょう》ですぞ。仕官への道を閉ざしてはなりませぬ」

みずからも夫《おっと》を喪《うしな》って寡婦《かふ》となったお栄は、五百石の藤堂藩士渡辺七郎左衛門家《しちろうざえもんけ》へ奉公に上がったばかりであった。

この事態を宗房は知らなかった。しかし、お栄が強く引き留めていることを兄の半左衛門が知らせてくれた。宗房は急いで会いに行った。伊賀上野の町外《まちはず》れ、木津川べりの小さな農家であった。

人目を忍んで駆けつけた宗房は裏座敷で貞を見た。あまりにもやつれ果てた姿に、胸を衝かれ涙があふれる。きつい仕事と気苦労《きぐろう》であろう、青白《あおじろ》く痩せ細っている。

姉の前とて離れたまま膝をつき、涙の眼を見交わすと、貞がわっと泣き伏した。お栄は、つかみかからんばかりの剣幕《けんまく》で宗房を叱りつけた。

「なぜ来たのです金作。こんなことで、いちいちあなたが現れてどうする。すぐに帰りなさい。捨てた子ではないか。もう、親でも子でもないのです」

子供を引き取りに実の親が現れたと噂に流れ、隠し子の事情が藤堂家に漏れることを、お栄は何よりもおそれている。

「今は夫婦《めおと》も、忘れなさい。逢《お》うては未練《みれん》じゃ。今後逢《あ》うことは、なりませぬ。貞さん。実の母を名のり出るとは何をお考えか。事が顕《あらわ》れれば宗房は藩から放逐《ほうちく》です。わたしも追われます。松尾一族は生きてはゆけぬ。あなたらも路頭《ろとう》に迷うのですぞ」

お栄は、考えぬいた最後の手だてを宣告《せんこく》した。

「わたしが母を名のります。あなた方に口出しはさせませぬ。任《まか》せなさい。わたしがあの子を引き取って、渡辺様の奉公人部屋に置いて、育てます」

二人はひれ伏した。この姉に頼るしか、どうすることもできぬ。

このとき五歳の太郎兵衛は、養父が死んで食うものも乏しくなった経師屋《きょうじゃ》で、隣近所《となりきんじょ》から残り物をもらうほど、ひもじい思いをしていた。

突如、実の母と名のる人があらわれて救い出してくれた。太郎兵衛は呆然とお栄に手を引かれ、渡辺七郎左衛門家に入った。渡辺家の下僕部屋に置かれ、やがて掃除や雑用を命じられるようになる。

太郎兵衛が去ってまもなく、経師屋の養母も亡くなったという。

この年の十一月、蝉吟は「貞徳翁《ていとくおう》十三回忌追善《ついぜん》俳諧」と銘打って、藤堂新七郎家の下屋敷において、「百韻興行《ひゃくいんこうぎょう》」をおこなった。

京の貞門派の総師《そうすい》、松永貞徳《まつながていとく》が亡くなって十三年になる。蟬吟は父良精《よしきよ》の後援により、初め松永貞徳に入門していた。貞徳が没して北村季吟が跡を継いだが、蟬吟は旧師《きゅうし》貞徳への報恩のために、この俳席を設けた。五人で百句を詠む俳席である。

野は雪に枯るれどかれぬ紫苑哉《しおんかな》　　蟬吟公
　鷹《たか》の餌《ゑ》乞ひと音《ね》をばなき跡　　季吟
飼狗《かひいぬ》のごとく手馴《てな》れし年《とし》を経《へ》て　　正好
　兀《は》げた張子《はりこ》も捨てぬ童《わらは》べ　　一笑
けふあるともてはやしけり雛迄《ひひなまで》　　一以
　月のくれまで汲《く》む桃の酒　　宗房

俳席の主《あるじ》蟬吟の発句で始まる、最初の一巡である。
北村季吟は伊賀へは来ないで、京から脇句《わきく》だけを送ってよこした。
主催者の蟬吟が先《ま》ず発句を詠んで京の師匠へ送り、季吟が脇句を付けたのである。
俳席の連衆は、進行係の執筆《しゅひつ》を加えると六人。
蟬吟は発句で植物の「紫苑」に「師恩」を掛けて謳《うた》いあげた。
「貞徳翁亡きあとも、伊賀上野に師恩は涸《か》れません」
季吟は、「亡きあと」に鷹の鳴き声と、師を慕う弟子の泣き声を掛けて唱和した。

「鷹が餌を乞うて鳴くように師の跡を慕って、われら弟子は声をあげて泣きます」

「その鷹は、鷹匠《たかじょう》が飼い犬のように長年かけて手なずけた鷹であった」

正好が飼い犬に転ずると、これを受けて一笑《いっしょう》、一以《いちい》は、

「馴染《なじ》んだものは剥げた張子《はりこ》さえ、子供は捨てませぬ」

その張子を「今日の雛祭《ひなまつり》までだいじにしてきました」とつづける。

「桃の節句《せっく》の酒をわたしは月の末まで飲みました」と、ここで宗房の句が出る。

蝉吟二十四歳、宗房が二十二。二人だけが若年《じゃくねん》であった。宗房が最年少で、正好らは親ほどの年輩《ねんぱい》の裕福な商人である。

百韻の俳諧であるから初めの一巡がまわると、「出勝《でがち》」と言って前句《まえく》の心に、早く優《すぐ》れた句を付けた者を採用《さいよう》して書きとめていく。

蝉吟の句に、宗房は、八句を付けた。

だてなりしふり分髪《わけがみ》は延《のび》ぬるや　蝉
俤《おもかげ》にたつかのうしろつき　房

先に蝉吟が問いかけていた。

「背丈《せたけ》も伸びた。粋《いき》であったおまえの振り分け髪は、もう肩先《かたさき》を過ぎたろうか」

宗房は間髪《かんはつ》入れず付けた。

「あなたの後《うし》ろ姿が、俤《おもかげ》に浮かんで離れませぬ」

「くらべこし振り分け髪も肩過ぎぬ君ならずして誰かあぐべき」

『伊勢物語』を踏まえるが、そんなことはどうでもよかった。

ここにあるのは俳諧の連句が編み出す幻《まぼろし》の恋である。宗房はどうしても蝉吟と、恋の思いを歌いあげたかった。

百韻の八十九と九十、終わりが近づいた。

うさ積もる雪の肌《はだへ》を忘れ兼《かね》　　蝉
氷る涙のつめたさよ扨《さて》　　房

「おまえのつれない仕打ちに憂《う》さがつもる。雪の肌を忘れかねておるよ」

「わたしは涙も氷ります。あなたこそ、さても冷たいことよ」

貞門ゆえ縁語掛詞が多い。憂さが積もるに「積もる雪」と掛けている。

蝉吟が「雪の肌」と言ってきたので、宗房が「氷る涙」「つめたさ」と受けたのだ。

ほかの誰が、若様の思いを受けとめることができようか。付けるのはわたしでなければならぬと宗房は思う。

――この恋は現《うつつ》ではない。だが、まぼろしの中にこそ真実《まこと》がある。

二人は、そう語り合ってきたではないか。

蝉吟は三年前より、新七郎家の下屋敷《しもやしき》に家臣たち、商家の旦那《だんな》、農家の名主《なぬし》ら二十数人の連衆《れんじゅう》を集めて俳席を開いている。

俳席は月一回から今では二回に増え、しだいに熱気をおびてきた。

この下屋敷は藤堂藩の下級家臣らが住む長屋で赤坂口《あかさかぐち》にあり、大竹藪をへだてて松尾家に近い。宗房は蝉吟の指導のもと、連衆に混じって句作に励んだ。

俳席は三筋町《みすじちょう》の町屋《まちや》で開かれることもあったが、「伊賀俳壇」と呼ばれて年ごとに大勢《おおぜい》の連衆を形成するようになる蝉吟の拠点は、この下屋敷であった。

同じ寛文五年（一六五五）、師走《しわす》の宵《よい》。

下屋敷の庭には篝火《かがりび》が焚《た》かれ、積もった白い雪を照らし出している。

十畳を二間《ふたま》つづけた大広間《おおひろま》は俳席のさなかで、前と後に立つ灯明台《とうみようだい》が炎《ほのお》を揺らめかせ、さまざまな声の活潑《かつぱつ》なやりとりが、外に聞こえてくる。

正面奥《しようめんおく》に文台《ふだい》を据えて師匠の蝉吟が坐《ざ》す。その右手、縁側寄りに俳席の進行と書記を務《つと》める執筆《しゆひつ》の机がある。執筆は高畑治左衛門の市隠《しいん》である。

市隠は句を書きしるす前に一呼吸《ひとこきゆう》置き、背筋《せすじ》を立てて、張りのある声で読み上げるので、一座の者がさっと顔を上げて聞き入り、緊張した空気が流れる。

読み上げたあと感嘆の声や、わが句を推敲するつぶやきにどっと座敷中《ざしきじゆう》がざわめく。

座敷には矢立《やたて》と懐紙《かいし》を手にした二十人ほどの連衆が、おのおの思案《しあん》にふけり、苦吟《くぎん》の姿勢でうめき坐《すわ》っている。

その中から突然、素《す》っ頓狂《とんきょう》な声が揚《あ》がる。

「盃《さかずき》を」

叫んだのは若い家臣で、思いあぐねた面持《おもも》ちのまま、立ち上がった。

「盃なども……、詠んでよろしいのでしょうか」

「もちろん俳言《はいごん》じゃ。申してみよ」

師匠の蝉吟がうながす。

「盃を、かたじけなしと」

「うむ。続けよ」

「いただきて」

「でかした。でかしたぞ。盃をかたじけなしといただきて。これでよいのじゃ。よし、ようし、執筆よ、しるせ」

「ありがとうございます」

若い家臣は喜び満面で執筆の前に坐る。市隠が再び大きな声で読み上げ、それから杉原紙に書き加えていく。すると次々に声が揚がる。

「とし玉《だま》を」

「影法師《かげぼうし》」

「うむ。よき着眼。できたか、申してみよ。うん？　……まだか。よいのじゃ、とし玉も影法師も、すべて俳言。俳諧はかくも身近なものにして、自在《じざい》なるもの」

蟬吟は笑みを浮かべて座を見わたす。

座敷の中央から奥へかけての七、八人が新七郎家の若い家臣である。庭に面した廊下寄りに、身なりのよい商家の旦那衆、紋付《もんつ》き姿の農家の名主たちが坐っている。

貞徳追善の百韻に名を連ねた先輩格の連衆《れんじゅう》もいる。正好《まさよし》こと窪田六兵衛が甥《おい》の猿雖《えんすい》を連れてきている。かつて貞門に学んだことがあるという老舗《しにせ》の隠居《いんきょ》も加わって、活気ある俳席が繰りひろげられていく。

今宵は蟬吟が指示して、付け合いをやめて、「再び初心に帰る」ことになった。そして五七五の発句のみに専念している。

一句に集中し、観察の深さ、発想の豊かさを心がけるのだ。

「俳言を、もっと大胆に取りこめ」

「本歌取りに頼《たよ》らず、現《うつつ》の暮らしを見よ」

蟬吟はこの二点を力説《りきせつ》している。

推敲した句を口に出して唱《とな》えたり、懐紙に書いて前に持ってくると、蟬吟が断《だん》をくだす。

「よし。でかした、いただこう」

蟬吟が採用と決するか、分かりやすく評語を述べて本人にもどし推敲させるかを振り分ける、この時を「捌《さば》き」と呼んでいる。

いくつもの捌きが一段落すると、蟬吟が皆に向かって全体の講評をし、質疑に答え、一人一人に手ほどきをするのである。

「われらの俳諧は和歌の余技にあらず。和歌が禁じた庶民の言葉、俳言を用いて詠む」

商家の旦那が、確《たし》かめるように種類を挙げる。

「能の謡《うたい》、狂言のせりふ、歌謡《かよう》、幸若《こうわか》。みな俳言でございますな」

「そうじゃ。硬い漢語も和歌では嫌うが、われらは使う。反面《はんめん》、くだけた掛《か》け声《ごえ》もよい。いざ、さて、あら、さぞ、……など、おもしろいではないか」

「なるほど。小唄《こうた》の文句も、ことわざも、よろしいのでございますか」

「もちろんじゃ。俳言を大いに用いて、身近な暮らしぶりを、われらが働く姿を、親しく、おかしみをこめて詠むのじゃ」

「宗房の句は、むつかしい」

「うむ。宗房はいまだ古典や本歌に頼りがちでのう。たしかに難解じゃ。本歌も伊勢物語も知らぬ者には分からぬ、俳諧はそのような狭い芸であろうか」

宗房は座の中ほどで顔を赤らめている。商家の旦那が勢いづく。

「そうであってはなりませぬ。和歌のごとく、詠む前に知識が要《い》り、分かりにくくては、広がりも、長続きもいたしませぬ」

「俳諧は和歌以上のもの。広く万人が詠み、すえ永く孫や子に伝えゆくものじゃ」

「そうです」

「われらは和歌の限界を越えていく。過去の流儀《りゅうぎ》を変えようではないか。われらは古典によって精神を磨く。しかし古典の言葉をそのまま借りず、本歌にも頼らない。われらは俗語を活かし、俗語を高めつつ、身近な題材を詠んでゆく」

蟬吟の眼はいきいきと輝き、明朗な声で一人一人に語りかける。連衆も深くうなずき返すのであった。

翌寛文六年（一六六六）、四月二十五日。

突如、蟬吟が倒れた。

藤堂新七郎家下屋敷で、俳席のさなか、俳諧の付合《つけあい》の捌《さば》きをして、

「でかした。いただこう。ようし、記《しる》せ」

笑みを浮かべ、勢いのあるいつもの声で叫んで、執筆《しゆひつ》の市隠《しいん》を振り返ったそのとき。

急にわっと口を覆《おお》って、前に倒《たお》れ伏《ふ》した。

「若様っ」

宗房が飛びつくようにして抱きかかえ、市隠も躰《からだ》を支え、控えの間に運びこむ。藤堂藩の家臣が上屋敷へ知らせに走る。

しかし、部屋へ入るやいなや、どっと大量の吐血。

眼をかっと見開き、口をおさえる蟬吟の、手から指の間から、鮮血がほとばしり出る。蟬吟は噎《む》せかえり、抱きしめる宗房の腕の中で、がくがくと痙攣《けいれん》が襲ってきた。

「若様っ」

顔が蒼白《あおじろ》くなっていく。意識が消えていきそうだ。

「ああっ。若様っ」

呼びもどそうと、抱きしめ絶叫する宗房に、ぱっと眼を開いた。

「おおっ」

見開いているが、その眼は見えていない。声も出ない。口は血をしたたらせて固く結んだまま、腕を差し伸べて、宗房を求めた。

まっすぐ伸びてくる腕を宗房が握りしめると、見えぬ眼をひたと宗房に合わせ、大きくひとつ、うなずいた。

「若様っ」

叫ぶ宗房の声は聞こえているのか。

蝉吟の右手は宗房の腕をたどり、上腕《じょうわん》を擦《す》りあがって、探りあてるかのように、胸に入ってきた。宗房はわが胸板《むないた》に蝉吟の手を押しつつんで叫んだ。

「若様、お、おおっ。若様ぁっ」

蝉吟が大きく二つ息をした。

ひたと宗房に合わせた眼から、涙があふれた。

眼は言っている。

――宗房。行け。お前は遠くまで行くのだ。

見えぬ眼で、蝉吟は確かめるように、もう一度うなずいた。涙が頬を伝い落ちて、力が抜けていく。そしてついに、息を引き取った。

抱きしめる宗房の腕の中で息絶えた。


宗房は二十三歳にして、生涯仕える主君を失い、俳諧の師を失った。

蝉吟の遺髪《いはつ》のお供をして高野山《こうやさん》に登り、松尾忠右衛門宗房を名のって収《おさ》めてきた。

未亡人小鍋と幼い赤児《あかご》が遺《のこ》された。小鍋が生んだ蝉吟の遺児新之助は一歳であった。

藤堂新七郎良精《よしきよ》は、長男、二男、長女を喪《うしな》い、六十六歳に老いて、二十五歳の三男良忠《よしただ》蝉吟を喪ったのである。

別家《べっけ》していた四男良重《よししげ》十八歳を呼びもどして継嗣《けいし》に立て、未亡人小鍋を正室《せいしつ》とした。

新たに若殿となった良重には別の近習《きんじゅう》がおり、蝉吟の近習はすべて新七郎家の下屋敷を出ることとなった。


仕官の道は絶たれた。

殉死はご法度《はっと》であり、宗房は致仕《ちし》（官職をやめる）を願い出たが許されなかった。

下屋敷の別棟《べつむね》に一室が与えられ、蝉吟が遺《のこ》した膨大な遺稿を整理し、これを刊行するよう命じられた。

宗房は藤堂良精の意を体《たい》して上洛し、亡き蝉吟の師、北村季吟の内諾《ないだく》を得る。

蝉吟のまとまった遺稿集を出すのではなく、季吟門が年々出版する俳諧撰集《せんじゅう》に、蝉吟の句を入集《にっしゅう》させるのである。

——大殿様は蝉吟の名を、長きにわたってお示しになりたいのか。

京で季吟の撰集が出るたびに、伊賀俳壇ここにありと示すように、「伊賀蝉吟」の句が載り、蝉吟を筆頭に宗房が続き、市隠《しいん》、式之《しきし》ら藩士の句も発表された。

一室を賜って時を待ち、撰集を出す頃になると、遺稿を抱えて伊賀と京を往復する。

自由だが、蔓《つる》の端は新七郎家に繋がれたままの、宗房の京都遊学が始まった。

仕官への夢を絶たれた宗房は、自らの道を開かねばならない。

宗房は北村季吟に正式に弟子入りし、国学研究の執筆《しゅひつ》を勧めさせて頂くようお願いした。

「蝉吟公を失うて宗房が去って、伊賀俳壇は持ちこたえるだろうか」

季吟も助手が欲しかった。

「しかし、おぬしも道を見出さねばならぬ。よろしい。先ずはわしの国学を手伝いながら、発句を磨いていきなさい」

如幻《にょげん》の弟子信吾は、すでに伊賀へ帰っていた。

北村季吟邸は京の三条山伏《やまぶし》町にある。季吟は国学を西三条実枝《さねき》と細川幽細《ゆうさい》より授けられ、俳諧は松永貞徳に学んだがこの時期の季吟は国学に打ちこんでおり、研究者としては並びなき大家であった。

『万葉集拾穂《しゅうすい》抄』『源氏物語湖月《こげつ》抄』『枕草子春曙《しゅんしょ》抄』の刊行が進み、これらによって多くの人が古典に親しむようになってきた。

宗房は季吟邸に寄宿して季吟の研究を助けながら、その間に俳諧の秘伝書とされる『埋木《うもれぎ》』を書写させてもらった。この中には、細川幽細より季吟へと伝えられた連歌の式目《しきもく》（規則）が含まれている。

極秘の秘伝を弟子に書写させるなど、あってはならぬことだが、これは因習《いんしゅう》の束縛を越えんとする季吟の考えを示すとともに、藤堂良精に命じられ長年にわたって京・伊賀を往復した宗房への信頼、何よりも藤堂藩より受けた恩恵への感謝の現れであった。宗房は身の引き締まる思いで書写した。


やがて宗房は京の東山《ひがしやま》に家を借りて移り住んだ。先ずは南禅寺に通い仏典を学ぶ。清水《きよみず》の音羽《おとわ》の滝で七日間水垢離《みずごり》して祈念した。仏門に入るか国学へ進むか、師匠なしにひとり俳諧を極《きわ》めゆくか、懸命に道を求めていたのだ。

骨身を惜しまず、いかなる師にも誠実に平身低頭して通いつめる。こうして神道《しんとう》を吉田家に、医術を三条家に、漢学と詩を伊藤坦庵《たんあん》に、書を北向雲竹《きたむきうんちく》に学んでいった。

しかし、俳諧の師は、蝉吟以外に考えられない。

学資《がくし》は執筆《しゅひつ》、書写などをつとめて得た。蝉吟の句を撰集に入集させるために伊賀と京を往復する旅費は、新七郎家より頂戴したが、学資は別であった。

上洛当初は、このような発句を詠んだ。

京は九万九千《くまんくせん》くんじゅの花見哉《はなみかな》　（春）
夕がほにみとるゝや身もうかりひょん　（夏）
たんだすめ住《すめ》ば都ぞけふの月　（秋）

「京は貴賤群集《きせんくんじゆ》して花見の最中《さいちゆう》だ。九万九千の家々から、人が浮かれ出てくる」
「美しい夕顔に見とれてわが身も、うっかりひょんと、時を過ごしてしまった」
「ただただ澄みわたれ。今日、十五夜の月よ、この京も住めば都《みやこ》か」

寛文九年（一六六九）、宗房二十六歳。

故郷の藤堂藩では、高山公《こうざんこう》の子二代高次《たかつぐ》が隠居して三代高久《たかひさ》が跡を継いだ。このとき高久の弟高通《たかみち》に五万石を分け与えて、新たに久居《ひさい》藤堂藩を立てることになった。

伊賀から西へ十里の地を開拓し、「久居」と名づけて城を築き、城下町を造営する。膨大な人足が投入され、津藩からも伊賀藤堂藩からも家臣が建設にたずさわった。

新たな藩主高通は宗房と同年の二十六歳と聞く。

奇《く》しくも季吟門下で、俳号は「任口《にんこう》」。その家臣に向日八太夫《むかいはちだゆう》がおり「卜宅《ぼくたく》」と号す。十五の若さながら藩主に従って俳諧を学び、切れ者としてお側に重用《ちようよう》されている。父は、津藩から久居藩へ派遣された付家老《つけがろう》で向日六太夫という。

蝉吟の遺稿を俳諧撰集へ入集させるには、寛文六年から十一年まで六年を要した。京都遊学の六年は、後《あと》へ退《ひ》けぬ宗房が、ひたすら道を求めた彷徨《ほうこう》であった。

江戸へも大坂へも行った。

大坂には井原西鶴《いはらさいかく》がいた。神社に観衆を集めて一昼夜《いっちゅうや》に何句詠むかという「矢数《やかず》俳諧」の技《わざ》を見せ物としている。「阿蘭陀西鶴《おらんださいかく》」と呼ばれて人気があり宗房より二歳年上である。京・大坂では、流儀《りゅうぎ》・派閥《はばつ》の伝統が揺るぎなく固まって、新たな俳諧が広がる余地はない。西鶴は興行《こうぎょう》の奇抜さでおおぜいの観客を集め、人気の高まりによって伝統に揺さぶりをかけていた。

一昼夜寝ずに八千句を詠むという。終《しま》いには西鶴が何を呟《つぶや》いているかも分からず、記録係も朦朧《もうろう》として縦《たて》に棒《ぼう》を引くのみ。だが、みごと詠みきったとされ「八千翁《おう》」の称号が贈られ、次は二万句に挑むそうだと噂《うわさ》が飛ぶ。このようにして西鶴は懸命に自《みずか》らの居場所《いばしょ》をこじ開けようとしている。宗房にはそう見えた。

模索《もさく》のすえ、行き着いたのは俳諧であった。

裸一貫《はだかいっかん》となって宗房に残されたものは、父の薫陶《くんとう》を基《もと》に如幻によって観察の手ほどきを受け、蝉吟に実作を鍛えられた俳諧しかなかった。

しかし、宗房は弟子の句に点数を付けて点料《てんりょう》をとる「点者《てんじゃ》俳諧」も、旦那衆《だんなしゅう》のご機嫌《きげん》をうかがいながら句の添削《てんさく》をする「お座敷俳諧」も、きびしく拒《こば》む。

万人に分かる、奥深い味わいの俳諧が広がりゆくことによって身を立てる。そのようなことができるであろうか。

宗房は天を仰いで、そこに蝉吟がいるかのように呼びかけた。

――われらの俳諧に、弟子が現れるでしょうか。束脩《そくしゅう》なしと言い切って、多くの弟子を末永《すえなが》く抱《かか》えゆくことはできますか。先ずはわたしの撰集《せんじゅう》を出し、他の師匠の執筆《しゅひつ》も勤《つと》め、生計を立てます。

蝉吟亡きいま、宗房の命《いのち》に宿るものは、師弟《してい》の絆《きずな》のみである。

――若様、あなたが良勝様より受け継がれた「つわものの心」は、この宗房にしっかりと宿っております。俗語がわれらの武器、俗語を磨きあげ、民の心と響き合《お》うて、民の生きざまを詠めと仰せでした。そうです。本物で勝負するしかないのです。

宗房は江戸で眼にした光景を思い出す。

東海道の保土ヶ谷《ほどがや》で宿をとり未明《みめい》に発《た》ち、かなたの日本橋魚河岸《うおがし》の沸《わ》き立つ喧騒《けんそう》のなかへ、初めて入って行ったときの驚きは忘れられない。

反《そ》りのある大きな日本橋が見える。すでに手前の町から魚の臭《にお》いが鼻につく。将棋頭《しょうぎがしら》の切妻《きりづま》が高く聳《そび》え、ずうっと奥まで建ち並ぶのは魚問屋《うおどんや》の納屋裏《なやうら》である。

波立つ日本橋川には川面《かわも》いっぱいに舟、舟、舟。櫓《ろ》を漕《こ》ぐ声も勇ましく飛沫《しぶき》を散らし、たくさんの押送舟《おしょくりぶね》がのぼってくる。

はるか東に架かる「江戸橋」までの、長い河岸《かし》を納屋裏《なやうら》通りと呼ぶ。

日本橋に立って見通せば、河岸と直角に同じ間隔で、栈橋代《さんばしがわ》りに二十数艘の平田舟《ひらたぶね》が繋がれている。この舟めざしてどっと魚が届くのだ。

平田舟から問屋の荷揚げ場に架け渡した、幾本もの歩《あゆ》み板。揺れる板の上を天秤棒の両端に樽を吊して、褌《ふんどし》一丁の荷《に》揚《あ》げ人足《にんそく》が駆け昇り、短い掛け声を発して、すばやく往復する。

日本橋を渡った前方が室町通り。河岸の魚問屋の反対側が納屋前《なやまえ》にあたり、店を開いている。まっすぐ奥へ続く大通りに人の波と威勢よい掛け声が沸き立っていた。

「買ってやれぇ」

「呉れてやれぇ」

「押送舟《おしよくり》で揚《あ》がったばかりの、銚子《ちようし》の鯛《テエ》だぁ」

ごった返す群衆の流れめざして、高く飛び交《か》う掛け声、売り声。

人と人が形振《なりふ》りかまわず躰をぶっつけ合って、大声でやりあう朝千両《あさせんりよう》の商《あきな》い。

——新鮮な、本物しか売らぬ。買いもせぬ。暁《あかつき》の暗いうちから、恐ろしい勢いで動き回り、怒鳴るような声で魚を商う人々がいる。

宗房にとって、心底《しんそこ》から揺さぶられる驚きであった。

生き馬の目を抜く真剣さで魚の鮮度に命を賭ける、決して偽物《にせもの》を許さぬ日本橋魚河岸《うおがし》の心意気《こころいき》。誇り高き、戦いの町。

——江戸がよい。若様。先へ行けとは、ここです。生きゆくお前そのものが、わしの発句。そう仰せでした。ここで勝つならば、われらの俳諧は、つわものです。

——本物で勝負します。弟子が現れぬはずがありません。

蝉吟の夢と、つわものの心を抱いて、江戸に出ようと覚悟は決まった。


寛文十一年（一六七一）秋、宗房は二十八歳。

大殿様より命じられた仕事に目途《めど》が付き、伊賀へ帰郷する。このとき宗房は新七郎家下屋敷《しもやしき》に与えられた一室に帰らず、伊賀上野の町なかの一軒家《いっけんや》に籠《こ》もる。

そして自らの手による、初《はつ》の発句《ほっく》集の編纂にとりかかった。

町屋の離《はな》れのような小屋を「釣月軒《ちょうげつけん》」と名付けた。

釣月は月を取る、月に象徴される風雅の真髄《しんずい》を攻めるとの覚悟を示す。ゆえに、完成のあかつきには風雅の神、菅原神社に奉納するつもりだ。

編纂する発句集は『貝おほひ』である。

わたしはこのような男です、よろしくお引きまわしのほどをと、江戸っ子に挨拶をおくる、どうしても必要な一書であった。

自作の発句の他に伊賀俳壇の連衆のものも含め、計六十の発句を集めた。これを左右に分かち、三十番の勝負をさせる「発句合《ほっくあわ》せ」。理由を述べて判定を下すのは判者《はんじゃ》の宗房。この「判詞《はんじ》」にこそ才気があらわれる。

六年を経《へ》て伊賀に帰った宗房は、いかなる男になったか。

小六《ころく》ついたる竹の杖《つえ》。ふしぶし多き小歌《こうた》にすがり。あるははやり言葉の。
ひとくせあるを種《たね》として。いひ捨てられし句共《ども》をあつめ。
右と左にわかちて。連節《つれぶし》にうたはしめ。其《その》かたはらにみづからが。

自序の書き出しから、三味線《しゃみせん》に乗って流行小唄《はやりこうた》を歌う、浮いた浮いたの浮世《うきよ》である。「。」で句切ってソレとかホイとか囃《はや》しを入れる。連節《つれぶし》(合唱)が座を盛り上げ、そこに判者の宗房がいる。かつて新七郎家の上屋敷で、蝉吟と共に舞い謡《うた》った宗房の耳には、荘重《そうちょう》な能の地謡《じうたい》が鳴りひびいていた。

釣月軒につどった昔の連衆は、宗房の変貌に仰天《ぎょうてん》した。かれらは小六節《ころくぶし》を知っており、耳に小唄が浮かんでくる。

「小六ついたる竹の杖《つえ》小六《ころく》ソレ。本《もと》は尺八ホイ。中は笛《ふえ》小六《ころく》ソレ。末《すえ》はホホホン、ホホホンホホホンホ。じょんじょん女郎衆《じょろしゅ》の……」

——宗房は何を身につけて帰ったのだ。京、江戸わたり歩いて、当世《とうせい》、流行《はや》る俳諧は、これだというのか。

宗房は笑って勝ち負けの判定を下し、節《ふし》をつけて「判詞」を述べる。

——判詞は洒落《しゃれ》のめした廓言葉《くるわ》と、かぶき者《もの》の奴詞《やっこことば》。そして判者《はんじゃ》が勝ちと決するのはすべて、刹那の遊びに身を投ずる、不逞《ふてい》の句ではないか。

宗房の新たな覚悟を示す『貝おほひ』は傷《いた》みを秘めていた。宗房は放埒《ほうらつ》無頼《ぶらい》の、かぶき者《もの》の判者となって、武家への訣別《けつべつ》を告げていたのだ。

武家に這《は》いあがる夢を捨てたとき、身分を越えた世の姿が見えてきた。ひたすら仕官をめざして家族を踏み台にしてきたと、今にしてわかる。宗房を武家にしようとの一心で、貞《てい》は産んだわが子を隠し、捨《す》て子《ご》同然に養子に出した。太郎兵衛は親の顔も知らず、飢えの底を這いずりまわった。

俳諧が描《えが》き出す夫婦《めおと》と親子は、歌仙の中で貧しくも逞しく生きている。あれはまぼろしかと、師の蝉吟は問うた。

――いいえ若様、武家を捨てた今のわれら夫婦が現《うつつ》の姿です。真実《まこと》はここにあります。武家の世が歪《ゆが》んで非情《ひじょう》なのです。

――若様、われらはだいぶ先まで来ているにちがいありません。その先へ行けと仰せですか。参りましょう。ひるまず、武家の柵《しがらみ》を踏み越えて。

新七郎家に報告に上がると、ご当主良精《よしきよ》様にはお目通《めどお》りが叶《かな》わず、久居《ひさい》藤堂藩から来たという若き藩士を紹介された。取次《とりつぎ》の者が宗房に告げる

「大殿様にはご多繁《たはん》にて、拙者が応対《おうたい》を命じられました。なお今後のために、このお方をご紹介申し上げよと仰せつかっております」

斜め後ろで、色白《いろじろ》の俊敏そうな顔つきの侍が、折り目ただしく頭を下げた。

――大殿様は臥《ふ》せっておいでか、すでに七十二。……それにしても、この細面《ほそおもて》の美丈夫《びじょうぶ》は十七、八と見受けるが、話に聞く卜宅《ぼくたく》か。

「久居藤堂藩の向日八太夫《むかいはちだゆう》、俳諧をたしなみ俳号は卜宅と申します。伊賀上野のご城代よりお招きをたまわり、新七郎家に逗留《とうりゅう》しております」

胸を張って、水平な目つきで見つめてきた。

「こなたが卜宅どの。お噂はかねがね……。松尾忠右衛門宗房、お初にお目にかかります、よろしくお願い申し上げます」

――この対面は、伊賀の城代藤堂采女《うねめ》の指図《さしず》か。今後のためにとは、大殿様はこの卜宅に今後のことを任《まか》すとお考えか。

宗房は緊張した。すると、宗房の計画を見透《みとお》すかのような言葉が降ってきた。

「江戸に出るとのご決意が、おありならば……」

「なにゆえ、それを」

「良精様がお察しです。貴殿の動きと報告により、江戸東下《とうげ》しかあるまいと」

「ありがたきお言葉。たしかに、出るならば日本橋魚河岸《うおがし》にと」

「魚河岸のどなたをたよられる」

「北村季吟門下の、小沢卜尺《おざわぼくせき》」

卜宅は宗房を見つめて大きくうなずく。沈黙ののち、一語一語、重々《おもおも》しく言う。

「それがし、来春、江戸藩邸詰《づ》めとなります。宗房どの江戸に寄寓《きぐう》とならば、手配万端《てはいばんたん》、怠《おこた》りなきようにと」

「なんと」

「これは、良精様のご意向であります。江戸へは、それがしが同行いたします」

「ご城代は」

「励んで、日本橋の宗匠になれと」

「ははっ」

宗房は平伏した。


急ぎ菊岡如幻《にょげん》の屋敷を訪ねた。

脇の路地を行くと昔のままの生け垣が続き、奥に庭が見え、桧皮葺《ひわだぶき》の屋根を載せた両開きの木戸がある。開《あ》けて迎えに出たのは信吾であった。三十五になる信吾は飛び石をのしのしと歩いて来た。宗房は書院に通される。

如幻は月代《さかやき》を剃らず髪をうしろに束ねた総髪《そうはつ》姿である。ことし四十八。資料の綴じ本をまわりに積んで、執筆《しっぴつ》のさなかのようであった。

「見よ。これは草稿じゃが、必ず出してみせる。『伊乱記《いらんき》』と名づけた」

天正伊賀の乱を記録した労作が、世に出ようとしていた。

宗房は右脇に包みを置く。完成間近《まぢか》の『貝おほひ』を、あとでお見せするつもりだ。

如幻は宗房の顔をまじまじと見つめ、

「苦労したのう、おぬし。妻と子はどこに。どうしておる」

いきなり妻子の消息を聞かれた。かつて若殿をお守りして仕官の道を貫けと教えた如幻が、今は宗房と妻子の身の上を案じている。

貞《てい》と太郎兵衛はお栄の手配に従って、未《いま》だ隠《かく》し妻《づま》、隠し子であると報告した。

「宗房よ、百姓の子が武家に上がる道は閉ざされた。亡き若殿への忠誠、大殿への義理、お前は充分に果たした。一日も早く新七郎家の柵《しがらみ》から抜けるのじゃ」

「しがらみを抜ければ、ただの百姓」

「何《なん》の後ろ盾《だて》もない。しかもお前は妻子を抱える一家の主《あるじ》。暮らしを立てゆく道はどうする」

宗房に残された道が、きわめて嶮《けわ》しいことを容赦《ようしゃ》なく突きつける。

「お栄どのが奉公する渡辺七郎左衛門様は、久居《ひさい》へ移られるのではないか」

「そうです。ことしの春、久居館《ひさいやかた》が竣工《しゅんこう》し祝賀《しゅくが》の宴《えん》は七月と聞きます。すでに伊賀上野から藩士がおおぜい移転しました。渡辺様もやがて」

「渡辺様が移ればお栄どのも付いてゆく。そのとき、太郎兵衛はどうする。連れて行くか」

「それは無理です。貞が引き取るしかあるまいと」

「造り酒屋に住みこみの身でか」

「いえ、やはり、山城《やましろ》の実家《じっか》にもどり、太郎兵衛を引き取ります」

「ううむ。武家奉公にしくじった子連《こづ》れの娘を、実家がこころよく迎えるだろうか……。しかし、それしかあるまい。じっと堪《こら》えて、お前の迎えを待つ」

「わたしは日本橋魚河岸に出て、暮らしを立て、呼び寄せます」

「魚河岸に頼る人は、おるか」

「季吟邸で修行中に、俳諧の教えを乞《こ》おうと上洛してきた小沢卜尺《ぼくせき》という人に会《お》うております」

「卜尺、その名は季吟先生より頂いたもの」

「はい、季吟門下です。六十に近いが矍鑠《かくしゃく》たる御仁《ごじん》にて魚問屋《うおどんや》を営み、日本橋大舟町《おおふなちょう》の名主《なぬし》です。この人を頼りたいと思うております」

ここで、新七郎家で対面した向日《むかい》八太夫卜宅の言葉を、くわしく報告した。

——江戸へはそれがしが同行すると、有無を言わさず宣告してきた、あの男。

背後にあるものに怒りを感じていた。

「励んで日本橋の宗匠になれ」と、城代の言葉を聞かされ、その場に平伏した自分を、宗房は赦《ゆる》せない。

——孤独の戦いをだれが知る！　付け入《い》って、何をたくらむか。

怒りは顔にあらわれ、如幻は鎮《しず》めようと気を配る。

「なに、向日八太夫《はちだゆう》とな。久居藤堂藩の付家老《つけがろう》は、たしか向日六太夫《ろくだゆう》。その息子ではないか」

「はい。まだ十七の若者、卜宅《ぼくたく》と名のり、俳諧を」

「そういうことであったか。俳諧とは不思議な縁《えにし》を結ぶものよのう……。わしとお前、亡き蝉吟公、みな季吟先生の弟子じゃ。そうして久居の藩主高通《たかみち》様が任口《にんこう》、家臣が卜宅。さらに、いま聞く日本橋の卜尺《ぼくせき》。みな季吟先生の俳諧につながっておる」

如幻は腕組みをし、宗房をにらんで考えこむ。

「ううむ宗房、これはただごとではないぞ。蝉吟公に仕えて伊賀俳壇を作り上げたお前の才《さい》が、政《まつりごと》に利用されようとしておる」

「そうです」

「日本橋の宗匠になれとは、ご城代のお言葉か。悔《くや》しいのう。やはり藤堂藩は公儀諜報《こうぎちょうほう》の拠点であったか。しかし、これは当然のなりゆき……」

如幻の表情は皮肉《ひにく》にゆがんでくる。

「高山公は伊賀忍者を懐柔するために、忍者を登用して藤堂の名まで与えたが、豊臣《とよとみ》がほろび伊賀もおさまると次は諸国大名に目をくばる。高山公亡きいま、藤堂采女《うねめ》が目を向けるのは、江戸の幕閣、北の伊達《だて》……」

宗房を指《ゆび》さして言う。

「ご城代はお前に宗匠になれと仰せ。これは将来をにらんでの策じゃが、宗匠となればどこへでも懐《ふところ》深く入ることができる」

「諜報をやれというのですか」

「そうじゃ」

「ああ、俳諧の風雅が、諜報に使われるとは！」

「政《まつりごと》の策《さく》に生きる者は手柄《てがら》が第一。手柄のためなら何でもやる。風雅の自在《じざい》さに目を付けて策をたくらむ。……しかし宗房、お前が諜報にかかわる必要はない」

「いかにして避けますか」

「諜報をやる者は、向こうから寄ってくる。従者《じゅうしゃ》か弟子の姿をして」

如幻は唸《うな》り、にらみつけてきた。

「ううむ、宗房、強くなるのじゃ。お前はひたすら俳諧の道を究《きわ》めゆけばよい。そうして、俳諧を究めゆくために、政《まつりごと》の策を逆手《さかて》に取って、利用するのじゃ」

「大殿様は蝉吟公を慈《いつく》しんで亡き跡を悲しみ、弟子のわたしを大切にお思い下さいました。わたしが模索のすえ、江戸に出ようと決したのをお察し下さったのは、大殿様とわが心が通《かよ》っていたゆえです」

「そうじゃ、大殿は策に生きるお方ではない、真心《まごころ》のひと」

「突如あらわれた卜宅の、この干渉は策略です」

「宗房よ、江戸に出るお前には生計《たづき》がない。俳諧でいかに暮らしを立てる」

「手だてはあります。先ずは、わが発句集を出版します。完成間近《まぢか》の『貝おほひ』です。ここに持ってまいりました」

包みを開き、草稿をお見せする。

如幻は厚い半紙の束を押しいただき、一枚一枚、ゆっくりと捲《めく》る。

「おお、宗房。これがお前の、初の上梓《じょうし》、『貝おほひ』……。ついに出るか」

時に食い入るように目を見はり、しきりにうなずく。

「痛ましいのう。これが素顔《すがお》のお前か。藤堂新七郎家の能舞台から飛び降りて、三味線《しゃみせん》を抱え廓《くるわ》で歌っておる。六年学んで開きなおったお前が民《たみ》のまっただ中におる！」

「性懲《しようこ》りもなく、未《いま》だ、手探《てさぐ》りながら」

読み進める如幻の姿を見つめるうち、涙があふれてきた。

「判詞に現れるむき出しのお前がよい。痛ましいところもあるが粋《いき》で突っぱり、威勢よく勝負をいどむ。この偽《いつわ》らぬ素顔が、江戸っ子の心に入っていく。魚河岸の旦那衆は共感して迎えるにちがいない」

如幻に会うとき、いつも、自分がどこに立っているかを思い知らされる。

「宗房よ、なんとしてもこれを江戸で出版せよ。多くの人々に読ませて俳席を開き、見事な捌きをやって見せるのじゃ。秘伝書の『埋木《うもれぎ》』は持っておるな」

「季吟邸で書写した『埋木』は、蟬吟公に伝授されるべく大殿様の手もとにありました。蟬吟公亡きあと、形見にとわたしに下《くだ》されたのです」

「ありがたい。大殿は蟬吟公の夢をお前に託された。宗房、大殿の真心を受けよ。……もう一つは宗匠になれと手を延ばしてきた策。これは利用するのじゃ。身元の保証は藤堂藩。蔓《つる》の端は藩に握らせて、宗匠立机《りつき》までのあらゆる手続き、手配《てはい》の助けを受けよ。卜宅を使うのじゃ」

「大殿様の真心と、藤堂藩の蔓」

「嶮《けわ》しき道じゃのう。裸《はだか》一貫の宗房が、真心で託された秘伝書と、この『貝おほひ』を抱《かか》えて江戸に出る。宗匠として立つ助けには、藤堂藩を利用する。しかし宗房、残された唯一のこの道こそ、お前にふさわしい道かも知れぬ」

「はい。蝉吟公は俗語を武器に、民の心とひびき合うて、権威の風を笑い飛ばせと仰せでした。大殿様の真心をいただき、どこまでも俗語を磨いて参ります」

『貝おほひ』は年末（寛文十一年）に完成した。

きても見よ甚べが羽織花《はおりはな》ごろも　　宗房

「甚兵衛さん、甚兵衛羽織《じんべばおり》を着て、花見に来てみなさい」

「きてみて」は小唄の言葉だ。小唄は「きてみて、我《が》折りや」と続けて歌う。我折りやは降参《こうさん》しろの意で、あんまり花がきれいで参っちまうぜ、いっしょに遊ぼうよと誘《さそ》っているのだ。

この発句合《ほっくあはせ》で勝負をした三十七人の中には、伊賀俳壇の連衆も加わっているというが、完成した『貝おほひ』では鼻毛《はなげ》、一入《ひとしお》、鋤道《すきどう》、此男子《しなんし》と、怪しげな名の、素性《すじょう》の知れない者ばかりである。鋤道《すきどう》は数奇《すき》道、色好みであり、此男子は廓《くるわ》言葉の「（なんとか）しなんし」を漢字にしたもので、判者だけが宗房を名のっている。

つまり『貝おほひ』は、勝負した句も判詞も、ほとんどを宗房ひとりが書いている。

宗房の名が出るのは二句だけで、「きても見よ」の句を詠んだとき、宗房は釣月軒の中で俳号を「公糞《くにくそ》」「土糞《つちくそ》」と名のっていた。（服部土芳《とほう》『芭蕉翁全伝』）

――われは「公糞」。

公《おおやけ》の武家に登用《とうよう》されようと、武家にへばりついた糞《くそ》のような存在であった。いな、百姓出身の奉公人ゆえ「土糞」か。

怒りを秘めた名のりは、価値の転倒と、武家の柵《しがらみ》を越える傷《いた》みをにじませる。そして俳諧師としても、われは伝統の美に叛旗《はんき》をひるがえす者だと、はっきり宣言したのである。

判詞の中に江戸の山谷《さんや》踊りを引いている。山谷踊りは歌う。

「伊達《だて》も浮気《うわき》も、命《いのち》の中よさ。やがて死ぬ死ぬ。引っ弾《ぴ》け。うん飲め。騒げ。明日をも知らぬ身に」

――江戸のど真《ま》ん中《なか》、日本橋に出る。魚河岸《うおがし》の旦那衆、お阿仁《あに》いさん、何するものぞ。出るからには、かぶくことにも負けてはおれぬ。

度肝《どぎも》を抜く俳諧が、この伊賀にもあるのだと見せてやろう。

清書《せいしょ》は二冊作る。一冊は菅原神社に、一冊は江戸へ旅立つ荷《に》に秘めていく。

寛文十二年（一六七二）正月二十五日。

菅原道真《みちざね》七百七十年忌の例祭日《れいさいじつ》、伊賀上野の菅原神社に、文運を祈願して『貝おほひ』を奉納した。二十九歳であった。

父与左衛門と並んで祈ったあの日から、十七年を経ていた。

同年、二月。

宗房は江戸へ出る前に、計画を告げるため、貞《てい》の実家がある山城《やましろ》の加茂《かも》へ向かった。

伊賀街道を西へ七里。早春の山道を妻子のもとへ急ぐ。
山桜《やまざくら》が丈高《たけたか》く、首を伸ばしたように山腹《さんぷく》のあちこちに清楚《せいそ》な姿をあらわし、道行く宗房に、花びらを散らす。

——若様。われら親子が寄り添い暮らす日は、近づいております。

貞の実家の者たちは、主君《しゅくん》をうしなって仕官が叶わず、未《いま》だ暮らしの目途《めど》も立たぬ宗房を不安げな顔で迎えた。

しかし、貞は気丈《きじょう》にふるまい微笑んでいる。宗房を迎えて静かな挙措《きょそ》だが、再会の喜びを抑えかねている。去年、やっとわが子太郎兵衛をお栄のもとから引き取って抱きしめたのだ。苦労の末にかならず春が来ると、信じている眼であった。

実家に入るときは、出戻《でもど》りをこばむ家族と激しくやり合ったという。

「ここで太郎兵衛を産んだときはあれほど喜んだのに、若様の急逝《きゅうせい》で態度が変わった。何よこの態度は！」

貞は泣き叫んで訴え、畳《たたみ》をたたき、額《ひたい》を擦《す》りつけて入れてもらったのだ。

いま、将来の計画を知らせようと宗房が現れた。

奥の座敷で親子三人になったとき、貞《てい》はどっと嗚咽《おえつ》がこみあげた。やがて涙をぬぐい、たがいに顔を見つめ、ゆっくりと語り合う。

十二歳になる太郎兵衛は、やや細面《ほそおもて》で澄んだ眼をしており、落ち着きのある聡明そうな子に育っていた。

「五歳まで上野の経師屋《きょうじや》におりました。五つのとき父が亡くなり、その父と母を実《じつ》の親と思うておりました。母の労咳が重くなり、経師屋がどうにもやっていけなくなったとき、お栄おばさまが、わたしがこの子の母ですと名のって、連れ出して下さった」

宗房をまっすぐ見つめて語る口調はおだやかだ。

貞は太郎兵衛の横に坐って、黙ったまま静かにうなずき、わが子の握り拳《こぶし》にそっと手を載せている。

「おばさまは武家の渡辺様にご奉公の身です。加茂へ来るまでわたしは、渡辺家の下僕部屋《げぼくべや》にいてお手伝いをしました。お栄おばさまを、母ということにして」

貞が言葉を添える。

「堪《こら》えてくれたね。六年も」

六年と言ったあと、貞は深くうつむいて涙ぐんだ。太郎兵衛は母を振り返り、それから宗房を見る。

「ほんとうの父と母のことを知らされたときは、信じられなかった。隠し子だと分かり、いっそう悔しくなった。けれどいつも、父上のまなざしを感じておりました」

宗房は膝《ひざ》を進めて太郎兵衛に両腕を差し出す。

「おいで」

ためらう子に身を寄せ、腕につつむようにして抱き上げた。十二歳のからだは細く弱々しく、宗房は涙がこみあげる。

太郎兵衛は腕の中で、せきを切ったように泣きだした。

雲と隔《へだ》つ友かや雁《かり》の生き別れ

今は、仮の別れだ。江戸で一家を構え、かならず迎えに来る。

お前たちはわしのために、こんなに耐え抜いた。負けるわけにいかぬではないか。

蝉吟の夢を抱いて当世の俳諧に勝負を挑み、一門の宗匠として立つのだ。

誰の句が民の心にひびくか。発句の出来で勝負せよと、江戸俳壇に地歩《ちほ》を築いていく。きびしい道だ。だが勝ってみせる。

太郎兵衛にはわしの俳諧の手控《てびか》えを託す。今は発句の一句を詠まずとも、俳諧の何たるかは学んでいくと言っていた。迎えに来るまで学んでおれ。

――若様。思えば、月の光にみちびかれ、「こなたへ」と上がった伊賀上野城。

切磋琢磨《せっさたくま》したあの日々は、「旅の宿」だったのでしょうか。

わたしは江戸へ旅立ちます。

第四章　発句也《ほっくなり》

寛文十二年（一六七二）、二十九歳の春。

決意を秘めて江戸へ向かう宗房は菅原神社にお参りし、山門前で向日卜宅《むかいぼくたく》を待ち受ける。

早朝の薄明に十八歳の若者が菅笠《すげがさ》の白い紐を頤まで締め、傲然と胸を張った歩みで姿をあらわした。手甲《てっこう》・脚絆《きゃはん》に黒い縁取《ふちど》のある野袴《のばかま》、打裂羽織《ぶっさきばおり》の腰には柄袋《つかぶくろ》をかけた両刀。背中に打飼袋《うちかいぶくろ》を斜めに掛けている。いかにも旅慣れた姿であった。

菅笠を脱いで、かれもまた神前に進んで祈り、二人並んで柏手を打つ。

「さあ、参りましょう」

見つめ合い、大きな掛け声とともに伊賀を発った。

季吟先生の弟子という、この若者がいかなる句を詠むか。宗房は長い道中、共に俳諧を語りあう楽しいひとときを期待していた。しかし、その夢は叶えられなかった。

「四代の公方様、家綱《いえつな》様の政《まつりごと》は、危うい舵取《かじと》りに操《あやつ》られ、いまや、傾きかけております」

緊迫した政治の話ばかりであった。

武張《ぶば》って高飛車《たかびしゃ》に構えていた硬さが消えると、ふるまいには脅《おび》えすら感じられる。

「公方様に、未《いま》だ御子《おこ》がない。これが政争の根源《こんげん》……」

悲しげにうつむく。そして急に顔を上げ、

「伊達《だて》騒動の始末以来、雅楽頭《うたのかみ》様（大老酒井忠清）の仕置《しお》きに、異《い》をとなえる者らが集結《しゅうけつ》し、ついに首魁《しゅかい》が姿をあらわしたのです」

言葉も策士《さくし》めいておだやかでない。十八の若者がひたすら幕閣の内情を憂《うれ》えている。

「上様は十一歳で四代将軍の座に就《つ》かれた。大猷院《だいゆういん》様（三代家光）の跡を追って、二人の老中が殉死。最も重用《ちょうよう》された松平信綱様は腹を切らず、わしが死んで誰が幼主《ようしゅ》をお守りするかと言い放ち、残った老中で危機に立ち向かったのです」

聞いて下さいと、真剣な面持ちで迫る。

「積年の問題が噴出しました。改易《かいえき》された諸藩から膨大な人数の浪人が江戸へ流れこむ。旗本御《ご》家人《けにん》が窮乏《きゅうぼう》する。不満は一気に爆発。由井正雪《ゆいしょうせつ》の乱、老中を銃撃する叛乱計画、江戸中が騒然とする危機を、寛永の遺臣（家光が遺した逸材《いつざい》）と呼ばれる保科正之《ほしなまさゆき》、大老酒井忠勝、老中松平信綱といった方々が合議《ごうぎ》に諮《はか》り、緊急処置を施《ほどこ》して乗り切ったのです」

卜宅は江戸詰めの父と暮らして、政情《せいじょう》にくわしい。

「しかし、上様三十代の時には寛永の遺臣はみな亡くなり、六年前に酒井忠清様が大老に就任。すると合議はせず、すべて大老に一任！　上様は何事にも左様《さよう》せいと仰せ……」

卜宅は、只《ただ》ならぬ顔つきになっている。

「さらに、上様は末期養子《まつごようし》の禁《きん》を緩《ゆる》められた。これは大名に跡継ぎの子がなく死期が迫ったとき、養子を決めておかぬと改易《かいえき》に遭《あ》う、改易浪人を出さぬための処置ですが、肝心要《かんじんかなめ》の、公方様に御子がない。齢《よわい》四十に近づかれる病弱の将軍に御子がない。後継は未だ定まっておりませぬ。この事態を救う人材は閣僚の中にいない。このようなとき、公方様がお亡くなりになれば、政《まつりごと》はどうなるか！」

夜ごとに懸命に訴えるのであった。

江戸に近づいて戸塚に泊まったとき、藤堂藩の江戸藩邸より報せが届いていた。

「藩邸《はんてい》入《い》りの刻限《こくげん》が早まりました。拙者、早発《はやだ》ちします」

宗房を見つめて言う。

「もし、藩の上屋敷までご同行を願えるならば、今後いろいろとお役に立つ方々を、ご紹介申し上げますが」

「それはおことわりします。わたしは日本橋大舟町の小沢宅へ参ります」

ト宅はさらに念を押す。

「藤堂藩の上屋敷は、日本橋川のもう一本北側を流れる神田川の、柳原土手《やなぎはらどて》近くにあります。和泉橋《いずみばし》が架かり神田向柳原町《むこうやなぎはらまち》。真向《まむ》かいが久居藤堂藩の上屋敷です。日本橋大舟町は目と鼻の先です」

「いいえ、わたしが藤堂藩の江戸藩邸に入ることは、今後もないでしょう。貴殿、緊急の召喚《しょうかん》ならば直行《ちょっこう》し、後刻《ごこく》、おいで下さい」

「そうですか。では、いずれ後《のち》ほど。……日本橋大舟町の魚問屋《うおどんや》にして町名主《まちなぬし》、小沢太郎兵衛得入《とくにゅう》宅ですな。藩邸から先に話が行くかも知れませぬ」

卜宅は夜明け前に戸塚を発っていった。

宗房は海の風を大きく吸いこんで、魚のにおいも懐かしく、反《そ》りのある日本橋を南から北へ、ゆっくりと渡っていく。

「富士を背に、西は江戸城、東は海、北は上野の寛永寺」

方角を指さし躍りながら案内してくれた、若者の江戸っ子を思い出す。

その日本橋の上に再び立ったのだ。眼下の魚河岸《うおがし》は威勢のいい掛け声が飛び交い、忙《せわ》しく動きまわる人々の雑踏が彼方《かなた》まで続いている。

宗房の脇を小走りにいく者、胸をはって悠然と渡る者。武家や町人、棒手振《ぼてふ》りのお阿仁《あに》いさん、荷車も音高く通るので、宗房はぶつからぬよう気を配って渡る。

渡った先が魚河岸の大舟町《おおふなちょう》一丁目である。

魚問屋小沢太郎兵衛の店は東の角地《かどち》にあり、川沿《かわぞ》いの納屋裏通《なやうらどお》りと室町通りが交差して、前は広場になっている。

宗房は表《おもて》の人をかき分け、店先の魚を並べた盤台《ばんだい》や、大樽のあいだを抜けて奥へ入る。

魚に水をぶっかけるので土間は濡れて、魚のにおいと冷気がただよっている。

「たのもう。卜尺《ぼくせき》どの」

江戸入りの第一声をかけた。

「おう、これは久方《ひさかた》ぶり。お待ち申しておりましたぞ」

階段から大柄な白髪《はくはつ》の老爺《ろうや》が降りてきた。小沢太郎兵衛得入《とくにゅう》、五十九歳。北村季吟に弟子入りして卜尺《ぼくせき》を名のっており、宗房は京の季吟邸で会っている。わが子と同じ名を持つ老爺に不思議な親しみを感じたものである。

土間で足を洗って、二階の表座敷《おもてざしき》に迎え上げられた。

障子を閉めているが表通りの喧騒《けんそう》は弱められて聞こえてくる。

卜尺は背筋が通って貫禄《かんろく》があり、眼差《まなざ》しには人情に篤いやさしさがある。

「お疲れでございましたろう。先ずはうちで寛《くつろ》いで下され」

「お世話になります」

「目途《めど》がつくまで帳付《ちょうづ》けなどして、ゆっくりと」

「わたくし江戸へ出るにあたって、藤堂藩の向日《むかい》八太夫、俳号を卜宅と申すお武家様と同行して参りました。かれは先に藩邸に上がり、後刻、こちらへ参ることに」

「ほう、そうですか。じつはあなたがお見えになること、きのう柳原《やなぎはら》の藩邸より知らせがありましたぞ」

「ええっ、なんという手まわし」

「して同行のお武家様は卜宅《ぼくたく》というお方、わしは卜尺《ぼくせき》。はっはっはっは、まさしく同門ですな。やがて身元保証のためにお見えで。わかりました」

町名主を長年《ながねん》つとめ、江戸町年寄《まちどしより》喜多村《きたむら》彦右衛門の配下である。

「魚河岸には俳諧をやる連中がおおぜいおります。追い追いお引き合わせ致しますが、先ずはなんと言っても杉山杉風《さんぷう》。この納屋《なやまえ》前通りをすこし行った小田原町の鯉屋《こいや》です」

杉風の話をするうちに、その当人があらわれた。

待ち受けていたと見える。宗房到着の一報が卜尺宅から届き、準備していた杉風が即座《そくざ》に駆けつけたようだ。

杉風は三人連れであった。若い杉風が先頭に立っておごそかな面持ちで階段を上がり、ゆっくりと三人が宗房の前に居並《いなら》んだ。卜尺が紹介する。

真《ま》んなかに若主人《わかしゅじん》鯉屋杉風。その脇に父の賢永《けんえい》、やや下がって手代《てだい》の猪兵衛《いへえ》。

居並ぶあいだも、杉風は真率《しんそつ》な眼で宗房を見つめている。

「すえ長く、よろしゅうお願い申します」

杉風が大きな声できっぱりと言い、両手をついた。朴訥《ぼくとつ》で誠意あふれる二十六歳。

卜尺の話では杉風は幼時に患《わづら》った病がもとで、耳が遠い。それが幕府御用達《ごようたし》の鯉屋を立派に仕切っているのは、身銭《みぜに》を切っても御用命に応《こた》える誠実な仕事ぶりによる。

五十過ぎと思われる父賢永は、息子以上に尊敬のまなこで瞬《まばた》きをして、深々と頭を下げた。風貌が宗房の父与左衛門に似ている。

賢永は日焼けして引き締まった躰つきである。魚河岸の店を息子にまかせ、深川六間堀《ろっけんぼり》に鯉の生簀《いけす》を持って、幕府の御用、大名・旗本の御用も着実にこなすという。

うしろにひかえる二十四、五の手代を、あるじの杉風が紹介した。

この職方《しょくかた》だけが「鯉庄《こいしょう》」と染め抜いた店絆纏《たなばんてん》を着ている。

「この者、手代の猪兵衛《いへえ》でございます。山城《やましろ》の、加茂の出《で》にて」

宗房はあっと息を呑んだ。猪兵衛なる者が鯉屋にいると聞いていた。

――貞《てい》の実家から江戸へ出た猪兵衛。貞の甥《おい》にあたる。この男が猪兵衛か。

深く腰を折って手をつく猪兵衛を見ながら、宗房は挨拶する。

「松尾宗房です。よろしくお願いします」

――実直そうな若者ではないか。

そう思って杉風の眼を見た。そのとき宗房は直感した。

――おお。貞のこと、わが子太郎兵衛のこと、杉風はすべて知っている。

すべてを呑みこんで待っていたのだ。

宗房が猪兵衛と初対面であっても、猪兵衛は何度も加茂へ里帰りしたはずだ。実家に子連《こづ》れで戻った貞《てい》親子の事情を知らぬはずがない。

杉風がふたたび大きな声を出した。

「お師匠さまとのご連絡は、この猪兵衛に当《あ》たらせますので」

宗房に向かって、ゆっくりと明確に言って深くうなずいた。

耳が遠いゆえの大げさな紹介ではない。声の大きさを越えて、ご心配なさいますな、おまかせ下さいと言っている杉風の思いが、宗房の胸に飛び込んできた。

――先ほども、初対面のわたしに「すえ長く」と言ったではないか。

「かたじけない」

杉風を見つめてお辞儀する宗房の眼は涙ぐんでいた。


やがて卜尺が、場を取り仕切るように皆を見まわし、右手をついた。

「われらはここにお師匠さまをお迎えした。この魚河岸に落ちつき下さいまして、どうか、日本橋の宗匠となって、われらをお導き下さい。お願い申します」

みなが両手をついた。そして身を起こし、いっせいに宗房を見つめてきた。

「はい。喜んでわが俳諧をお教えいたしましょう。江戸のことはまだ何も分かりませぬ。よろしくお願い致します」

「ありがとうございます。町の衆も大喜びでございます」

卜尺はもう一押し、念を押してきた。

「では、日本橋にて、宗匠立机《りつき》のお心づもりで」

おどろきながら宗房は慎重《しんちよう》に答えた。

「それは準備に準備を重ね、おおぜいの弟子をかかえて後《のち》に」

いきなり核心に触れられ、卜尺の強引さに目をみはる。

「あの秘伝書は、今もお手もとに」

「もちろんです」

京の季吟のもとで修行していたとき、卜尺が上洛して来た。俳諧を語るうちに『埋木《うもれぎ》』の写本を見せたのである。卜尺は驚嘆してうらやんでいた。

「日本橋で宗匠として立たれる。嬉《うれ》しゅうござる。ううむ、それには先ず、魚河岸野郎の誇りを呑みこんでもらわねば」

勢いづいた卜尺が、杉風が語るべき鯉屋の伝統を自ら進んで語り始めた。

うしろに控える猪兵衛を差し招いて、前に坐らせる。

「猪兵衛が着《ちゃく》しおります、これなる『鯉庄《こいしょう》』の店絆纏《たなばんてん》」

身丈《みたけ》半分の、紺の半胴服《はんどうふく》で筒袖《つつそで》である。

猪兵衛は立ち上がって見せた。帯《おび》はなく、すらりと身に添わせて着ている。

背を向けると、丸に収《おさ》めて「鯉庄」の店印《たなじるし》がある。

「単《たん》に心意気で着る物ではございません。絆纏の絆《はん》は絆《きずな》、纏《てん》は纏《まと》う。鯉屋庄五郎《こいやしょうごろう》の誇りを、絆《きずな》として身に纏《まと》うための、絆《はん》であり纏《てん》でございます。吉凶慶弔《きつきようけいちよう》に着《ちゃく》します」

「その誇りとは」

卜尺の声が高くなる。

「鯉は出世魚《しゅっせうお》。武家に珍重《ちんちょう》されます」

公儀でも鯉は正月三ヵ日《さんがにち》の料理に欠かせない。法会《ほうえ》にも放生《ほうしょう》という行事があり、芝《しば》増上寺では池に鯉を放つ。大奥でお産があれば二十一ヵ日、子持ちの鯉を取りそろえて毎日上納《じょうのう》する。

「お大名、お旗本の男子出生《しゅっしょう》。元服《げんぷく》にも、鯉を食《しょく》します」

しかし公儀御用達《ごようたし》は、大小にかかわらず一尾《いちび》八十文。

一両が四千文の時代、その五十分の一である。

大名旗本の御用聞《ごようき》きでは、一尾一両から一両二分を頂戴《ちょうだい》する。

町人の商売でも、五十倍から七十五倍の値で売れる。

「ほんとうに御用達は名誉のみでございます。ゆえに、杉山家のご先祖《せんぞ》鯉屋庄五郎は、鯉上納《じょうのう》のお籠《かご》に、公儀御用と書いた大きな提灯《ちょうちん》を掲《かか》げるのを習《なら》わしと致しました。この提灯を普段も手にして、意気揚々と練《ね》り歩いたものでございます」

このとき杉風《さんぷう》が合図して、ふたたび猪兵衛を立ち上がらせた。そして、ひとこと杉風が説明を加える。

「杉山家ではその後、提灯の代わりに、鯉庄と染め抜いたこの店絆纏を作りました。これを着ておりますと、本丸、西の丸、増上寺の一部まで、出入り自由でございました」

猪兵衛は両袖をひろげて見せ、一回《ひとまわ》りして坐る。

卜尺《ぼくせき》が続ける。

「魚問屋《うおどんや》には、買《かい》問屋と売《うり》問屋があります」

卜尺は買問屋で、地方に所有する持浦《もちうら》から多くの種類の魚を荷揚げする。

「御上納はお江戸で漁業を許された者が、取れたての魚を御礼に献上するもの。魚河岸発祥《はっしょう》の昔から変わりませぬ。すべて、市価《しか》の一割」

あまりの安値《やすね》に、睨《にら》むような眼になって宗房を見る。

「上納する魚も、秋刀魚《さんま》、鰺《あじ》など安物《やすもの》は許されず、白魚《しらうお》、鯛《たい》、平目《ひらめ》、鱧《はも》など高級魚《こうきゆうぎよ》のみ。勘定《かんじよう》に合いませぬ。されど大損《おおぞん》承知で御用達をつらぬき通す、長い堪忍《かんにん》の年月が、誇りある勇み肌の気風《きっぷ》を生んだのです」

杉風は腕組みをしてうなずいている。

「御上納の高札《こうさつ》を掲《かか》げた荷車が、ひとたび通りへ繰り出せば、大名行列も道をゆずります。たいそう名誉なお役目に、河岸《かし》の兄《あに》ぃたちは鼻高々《はなたかだか》となる」

卜尺は笑みを浮かべて言う。

「江戸っ子の鼻っ柱《ぱしら》の強さは、損を隠して名誉を掲《かか》げる、この誇りから来ております」

宗房は江戸入り早々から、熱い歓迎を受けた。

初めに会ったこの四人は、江戸に馴染《なじ》んでいく上で何かにつけて宗房を支えたのである。

卜尺と杉風は、俳諧を好む旦那・若旦那に宗房を紹介した。

特に卜尺は商《あきな》っている現場に連れて行き、問屋と仲買人の駆け引きまで教えた。

旦那衆のうち二、三の者が午後になると宗房を訪ねてくるようになり、自己紹介と言いつつ、商売敵《しようばいがたき》に勝って生き残った経緯《いきさつ》を涙ながらに告白し、祖父や父の一生を語り聞かせた。それほど魚河岸の栄枯盛衰は激しいのだ。

「本《ほん》材木町に、新肴場《しんさかなば》という別の魚河岸を作るって話ですぜ。また上方《かみがた》が乗りこんでくる。油断も隙《すき》もならねえ、店を乗っ取られて泣きを見るなっ」

朝千両という鮮度が命の商い。鮮度が悪ければ突っぱねて仕入れない。季節と買い手の需要を読んで仕入れの量を決め値《ね》をつける。時との戦いであり、同業との競争、大きくは上方資本との戦いである。

緊迫した商いに生きる旦那衆が、なぜか発句を詠みたいという。

中でも町名主・世話役などを務め、大きな働きをする卜尺や杉風のような男が、これほど俳諧に打ち込む真意が宗房には不思議であった。

商いで勝ってきたように、わが俳諧を本物に近づけたい、枝葉末節《しようまつせつ》ではなく根本《こんぽん》から教わって境涯を高めたいと願うのだ。日を追うごとに分かってきた。

目利《めき》きと勘働《かんばたら》きの商いで財をなした魚河岸の幾人かが、京の北村季吟に入門してまで求めたのは、本物の風雅であった。卜尺がしみじみ述懐《じゆつかい》した。

「万葉の昔に帰って万葉人《びと》と心を通《かよ》わしたい。わしは一語の技《わざ》も未熟じゃが、古人が何に心惹《こころひ》かれて詠んだのか、奥にある風雅の魂《たましい》を教えていただきたいのじゃ」

杉風は農村の暮らしや風景を詠みたいという。

「身になじんだ言葉によって、西行《さいぎよう》や実朝《さねとも》のように素直に景色を詠み、少しでも己《おのれ》の気持ちを表せたら、どんなに嬉しいか」

遊びの趣味ならじゅうぶん知っている。旦那衆を喜ばす連中は、手をかえ品をかえ、むこうから寄ってくる。卜尺や杉風が渇望《かつぼう》してやまないのは、奥深い境地へ導いてくれるほんとうの師匠であった。

「弟子から点料を取るなど致しませぬ。それは師弟にあらず」

即座に言い切った宗房の言葉は、江戸の風習に慣れた卜尺と杉風の耳を驚かせた。二人は瞠目《どうもく》して宗房を見つめる。

それほどかれらの渇《かわ》きに寄生して俳諧を食い物にする点者《てんじゃ》俳諧を嫌っていたのだ。旦那衆の中には、己《おのれ》の句に高い点を付け、駄洒落《だじゃれ》のような掛詞《かけことば》になおしてくれる点者宗匠へ、慕い寄っていく者が多い。卜尺が両手を付いて言う。

「よくぞ言うて下さいました。われらも弟子の道を貫きます。どうか、心おきなくお叱り頂いてわれらを本物の俳諧にお導き下さい」

小沢卜尺宅の二階に寄宿して、卜尺と杉風に対する実作指導が始まった。

「俗語を高めよ。現《うつつ》の暮らしを詠め」

卜尺も杉風も貞門流の掛詞《かけことば》の癖がついており、掛詞にしばられて実感とはほど遠い句を詠んでいた。それだけに宗房の指導は身に染みるようで、ひと言《こと》ひと言に、大きくうなずいて、納得いくまで訊ねてくるので宗房のほうが驚かされた。

宗房は卜尺に家賃を滞《とどこお》りなく払っている。

卜尺も、師匠ゆえ家賃は頂《いただ》かぬというような姑息《こそく》なやり方は考えなかった。

点料を取って句を添削する点者《てんじゃ》宗匠と、日本橋の師匠宗房とは厳然と区別しており、宗房への謝礼は一切ない。

卜尺は町名主《まちなぬし》を務めているので、町年寄《まちどしより》から回される町触《まちぶ》れ、町年寄への連絡文書等、その記《き》帳《ちょう》の仕事を宗房に託した。

「これは相応《そうおう》の賃料《ちんりょう》です」

仕事に応じての正当な賃料が渡された。

卜尺宅における俳諧指導には、礼金などの思惑《おもわく》はない。

謝礼を取らぬので厳しく叱ることもできた。卜尺、杉風のほうも利害にまみれず、魂《たましい》が触《ふ》れあう指導を受けることができた。

宗房の収入は、別に俳席を開いて俳諧連歌をおこない、指導料として頂く謝礼、あるいは他の師匠が開く俳席の執筆《しゆひつ》を務めて、その師匠から頂く謝礼等である。

これは催促《さいそく》なしの「お志《こころざし》」という形をとるので、こちらから要求することはない。すべて世話人を通して事が運ばれ、金額も定まらず、いつになるかも分からず、物納《ぶつのう》として米が届くこともある。

卜尺へ支払う家賃、『貝おほひ』出版の費用、宗匠立机へ向けての資金の蓄《たくわ》え等、宗房の陰の苦労は並大抵《なみたいてい》ではなかった。

寛文十三年（九月改元、延宝元年）の冬、木枯《こがら》し吹きすさぶ師走《しわす》。

向日卜宅《むかいぼくたく》が突如、旅姿《たびすがた》に身をかためて、日本橋の卜尺宅《ぼくせき》にあらわれた。顔つきは痩せぎみに鋭くなったが、その眼は得意《とくい》げな笑みをふくんでいる。

「お喜び下さい。ついに決まりましたぞ、『貝おほひ』を出版する書肆《しょし》が！　さあ、原稿をお持ちになって！　参りましょう、版元《はんもと》へ。これは藤堂新七郎良精《よしきよ》様のご指示です。お受け下さい。それがし、これからご案内します。芝三田《しばみた》二丁目の中野半兵衛が出版します」

宗房は躍《おど》りあがって卜宅の手をとる。

「ああ、大殿様！　わたくしも懸命に蓄えて参りましたが、今この時、なんというありがたきお心配《こころくば》り。いよいよ世に出るか、わが『貝おほひ』が！　おおっ」

宗房は涙の眼で叫びを挙げた。卜宅が大きくうなずいている。

卜宅は手甲《てっこう》・脚絆《きゃはん》に打裂羽織《ぶっさきばおり》。菅笠《すげがさ》の紐をきりりと締めなおし、手を伸べて促《うなが》す。

「参りましょう、ただちに。少し遠いが増上寺の南、一里（四㎞）少々あります。良精様はお歳《とし》を召して上梓《じょうし》をお急ぎです。まだ決まらぬかとお叱りを受けました」

その日のうちに決着をつけようと、二人、勇んで出発した。

宗房は原稿を胸に抱き、海から吹きつける寒風《かんぷう》に八徳《はっとく》（俳人が着る胴服）をはたはた翻《ひるがえ》しながら行く。卜宅はその少し前を海岸沿いに、菅笠《すげがさ》をななめに傾けて急ぐ。身体《からだ》が冷えきって、ついに三田へたどり着いた。

大きな構えの老舗《しにせ》の版元であった。小柄で世事《せじ》に闌《た》けた感じの番頭が、慎重な目つきで原稿を押しいただき、一枚二枚と目を通す。

「これですな、お申し付け頂きましたのは、俳諧の発句集『貝おほひ』……。たしかに、お受け致しましょう。評判《ひょうばん》が良ければ、初版のみでなく何刷《なんず》りでも……。それは、こちらさまの、ご活躍しだい」

親しみをこめて値踏《ねぶ》みするように宗房を見上げる。卜宅が念をおす。

「藤堂新七郎家の大殿様がお待ちかねである。早くたのむぞ」


奔走が始まった。

宗房は江戸の宗匠たちの俳席に次々と出て、執筆《しゆひつ》を務める。

――『貝おほひ』が出れば、己《おのれ》の何たるかは広く知れわたる。その上でわし自身が俳席を開いて句を詠んでいくのだ。大殿様の真心に応《こた》えずしてなんとする。

卜尺宅の二階で寝起きする宗房は、店とともに起き出す。

日本橋大舟町は、生臭《なまぐさ》い戦場のような町であった。

暁《あかつき》の暗いうちから朝売りの掛け声が飛び交い、家の中まで魚のにおいがして、盤台《ばんだい》の魚にしじゅう水をぶっかけるので、表《おもて》の路面までぐしょぐしょに濡れている。

明六《あけむ》つ（午前六時）、空が白《しら》むころには、天秤棒《てんびんぼう》をかつぎ、その両端でかたかた鳴る空《から》の盤台をぶら提げて、江戸中の棒手振《ぼてふ》りたちが魚河岸に駆けつける。次から次から、四、五十人がどっと来る。

「おう。ぼやぼやすんねえ。どこ見てやがんだい」

弾丸《だんがん》のようにすっ飛んでいく。「市立《いちだ》て」はもう始まっている。

棒と盤台を器用《きよう》にあやつって人の流れを斜《なな》めにすり抜け、納屋前大通りの店に来て魚を買い付けるのだ。

この棒手振りたちは、やがて仕入れた魚の重さに天秤棒をぎゅうぎゅう撓《しな》らせて、江戸の町へ取って返し、魚河岸の生きの良さを売り物に、声高々と自慢《じまん》して、料理屋の板前《いたまえ》や町のかみさんに買ってもらうのである。

この魚河岸の喧騒の中を、三十歳になった宗房が、撫《な》でつけの髪に八徳《はっとく》をひるがえして突っ切ってゆく。

朝の人混《ひとご》みには、買い付けの棒手振りだけでなく、道具箱を肩に担《かつ》いだ大工もいれば、坊主《ぼうず》も女将《おかみ》も、商家《しょうか》の丁稚《でっち》もいる。仲買人《なかがいにん》が声をかける。

「おうおう、兄さん、おかみさん。持って行きゃがれ。今朝《けさ》がた押送舟《おしょくり》で揚《あ》がったばかりの、鰆《さわら》に眼張《めばる》だぁ」

仕入れようとする棒手振りが吟味の目も鋭く、人をかき分けて首をさし出す。

「どうれ。目ん玉、光ってやがるな」

「あったりめぇよ。さっきまでぴちぴち跳ねてたぐれぇだ」

「この鯛《テエ》は良さそうだが、銚子じゃねえのかい」

「銚子のはこっちにありゃぁすよ。それは大原《おおはら》の鯛《テエ》だぁ、姿をよっく見て下せえ」

喧嘩のようなやりとりは、鮮度が命《いのち》の、さっとならべて、ぱっと売ってしまう、魚河岸《うおがし》流だ。

問屋は店先を貸す。店先で威勢よく魚を売るのが仲買人である。問屋から一樽《ひとたる》まとめて魚を仕入れ、小分けにして棒手振りに売る。

仲買人は今朝《けさ》の挙《あ》げ荷の量を見て考えた。そして今の季節を考え、買い手が欲しがる魚の種類と量を読み切って、一発勝負で仕入れてきた。

実《じつ》は一樽いくらの値段は店じまいのあと、問屋と折衝《せつしよう》して決めるのだ。売ったあとの問屋との駆け引きも、頭の中をめぐっている。

さて一尾いくらで売るか。安く下げてまとめて買わせるか。それも目の前に来た棒手振《ぼてふ》りとのやりとりで決める。

すべて自分の裁量《さいりよう》である。勢いと機転によって儲《もう》けと出るか損するか、瞬時に決まる。売る方も買う棒手振《ぼてふ》りも目利《めき》きが命で、のちのち自分の店を持てるか否か、ここが勝負の分かれ目なのだ。

宗房は商《あきな》う人々の戦いを肌で感じながら、魚河岸を行く。

この喧騒の魚河岸に、去年、引っ越してきた俳諧宗匠がいる。

――地の利を考えてか。

江戸の貞門派として名高い高野幽山《たかのゆうざん》が、日本橋川に架かる一石橋《いつこく》の川端《かわばた》に俳席をもうけた。多くの連衆を集めて賑《にぎ》わっているという。

宗房は今日、そこで執筆《しゆひつ》を務める。

延宝《えんぽう》元年の歳《とし》の暮れ、ついに『貝おほひ』が出た。

卜尺と杉風は度肝《どぎも》をぬかれ、躍《おど》りあがった。目をみはって読むにつれ、貞門流の縛《しば》りが一気に吹っ切れていく様子で、宗房にもかれらの変化は嬉しく映《うつ》る。

「これがお師匠さまか。ここまでやるんですかい。しかし、ようく分かります」

「これぞ江戸っ子の、いや、命をかけた魚河岸の心意気。われら心機一転、目が覚めましたぞ。この詠みっぷりでいきます」

杉風は涙ぐんで『貝おほひ』を胸に抱きしめている。

卜尺は日本橋の旦那衆、江戸の宗匠のあいだを走りまわって『貝おほひ』を配った。


翌、延宝二年（一六七四）、五月。

伊賀上野で藤堂良精《よしきよ》が逝去。七十四歳であった。

宗房はただちに伊賀へおもむき葬儀の末席に参列。永《なが》きにわたる恩義に御礼を申し上げるとともに、願い出て「忠右衛門宗房」の名を返上した。

藤堂新七郎家との主従関係は正式に解消された。もはや宗房ではなく、武家の義理は断たれ、裸一貫《はだかいつかん》の俳諧師となったのである。三十一歳であった。

この時より、「松尾甚七郎桃青《じんしちろうとうせい》」を名のる。

尊敬する李白の、李《り》に対して桃《とう》、白《はく》に対して青《せい》。

李白に較べれば未《いま》だ青い桃、未熟者の甚七郎が、蝉吟の兵《つわもの》の心を抱《いだ》いて、「当世《とうせい》」の俳諧に戦いを挑む。その「当世流」の意も込める。

そして宗匠立机は三年後と決めた。

葬儀のあと、向日卜宅《むかいぼくたく》が寄ってきた。

「たいへんな評判ですな、『貝おほひ』は。わが殿任口《にんこう》様も、洒落《しやれ》た男の色気がある、いささか、かぶく心が過ぎておるが、これは流行《はや》るぞと仰《おお》せ」

「いいえ、未だ青い桃、未熟者の桃青です」

「桃青《とうせい》。若々しくて強い名だと思います。日本橋の桃青ですな。宗匠立机まで、どこまでも見とどけさせて頂きますよ」

今、弟子を名のる者は、卜尺《ぼくせき》と杉風《さんぷう》の二人。魚河岸の旦那衆で弟子を名のれる者は未だ出ない。桃青自身が江戸で渇仰《かつごう》されるような俳風を打ち立て、慕《した》い来る弟子二十人ほどを抱《かか》えねばならぬ。これをあと三年でやるのだ。

――大舟町の小沢宅二階に寄宿していては、弟子や来客がつどう宗匠立机は無理である。別のところに拠点をかまえるのが第一であろう。さらに事務を支える裏方《うらかた》が要《い》る。

先ず、貞《てい》を呼び寄せることにした。東下《とうげ》二年、必ず迎えに来ると約束した。三十になる貞を妻として日本橋へ連れて来るのだ。

卜尺に話して日本橋の北東、橘町《たちばなちよう》に借家を見つけてもらった。わずか六畳二間《ふたま》の小さな家に過ぎず、俳諧宗匠の拠点となるような家ではない。ここは住居《すまい》だ。

――もう一人、第三の弟子が現れたとき、拠点を移すことを考えよう。

山城の加茂へ、貞《てい》を迎えに行ったのは七月であった。

陽射しに堪えて道を急ぐ。午過《ひる》ぎ加茂に入ると、憶《おぼ》えのある竹林や、貞の実家の田畑が見えはじめた。かなたの畑で働く一人の農婦が、すっと立ち上がる。

桃青の姿を、貞のほうが先に見つけた。

「おおい」

驚いて呼びかける桃青めざし、貞は畑の畝《うね》を躍りあがって跨《また》いで駆けてくる。その後ろでもう一人、身を起こして駆け出した長身《ちょうしん》は、太郎兵衛か。

「まあ、あなた」

駆け寄る貞は色黒の逞《たくま》しい農婦になっている。頬かぶりの手拭いをとって眼を瞬《しばた》き、汗にまみれた顔を丸く撫《な》でた。

「ああ、よくぞ……」

涙あふれる眼で桃青を見つめ、言葉がつまる。

太郎兵衛は十四歳か。背丈《せたけ》が伸び、山野を駆けめぐるのか陽焼けした肌、眉がきりっと上がり、不敵な面構《つらがま》えである。

「お待ちしておりました。さあ、どうぞ。わたしは知らせに行って支度《したく》をさせます」

嬉しそうにはきはき言うと家の方へ駆け出す。

実家の母と姉は、二年前のときよりも鄭重《ていちょう》に、深々と両手をついて桃青を迎えた。

奥座敷に通され、貞の姉が差し出す冷たい水を馳走《ちそう》になった。障子を開《あ》けて、貞が団扇《うちわ》で風を送る。

「ああ、気持ちよい」

桃青は縁側から裏山を見上げる。蝉の声が降るように聞こえてきた。

ごゆっくりと言って、姉がさがっていくと、親子三人は近くににじり寄る。懐かしさがこみ上げる。

貞は、太郎兵衛と二人で懸命に働いて実家を助けたので次第に打ち解けてきたと、苦しかった経緯《いきさつ》を語る。そうか、そうだったかと、桃青は陽に焼けて逞しくなった二人の顔を見くらべてうなずく。

やがて桃青は居ずまいを正して言った。

「母上を先に江戸へお連れする。宗匠立机《りっき》の準備じゃ。太郎兵衛はあと二年待て。わしが宗匠として立つときに来るのだ」

「はい。覚悟しておりました。わたしはもう少し栽培《さいばい》をして、調べるものがあります」

「栽培……。何を調べる」

家に入る時から、太郎兵衛の仕事は普通の農作ではないと見ていた。

「必ず父上のお役に立つときがきます。どうか、江戸で母上をよろしくお願いします」

太郎兵衛は誇らしげに微笑んでいる。

「山を巡り歩いて、薬草を取ってきて育てております。背戸《せど》の畑に」

貞が言葉を添えると、

「先ずは、見て下さいますか。どうぞ、裏へ」

太郎兵衛は眼を輝かして飛び出していく。

若様をお護りしようと薬草を求めて伊賀の山に入った昔がよみがえる。裏の道へ回りながら、桃青は貞にささやく。

「なにゆえ太郎兵衛が、いま。……わしの身体《からだ》は気づかい、ない」

裏山の木立《こだち》の手前に、夏の陽射しを浴びて小さな畑がある。

十《とお》ばかりの畝《うね》がかなたへ伸びて、畝ごとに種類は異《こと》なるようで、蕺草《どくだみ》、紫蘇《しそ》、赤蓼《あかたで》、甘草《かんぞう》など、他は名も知らぬ薬草が生えている。

甘草の畝に身をかがめていた太郎兵衛が、一本抜き取って立ち上がった。

微笑む顔に白い歯が光り、こちらへ近づきながら大声で話す。

「十種類以上あります。ほかの所にも、小屋の中にもあるのです」

「薬草を勝手に栽培するは、ご法度《はっと》ぞ」

「お役人が見ていきました。これらはよろしい。新しい苗を植えるときは届けよと」

母屋《おもや》へ引き返す道で貞は低くつぶやいて、桃青を見上げた。

「太郎兵衛は絵図や記録を書いて、本気です。役人にも記録を見せたのです」

胸を締めつけられるように不安が襲ってきた。

「俳諧は、学んでおろう」

「それが、俳諧はやらぬと申します」

「なに」

思わず立ち止まり、貞の顔を見つめる。

「二年前に与えた、わしの手控えは」

「繰りかえし読んでおります。今も。しかし句を詠む気配はありませぬ。しきりに漢籍を調べる様子で、お寺へ行って本草学《ほんぞうがく》や漢詩などの書を、書き写してきます」

「ううむ、何を考えておる」

部屋にもどって太郎兵衛と正座して向き合い、桃青は思いを込めて言いわたす。跡《あと》を継ぐ長男のために、俳号を決めて来たのだ。

「わしは『桃青』を名のる。太郎兵衛、お前は今日より『桃印《とういん》』を名のれ。桃青の命《いのち》を刻んだ印《しるし》、その印《いん》じゃ」

太郎兵衛は黙って、静かな眼で見返してくる。桃青はことばに力がこもる。

「お前こそわしを継ぐ者。武士ならば元服《げんぷく》じゃ」

桃青の号が、尊敬する李白に由来することも話した。

貞は太郎兵衛の横に坐って、桃青の顔を見上げている。

太郎兵衛は背筋を伸ばし、落ちついた口調で答えた。

「桃印。良き名をありがとうございます。元服したつもりにて、今日より名のらせていただきます」

太郎兵衛はゆっくりと両手をついた。貞はかみしめるようにつぶやく。

「桃青の子、桃印。……、桃青の命を刻んだ名」

やがて桃印が眼を上げた。

「親子の縁《えにし》はわが誇り。なれど、父上のお仕事は大きく重く、わたし一人が継ぐようなものではないと思います」

そこで言葉を切り、意を決した眼で桃青を見つめた。

「そして、わたしに、俳諧の才はありませぬ」

「何を申す」

――黙れ、黙れ。

悲しげに、きっと睨み返してくる桃印。桃青は横を向いて唇をかむ。

驚きが怒りに変わりつつある。わが身への怒りだ。

――長いあいだ養子に出して飢えの底を這いずりまわらせ、突如《とつじょ》現れて名跡《みようせき》を継げとは、むごい。わしは鬼じゃ。

桃青は内心に渦巻く言葉を抑《おさ》えこむ。おのれが捨てたのだと認める悔恨《かいこん》が、いっそう怒りに火をつける。

――今、叱るならば、なぜ見捨てたか。鬼の親が突如もどってきて叱りつけて、桃印が目覚めるはずがない。

桃青は激情を堪《こら》え、呆然と眼を上げる。貞は身を震わせて桃青を見つめている。

「わたしが、悪いのです」

わっと叫んで貞が桃印を抱きしめた。

桃印は笑みを浮かべて母の手をやさしくほどき、泣き伏す母の肩をさすりながら、真剣な眼差《まなざ》しになって、はっきりと桃青に言う。

「この桃印につける稽古《けいこ》を、どうか、有望《ゆうぼう》なお弟子さんに、つけてあげて下さい。わたしは、薬草と裏方の事務にて、父上を支えます。それがうれしいのです」

――遅かった。早く救い出し、手もとに置いて育てるのだった。この親をゆるせ！

桃印は精一杯の、考え抜いた末を言っている。

「蝉吟公のお声をじかに聞かれて、ひと言ひと言を、身に沁みこませておられるのは、父上と母上です。伊賀で二人しておまもりした蝉吟公のお志を、この世に成し遂げて下さい。わたしはそのお役に立ちたいのです」

――おう、おう、そこまで考えて言うておるか。だが、わしはお前にこそ、継いでもらいたいのじゃ。わしのすべてを。

桃青はついに、しばらく待とうと、思いなおす。

――しかし長く待たせてはならぬ。出来るかぎり早く迎えに来るのだ。

俳諧を始めることがあるやも知れぬと、桃青の句作を書き記した綴じ本を桃印に託す。

「ありがたく拝見いたします」

桃印は綴じ本をうれしそうに押し頂いた。

桃青は貞を伴って日本橋にもどり、橘町の借家に住まわせた。

橘町は桃青が俳諧の拠点とする大舟町の小沢太郎兵衛宅からは北東の、かなり離れた所にある。桃青は大舟町で仕事を終えると、日本橋川に沿って魚河岸を東に縦断し、荒布橋《あらめばし》を渡ると小舟町を北に進み、大伝馬《おおてんま》町を経て橘町へ帰る。貞は食事をととのえ、桃青の身のまわりの世話をするのが嬉しいと、張りきって働きはじめた。

この年、第三の弟子、榎本源助《えのもとげんすけ》が入門してきた。卜尺《ぼくせき》を通して、本人自筆の書付《かきつけ》が届いている。みごとな達筆で記《しる》されたその履歴に桃青は目を瞠《みは》った。九歳から師に付いて学問修行とある。

——しかも十四歳。桃印と同《おな》い年とは！

その夜、桃青の左右に卜尺と杉風が着座して待ち受けると、十四歳の少年が父をうしろに従え、とんとんと階段を上がってきた。

前をあけて桃青の真正面に、落ちつき払った動作で正座する。そして平伏した。

「堀江町に住まい致しおります医師榎本東順《えのもととうじゅん》の長男、源助侃憲《ただのり》でございます。どうか、お弟子の一人にお加え下さい。お願い申し上げます」

張りのある堂々たる口上であった。ななめ横で五十代の父親が、鄭重《ていちょう》に頭を下げる。前髪を上げたばかりらしく、若者と呼ぶには早い、この初々《ういうい》しい少年を桃青はつくづくと眺めた。桃印と同《おな》い年《どし》ということに、不吉なめぐり合わせを感じている。めりはりの利いた挙措《きょそ》のうちに、何でもむさぼり身につけてやるという好奇心が覗《のぞ》いており、自分でも抑えかねている。

——この髷《まげ》が、やがて疫病本多《やくびょうほんだ》（坊主か野郎か分からぬ流行の髪型）に変わりゆくのは、目に見えている。それもよい、面白いではないか。

「東順どのは、近江のご出身とか」

「はい。堅田《かただ》の農家の出で本名は竹下《たけした》と申します。江戸へ参ったのは三十を過ぎておりまして、榎本は妻の姓でございます」

隠すことなく平然と語るが、農家から身を起こし江戸へ出て聟《むこ》に入り、藩の御典医《ごてんい》に昇りつめる道程《みちのり》は、平坦《へいたん》ではなかったろう。父も只者《ただもの》ではない。

桃青が父親と言葉を交わすあいだ、源助は背筋を伸ばして伏し目になる。その睫《まつげ》の下の逞しい鼻梁《びりょう》、きりっと結んだ口もとに一筋縄《ひとすじなわ》ではいかぬ無頼《ぶらい》が匂う。

源助が眼を挙げた。その眸《ひとみ》と斬り結ぶように桃青は尋ねる。

「このわたしに、いかなる俳諧を求めての入門か」

「お師匠さまのような発句を詠みたいのです」

「ほう。どのような」

一瞬まばたきをして桃青を見つめ、ゆっくりと答えた。

夕顔に見とるるや身もうかりひょん

――この子は「うっかり」と発音した。それでよい。

若様を喪《うしな》い、うちひしがれて京へ出たばかりであった。わが進むべき道を求めて、孤独な彷徨を続けていた。若様の師にあたる北村季吟を頼るしかなかった。季吟門の『続山井《やまのい》』に載せた句だ。源助は言う。

「夕顔から瓢《ひさご》の実がとれる、これを見とれると掛ける。また、瓢《ひさご》はひょうとも読み、その実が浮きます。それで、わが身もうっかりひょん。掛詞《かけことば》の技《わざ》もいろいろあるようですが、それは、どうでもよいと申しますか」

「待て。言葉をつつしみなさい」

卜尺《ぼくせき》が右手を伸ばして戒《いまし》める。

「よい。続けなさい」

臆《おく》する色も見せず、少年は語る。

「掛詞の技を通り越して、わたくしは、夕顔の花に見とれて、うっかりひょんと時を過ごしてしまった、そう嘆《なげ》いておられるお心が、好きなのです」

「ううむ。秘めたる悲しみを、読み取られたか」

少年は恥じらうように伏し目になった。

「もう一句、好きな句があります」

少年は胸をはって桃青を見つめてくる。うむ。

植《う》うること子のごとくせよ児桜《ちござくら》

「なんと。これは、お父上への注文《ちゅうもん》かな」

卜尺が大きな声を出し、みなが東順のほうを見る。東順が引き取って言う。

「このお作は特に好きだと、最近、書き留めて参りまして、しじゅう口ずさんでおります。おかげで、叱ることも控《ひか》えめとなり」

「わっはっはっは、は」

座は笑いにつつまれた。少年は真率《しんそつ》な顔つきで否定する。

「そういうことではありませぬ。ちご桜は、花弁の小さな、山桜《やまざくら》の一種だそうです。わが子を抱くように大切に植えよと、まっすぐに詠まれていて、優しいお気持ちが伝わってくるのです」

少年は笑いに動《どう》ぜず桃青を見つめる。静かな眼差《まなざ》しは遠くまで見通すかのようだ。

――わが子を抱くように大切に植えよか。これは父への注文などではない。

――子を捨てたわたしを叱るのか！　なんという子だ、おまえは。おまえは太郎兵衛のことを知っておるのか。

まさかと、つまらぬ思いを打ち消すが、畑の畝《うね》から身を起こし、頬かぶりをとってこちらを見上げた太郎兵衛の顔が、抑《おさ》えようもなく浮かんでくる。

桃青は動揺を振りはらって、目の前に正座する少年にたずねる。

「その句は、まだ出版されておらぬはず」

「父は北村季吟門の方《かた》と伝手《つて》があり、お師匠さまの句を手に入れることができるのです。すべて書き取らせていただきました」

この少年を引き受けようと思った。威儀を正して源助を見つめる。

「今日より、わが弟子として入門を許します。わたしの姿あるところ、いつでも声をかけてきなさい」

「ありがとうございます」

源助は決意の眸で桃青を見あげる。親子そろって深々と両手をついた。

源助に続いて、二十一歳の武士、服部久米之助《くめのすけ》（嵐雪《らんせつ》）が入門してきた。淡路出身の服部喜太夫の子として湯島に生まれた。新庄隠岐守《おきのかみ》に仕えたが十五のとき主君が逝去《せいきょ》、俳諧を学ぶようになったという。

純情多感な中に深い内省《ないせい》を秘めており、桃青はひと目で気に入った。紹介者は源助である。源助は堀江町の自宅のほかに「照降町《てれふれ》」と呼ばれる下駄屋《げたや》と傘屋《かさや》が並ぶ一画《いつかく》の、下駄屋裏《うら》に下宿を持っている。この下宿に七つ年上《としうえ》の久米之助が転がりこんで、一つの布団を共有する無頼《ぶらい》の暮らしをはじめた。

十四歳の源助が交遊する知人は、大名家から下級武士まで広い範囲におよぶ。奥州磐城平《いわきだいら》の城主《じょうしゅ》内藤風虎《ふうこ》の江戸藩邸にも出入りしており、風虎の子息露沾《しそくろせん》と交遊関係にある。外交の働きにおどろきつつも、桃青は手綱《たづな》を引き締めねばならぬと思う。

翌延宝三年（一六七五）、いよいよ俳諧の拠点を大舟町から、隣の小田原町に移した。大舟町は日本橋界隈《かいわい》の中央の道、室町通《むろまちどお》りの入口で角地《かどち》であった。卜尺が商家を取りしきるにはよいが、二階の桃青が俳席をひらくには騒々《そうぞう》しすぎた。

隣接する小田原町はもう一区画北へ進んだ表通《おもてどお》りで、杉風の鯉屋と同じ並びである。「小田原町小沢太郎兵衛店《おざわたろべえだな》　松尾桃青」と表札《ひょうさつ》をかかげた。桃青三十二歳。宗匠立机をめざして広くなったこの家も卜尺の持ち家で、家賃《やちん》は高い。

この年、正月から江戸の俳諧は大きく揺れはじめる。談林派の総帥西山宗因《そうすいにしやまそういん》が大坂より東下《とうげ》して来て、江戸《えど》談林《だんりん》の俳席で詠んだ句が出版され、大評判《だいひょうばん》となった。

四代の公方《くぼう》、家綱《いえつな》様の時代、江戸の出版は迅速《じんそく》に普及し、連歌・俳諧・仮名草子、特に俳諧の冊子は、武家も町人も待ち受けて読むほどであった。『貝おほひ』も多くの階層から歓迎され、二刷《にす》りは手前《てまえ》にと、別の版元《はんもと》が申し出てきている。

されぱこそ談林の木あり梅の花　　宗因
世俗眠《ねむ》りをさますうぐひす　　雪柴

宗因の俳号は梅翁《ばいおう》である。

「さあ、いよいよ江戸談林の旗挙《はたあ》げだ。梅翁が来たぞ」

「江戸の俳諧は惰眠《だみん》を醒《さ》まされ、大あわてだ」

宗因は、奇抜な着想で人目《ひとめ》を驚かす談林の詠み方を、わかりやすく手ほどきした。

鳥辺野《とりべの》の煙はたえぬ葬礼場《そうれいじょう》　鳶《とび》もからすも嚔《くさめ》はせぬか
むぐら生《お》ふ荒れたる宿の台所《だいどころ》　つれなき嚊《かか》を呼ぶとせしまに

「わが宿は道もなきまで荒れにけりつれなき人を待つとせしまに」

僧正遍照《そうじょうへんじょう》の恋歌は、荒れた台所の嚊《かか》ァを呼ぶ庶民の暮らしに入れ替わっている。有名な古歌をねじまげて、俗語で駄洒落《だじゃれ》を飛ばす。

葬礼場、嚔《くさめ》、台所、嚊《かか》などは、貞門でも敬遠した俗語である。これを入門書で使って見せ、談林はこれで行けと呼びかけた。

まるで狂歌だと笑えば、これこそ発想の転換だと言う。宗因が大坂で刊行した手引書《てびきしょ》が、江戸の町人のあいだに流布《るふ》して論議を呼んだ。

「しかし痛快じゃ。貞門は縁語、掛詞《かけことば》、本歌取《ほんかどり》と、決まりが窮屈《きゅうくつ》じゃ。談林は花鳥風月《かちょうふうげつ》、糞《くそ》くらえと言う」

意表をついて正統をひっくりかえし、古い権威を笑い飛ばす快感は、たまらない。

かぶく精神に裏打ちされた談林は喝采《かっさい》を浴びた。これは、桃青が三年前から庶民に狙いをさだめて『貝おほひ』で試みた俳風である。

大坂から江戸へ乗りこんで、宗因が火をつけた談林の潮流は一世を風靡《ふうび》する勢いで全国に広がった。

桃青が見るに、江戸には三つの流れがある。

一つは、神田蝶々子《ちょうちょうし》、岡本不卜《ふぼく》、小沢卜尺《ぼくせき》ら、根っから江戸っ子の貞門派。

二つは、田代松意《しょうい》、野口在色《ざいしき》ら、流派に属さない宗匠たち。

三つは、高野幽山《ゆうざん》、山口信章《しんしょう》ら、京都の流れをくむ貞門派。

これらが皆、談林へと傾いたのである。

宗因歓迎の俳席が本所《ほんじょ》の大徳院《だいとくいん》で催された。桃青も招かれ、初めて「桃青」号を使う。

九人が百句を詠む「九吟百韻」で、桃青は大《おお》いに付句《つけく》の技《わざ》を披露《ひろう》した。

磐城平《いわきだいら》の藩主内藤風虎《ふうこ》の江戸藩邸が赤坂溜池《ためいけ》のほとりにあって、しきりに俳席を開くので同座した。江戸詰めの大名や寺院が催す俳席には自ら進んで出席する。各派の宗匠たちと交際し、桃青は盛んに連句を詠んだ。

江戸の俳壇が談林になびくにつれて、若々しい気っ風がひときわ目立つ桃青の作風に惹《ひ》かれて、小田原町の「松尾桃青宅」を訪れる人々が増えてきた。

その中にあって、作風はもちろん、ふるまいに現れる人柄、生き方において、ひと目で共感し合う、生涯の友があらわれた。二歳年上の甲斐の俳人、山口素堂信章《そどうしんしょう》である。

首筋《くびすじ》をすっと立てて、そこにいること自体が清々《すがすが》しい。

――眸《ひとみ》を交《か》わせば言わずとも分かる、同志とも頼む友がいま革新の、この時に現れるとは！

若様のおみちびきか。二つ年上というのも若様と同じ、不思議な縁《えにし》。

信章は二十歳《はたち》のとき甲斐より江戸に出て儒学を学び、和歌、漢籍、書道、茶道、能楽等、桃青が学んできた道と、ほとんど同じ道を歩んできている。

高踏清雅《こうとうせいが》、何よりも、意気に感ずるつわものの心。蝉吟の再来かと桃青は思う。

二人は俳壇から世間に広がった、かつてない俳諧の興隆を、声をそろえて高らかに謳《うた》い上げた。

両吟《りょうぎん》二百韻《いん》。二人で二百句を詠んで湯島の天満宮に奉納した。

この梅に牛も初音《はつね》と鳴きつべし　　桃青
　ましてや蛙《かはず》人間の作　　信章
春雨の軽《かる》うしゃれたる世の中に　　信章
　酢味噌《すみそ》まじりの野辺の下萌《したもえ》　　桃青

「この梅」は、梅翁、西山宗因にちなむ。最初の百韻である。

梅に鶯でなく、梅に牛が啼《な》いてもよいではないか。天神様が牛に乗って現れ、新しき春を告げ、世の文運《ぶんうん》は高まった。

かれが点《つ》けた燎原《りょうげん》の火は燃えひろがり、俳諧連歌は一気に高まった。

新しき詩歌の時が来たと、われらこの機運《きうん》に身を投《とう》じゆく。

「花に鳴くうぐひす水にすむ蛙《かはず》の声をきけば､生きとし生けるもの､いづれか歌を詠まざりける」

かつて紀貫之も、歌は天地を動かし、生きとし生けるもの、みな歌うと宣言した。

水に住む蛙も歌えば、ましてわれら人間、高らかに歌おうではないか。

軽く洒落《しゃれ》た人の世にしよう、春雨も洒落た風情《ふぜい》で降っている。

あれあれ、萌え出た若草が泥んこだあ。酢味噌《すみそ》混じりの若草だよ、これは。

蛙だの牛だの酢味噌だの、何だって、誰だって、歌っていいんだよ。


もう一つの百韻「梅の風」は、信章《しんしょう》の発句で始まる。

梅の風俳諧国《はいかいこく》にさかんなり　信章
こちとうづれも此時《このとき》の春　桃青

新しい俳諧が国中《くにじゅう》に盛りあがっている。

こちとら風情《ふぜい》も、この世の春と歌いあげようではないか。

ついに桃青門下に山口信章が加わって、二人は意気軒昂《けんこう》に二百韻を発表した。

二人で二百句を詠みあげる「付合《つけあい》」は、魂と魂が打ち合い、互いの感覚・素養を活《い》かしきって一つの乾坤《けんこん》を編み上げる猛烈な戦いである。

談林風だが、談林よりもいっそう潑剌《はつらつ》としていて、若い熱気をはらんでいる。

桃青の門に身を寄せる者が増えてきた。


このとき二十八歳の松倉盛教《もりのり》（嵐蘭《らんらん》）が入門している。

肥前《ひぜん》島原藩主であった松倉勝家《かついえ》につながる支族の出身で、板倉家に仕え江戸浅草に住み、三百石取りの武士である。三十八年前の島原の乱において農民蜂起《ほうき》の原因となった松倉勝家の苛政《かせい》を深く慚愧《ざんき》していることは言外《げんがい》の態度で知れた。

見るからに剛直清廉《ごうちょくせいれん》の士であり、いまは老荘思想に傾倒《けいとう》しているという。三つ年上の桃青は早くから老荘を学んでおり、たちまち意気投合した。


十五の源助は、吉原通《がよ》いの派手《はで》な身なりで無頼《ぶらい》を気どる。

しかし、かれが示す大胆な発想と、俳諧に立ち向かう修練《しゅうれん》の真剣さは、一門の誰もが認めるところである。

桃青が李白、杜甫、蘇東坡《そとうば》など唐宋詩人を研究していると見るや、猛然と原典の読破《どくは》に向かう。

桃青の傍らに来て質問が多いのも源助だ。近頃は老荘に集中している。

源助が大きな声でいきなり諳《そら》んじる。

「夫莽眇《かのもうびょう》ノ鳥ニ乗リテ六極《ろっきょく》ノ外ニ出《い》デ、無何有之郷《むかうのきょう》ニ遊ビ」

このとき嵐蘭は不在で、師匠の桃青が目を挙《あ》げる。

「うむ。荘子帝王篇《そうじていおうへん》だな」

「これを発句にします……。鳶《とび》に乗って」

「なにを。莽眇《もうびょう》の鳥が、とんびか。はっはっはっは。続けよ」

「鳶に乗って……、春を送るに、白雲《しらくも》や」

「なに。鳶に乗って春を送るに白雲や。ううむ。でかした。鳶に乗って悠然と空を舞いながら、春を過ごす。眼下には白い雲が浮かぶ。荒削《あらけず》りだがこれはよい。あらゆる執着を離れ、宇宙の絶対境に遊ぶ楽しみ」

卜尺や杉風は呆然とするばかりである。


その源助が、突如ふっといなくなる。長いあいだ姿をあらわさず、その間まったく別の動きをしているらしい。

桃青が見るに、東順、源助親子は世渡り上手で、時に医術を用いて大名に治療を施《ほどこ》し、庇護《ひご》を受けながら、あとはのんびりと暮らすようだ。肩の力を抜いて天下の形勢を眺め、大名藩邸に出入りして政治談義をする。大名や武家の子息との交遊には髪型、衣装、身につける物すべてをふさわしく改める。

ゆえに源助は俳諧と医術を股《また》にかけ、その二つに取り組むときは人も驚くほど真剣だが、三つめの殿様めぐりは悠々と遊び楽しむのである。

いま十五の源助は、桃青に入門して猛然と俳諧に励んでいる。同時に、父が命ずる医術の修行でも『黄帝内経《こうていだいけい》』『易経素本《えききようすほん》』を筆写《ひつしや》したという。

しかし、大名巡《めぐ》りを始めるや悠然と楽しんで暮らし、蒲生五郎兵衛《がもうごろべえ》の求めに応じて『伊勢物語』などを書写《しよしや》する。書も巧みなのだ。これを白河《しらかわ》十万石の本多下野守《しもつけのかみ》に献上し、褒美《ほうび》に刀を頂いている。

父がそうさせたのであり、源助は従ったまでだ。そして発句に詠んだ。

十五から酒をのみ出てけふの月
暁《あかつき》の反吐《へど》は隣《となり》か時鳥《ほととぎす》

吉原から朝帰《あさがえ》りの暮らしが続く。

修行は時に応じて短く集中してやるものであり、比べれば修行よりも遊び暮らす日々のほうが長い。桃青門下から見ると、遊び過ぎる源助の手綱《たづな》を締めるために、時に応じて父が医術の修行を課しているように見える。

しかし桃青には、このような生き方によって源助の中に磨かれる華《はな》やかな才能が、いかにも危なげに見える。そこで叱責《しつせき》も厳しくなるのである。

その後ふたたび、源助は長期にわたる修行と称して姿を消した。鎌倉円覚寺《えんがくじ》で修行し、詩学と易《えき》の伝授《でんじゆ》を受けたという。帰ってきて、桃青の前に両手をついて報告した。

「円覚寺の大顚《だいてん》和尚より、『其角《きかく》』の名を頂いて参りました。以後、其角とお呼び下さい。お叱りのときは、その角《つの》っと指《ゆび》さしてお叱り下さい」

――この若者は、俳号も別の師が付けたものを用い、叱り方まで注文をつけてきた。

其角の名は、易の文《もん》にある「其ノ角《つの》ニ晋《すす》ム」、角をかざして突進するの意で、才気にあふれて傲慢《ごうまん》にふるまう源助を戒《いまし》めるために、大顚和尚がつけたものだ。

源助の言葉や態度に、桃青もむっと怒りがこみ上げることがある。そのとき源助の頭を指さして、「その角《つの》っ」と叫べば、たちまち矛《ほこ》を収《おさ》めるという。

しかし、わしには角があるんだと、突っぱる名を付けてもらって、その名で叱ってくれとは、わがまま勝手《かつて》な話ではないか。それこそ高慢無礼《こうまんぶれい》というものだ。苦々《にがにが》しく思うゆえ、桃青はその言葉では叱らない。

――それにしても、同い年の桃印と、なんという違いであろう。

――桃印は今も山城《やましろ》の加茂《かも》の畑で薬草を育てておるか。

わたしに俳諧の才はありませぬと言うた。桃印につける稽古を、有望なお弟子さんにつけてあげて下さいと言うた。それでよいのか、よいはずがない。

――有望な弟子とは源助か。桃印につける稽古を、この源助につけよと言うのか。よいはずがない。

桃青は源助を見るにつけ、歯がみする。

源助あらため其角。かれのような生き方は、徒手空拳《としゆくうけん》の点取り興行《こうぎよう》のみで暮らしを立てる俳諧師にとっては、この上なく羨《うらや》ましき境涯であり、憎むべき敵《かたき》であった。

「ひとたび大名のお抱《かか》えになったら、発句は時折《ときおり》やるだけよ。あとは遊んで暮らすさ」

かれらは羨望の眼差《まなざ》しで、吐き捨てるように言う。

第五章　桃印

延宝四年（一六七六）、三月。

宗匠立机を翌年にひかえ、世話人、立会人《たちあいにん》との連係、興行する連句の弟子への指図《さしず》等、準備は忙しく進んでいく。煩雑《はんざつ》な事務処理と家事手伝いのために、いよいよ桃印を加茂から連れて来ることにした。

桃青一門の本拠は、小田原町の「小沢太郎兵衛店《だな》」に置く。一家が集《つど》うのは橘町の借家である。桃青三十三、貞は三十二。これに十六の桃印を迎えて三人家族となる。

桃印を江戸に連れて来る旅は、桃青の帰省《きせい》をかねて長い旅になるはずだ。母と兄に報告する。伊賀俳壇の友にも会ってくる。俳席が開かれるなら江戸の近況をくわしく話そう。それから加茂へまわって桃印を連れて来るのだ。

杉風《さんぷう》が小田原町の太郎兵衛店にあらわれた。

見ると、手代の猪兵衛《いへえ》らに手伝わせて、鯉屋から壮行《そうこう》の膳《ぜん》を運ばせている。

「ささやかではございますが」

桃青と杉風と二人だけで、壮行を祝って盃《さかずき》を挙《あ》げ、酒を酌み交《か》わし、両吟歌仙《りょうぎんかせん》を巻こうという。

両吟歌仙とは二人がしみじみと相手《あいて》を思いやりつつ、三十六句を詠むのである。

なんという温かい気くばりの一席か。

猪兵衛らは馳走《ちそう》の膳をととのえ終わると静かに去ってゆく。

杉風は目を瞬《しばたた》かせて盃を取り上げ桃青に持たせ、先ずは一献《いっこん》と、ゆっくり注《つ》ぐ。

「いよいよ、晴れて桃印さまをお迎えです。おめでとうございます」

涙が出るほどうれしかった。

壮行の歌仙は、杉風の発句で始まった。

時節嘸《じせつさぞ》伊賀の山越《やまご》え花の雪　杉風

　身は爰元《ここもと》に霞《かす》む武蔵野　桃青

店賃《たなちん》の高き軒端《のきば》に春も来て　同

東海道を海沿いに尾張まで行き、伊賀越えにかかる。伊賀越えは奈良へ通じる街道。鈴鹿の関から加太《かぶと》を越えて山城《やましろ》の笠置《かさぎ》へ出る。その先に加茂がある。

「さぞかし、伊賀の山越えは、桜が雪のように舞い散ることでしょう」

杉風は、桜の舞う伊賀の山道《やまみち》を、胸を張ってあゆみ来る桃印の姿を、思い浮かべているのであろうか。

「あなた様の帰省《きせい》も、さぞ、誇らしい花の旅となりましょう」

お母上はどんなにお喜びか、晴れて一家が寄り合うて暮らす。しかも、あなたは一門の宗匠として立たれる。

「まだまだ。広大な武蔵野に霞んでしまうような、小さな身です」

「とんでもない。桃青一門に春が来たのです。どこにも負けは致しませぬ」

「それにしても江戸の店賃《たなちん》は高い。われら貧しい者の住まいにも春が来たというのに。はっはっはっはっは」


このとき、橘町で貞《てい》が倒れた。

壮行歌仙の席に貞も呼ぼうと、猪兵衛が橘町へ迎えに行って発見したのだ。貞は台所にうずくまって青ざめていたという。

すぐに布団に横たえ、猪兵衛は橘町から堀江町の榎本東順宅に駆け込んだ。折よく東順が在宅で東順を連れて橘町にもどって診てもらう。それを猪兵衛が小田原町に報《しら》せにきて、杉風と東順が駆けつけたのだ。

東順は、ご懐妊《かいにん》ですと言う。

「つわりによる、めまいです。まちがいございません」

杉風が桃青の手を握りしめてきた。

「おめでとうございます。ご一家は四人となられる。宗匠にはいっそう励んで頂かなくては。われら、どこまでもお支《ささ》え致しますぞ」

旅立ちを遅らせてしまったことを、貞は泣いて詫《わ》びた。

「めでたいではないか。桃印もいよいよ兄となる。おまえはからだが第一じゃ」

桃青は身の引きしまる思いで貞をはげます。

貞は翌日には起き上がり、子を授《さず》かったうれしさに、勇んで働くようになった。

しかし立ち姿がいかにも危《あや》うげなので、桃青は旅立ちを延ばした。

四月に入り、貞は午後になると足腰《あしこし》がふらつくようになる。

「内臓が弱っております。無理をなさってはなりません。できるだけ安静に」

東順の見立てにより、半日は横になる暮らしとなった。杉風の鯉屋から下女《げじょ》が一人付き添いに来た。

桃青が江戸を発って伊賀へ向かったのは、六月なかばである。

杉風の壮行の句は桜吹雪《さくらふぶき》であったが、桃青の旅立ちは炎暑《えんしょ》となった。

焦《こ》げるような陽射しに耐えつつ佐夜《さよ》の中山《なかやま》を越え、東海道を西へ、一歩一歩踏みしめるようにして故郷をめざした。

日本橋橘町の小さな家、午後の暑さに汗ばんで横たわる貞の苦しげな顔が浮かぶ。出産前には必ずもどる。太郎兵衛を産んだときは難産《なんざん》で、産後《さんご》の肥立《ひだち》も良くなかった。

——わが俳諧のために、貞を苦しめてはならぬのではないか。

山城《やましろ》の畑にしゃがみこむ桃印の痩身《そうしん》を思う。伊賀で待つ老いた母、貧しい兄。そして桃青を慕って集《つど》う門下の弟子たち。支えてくれる杉風、卜尺。次々といとしい顔が浮かんでくる。

みんなを抱きしめたい。こう願う自分は何者か。ほんとうにその力があるのか。あるのは桃青流の俳諧のみ。

——わが腕《かいな》に集う者を抱きかかえて、江戸の俳諧に勝つことは、できるのか。

藤川《ふじかわ》を過ぎて岡崎の平野に入った。

暁《あかつき》の暗いうちに宿を発ち、いま深い霧につつまれて夜明けを迎えている。見上げる空も、前方《ぜんぽう》の一間先《いっけんさき》も、濃霧《のうむ》がたちこめて何も見えぬ。

足もとは、右下《みぎした》の道端《みちばた》に見える草だけが頼《たよ》りだ。桃青は躰で霧を押し分けるようにして一歩を踏み出し、生ぬるく顔をおおう蒸気に首を突き出し、歩みを進める。

ぴぃーひょろろろ。

突如、左上空《ひだりじょうくう》から一尺ほどの鳥が、桃青の頭をかすめて右へ飛び去った。

さっと滑空《かっくう》の風を、強く吹きつけて頭をかすめ、右へ去ってばさばさと羽音《はおと》をたてるのは、右に木があるのだろう。

「何者か、おまえは」

侵入《しんにゅう》する桃青を怪《あや》しんで、鳶《とび》がそう言って突っかかってきたと、桃青は思った。

ぴぃーひょろろろ。

こんどは後方《こうほう》高く、長閑《のどか》な鳴き声を挙げるやいなや、さぁーっと背後から迫り、桃青の頭をかすめて前へ飛び去った。羽を広げた大きな黒い影が一瞬見え、霧に消えた。霧の中で強く羽撃《はばた》く音を残して遠ざかってゆく。

――こいつ。この桃青を追い払おうとは、おまえこそ何者。

――行くなと言うのか、桃印を迎えに。

旅立つ前に貞が倒れた。桃印は俳諧を拒《こば》んでいる。

――この道は危ういと言うのか。

桃青は両足を踏んばって立ち止まった。深い霧に覆われ何も見えぬ前途をにらんで、暫《しば》し息をととのえる。奥歯をかみしめ、霧にぬれた頬を手甲《てっこう》で拭《ぬぐ》う。

陽が昇るにつれて少しずつ霧が薄らいでいく。高い松並木《まつなみき》が右に姿をあらわした。その彼方には、いちめんに広がる田畑。鳶はあの松から狙っていたのか。

霧が晴れゆくと、もう鳶は襲ってこなかった。桃青は不吉《ふきつ》な思いをかかえて道を急ぐ。

伊賀上野に着いたのは六月二十日《はつか》であった。

兄は涙ぐんで喜んだ。

「お前が江戸で、いよいよ一派《いっぱ》の宗匠か。よくぞやったのう」

桃印を江戸へ連れ帰る、そして貞に次の子が生まれると告げた。

兄は不安そうな面持《おもも》ちになってつぶやく。

「お前も一家のあるじ。今後は、わしも精出《せい》していかねば」

その言葉には、実家の兄が出先《でさき》の弟に援助を求めることは、今後あってはならぬと臍《ほぞ》を固める響きがこもっていた。桃青は執筆《しゅひつ》をして得た謝礼を何度か送っている。桃青も貧しかったが、農家の兄はそれ以上に貧しかったのである。

母はすっかり足腰が弱っていた。

「おおぜいのお弟子さんをかかえる江戸のお師匠様。おうおう、この姿をお父上に見せたかったのう。どんなにお喜びであろう。金作、こんどはいつもどる、生きておるうちに、もう一度会えるだろうか。お前こそ大事にのう」

母は桃青の肩に細い腕をかけて涙をながした。


伊賀俳壇の連衆《れんじゅう》は三筋町《みすじちょう》の町屋《まちや》で、歓迎の俳席を設《もう》けてくれた。高畑市隠《しいん》ら藤堂藩士も現れた。藩内の俳諧は連衆を増やして盛んだという。桃青は江戸に巻き起こった談林の興隆を報告する。桃印のことや第二子が生まれることは秘《ひ》したが、桃青を名のり、宗匠として立つ計画を熱く語った。

桃青はこんどの旅では覚悟をさだめ、緊張の中で次々と手応《てごた》えある道中句《どうちゅうく》を得ていた。それを披露《ひろう》した。

命《いのち》なりわずかの笠の下涼《したすず》み　　桃青

「焦げるような炎熱《えんねつ》の日に、佐夜《さよ》の中山《なかやま》を越えました。木が少ないので、菅笠《すげがさ》の下のわずかな陰《かげ》を、命と頼んで下涼みをしました。西行の歌を踏まえますが、実感です」

富士の風や扇《おうぎ》に乗せて江戸土産《みやげ》　桃青

「富士山の麓《ふもと》を通ったとき、吹き下ろす風がさわやかで気持ちよかった。ああ、この風を土産《みやげ》にと思いました。さあ、扇に富士の風を乗せて差しあげます」

――談林は軽妙だ。貞門の粘《ねば》っこい滞《とどこお》りを抜けている。即興《そっきょう》で時にかない、造作《ぞうさ》なく口をついて出る。

「今は談林風ですが、すこし桃青流が出ておるでしょうか。しかし、未《いま》だ桃青。この先へ行きます。新たな境地を求めて」

「ううむ、さすがは宗房、いや桃青師匠。伊賀俳壇も負けてはおられぬぞ。時々もどって江戸の新風を教えて下され」

ひとりひとり眼を見交わして再会を誓い合った。

山城《やましろ》の加茂《かも》へまわって桃印を連れに行った。

桃印は干した薬草を幾種類も袋に詰め、大きな荷《に》を造って待っていた。

「こんどこそわたしが、父上母上を支えねばなりませぬ」

意《い》を決《けつ》した眼差《まなざ》しであった。

夏の暑い旅となるが、桃青は親子のふたり旅がうれしい。まさに吟行《ぎんこう》。泊まる旅籠《はたご》では、往きに作った道中句を見せ、膝《ひざ》をつきあわせて語りあった。

桃印が句作を始めるきっかけになるよう、折りを見ては声をかける。

桃青が書きつけた懐紙《かいし》の中から、桃印はみずから一句を見つけ出し、大きくうなずいて、父の顔を見ながら読みあげる。

「詠《なが》るや江戸にはまれな山の月。……、おお、わたしはこの句がいい」

懐紙を行灯《あんどん》に近づけて見つめ、それを胸に抱いて、もういちど口ずさむ。

「江戸ではまれな、山の端《は》から顔を出す月。その月を詠まれたのですね。それを眺めるだけでなく、思いをこめて句に詠むというのですね」

「そうじゃ」

「詠《えい》の字を、ながむと読ませるのですか。……ううむ、漢字の読みがややこしいけれど、わたしは、詠まれている実感が好きです」

——平らな武蔵野では見られぬ、深い森林と山脈に囲まれた、その山の端《は》から昇る、懐かしい故郷の月であった。

この子はたちまち見抜く。詠《えい》の字も、語尾を「む」にすれば「よむ」になり、「る」とすれば「ながむる」となって意味が変わる。

——読みにこだわることが棘《とげ》になり、興《きよう》が削《そ》がれる。そこに触れてくる桃印の着眼《ちやくがん》は鋭《するど》い。わし自身、この晦渋《かいじゆう》を越えねばならぬのだ。

桃青は推敲した懐紙も取り出して見せた。幾度も線で消しあちこちに加筆している。そのときの情景や、苦心した一語の違いを語って聞かせた。

桃印は文字をたどって、前のめりになって指《ゆび》さす。

「上五《かみご》を、こう、このように、次々と替えられた。思いが根本《こんぽん》から変わります。景色まで違ってくる」

——この子は二年前に渡しておいた手控えを読んでおる。くり返し味わっていたのだ。一句を詠み出すところまで来ていないだけだ。

「桃印よ、おまえは読みが深い。共に句を語り合える子じゃ。うれしいぞ」

桃青は涙を浮かべて桃印を見つめる。

峠を越えると眼下に海原《うなばら》、かなたに遠く富士を望む、まさに絶景の広がる坂道に出た。桃青は息を呑んでたたずむ。桃印は荷物をおろし両手を高々と挙げ、大きく息を吸いこんで、

「うおお、おうっ」

躍《おど》りあがって坂道を駈けおりていく。

海風《うみかぜ》に吹かれ、髪をなびかせて砂浜を走る。海に向かって叫んでいる。

やがて、はあはあ息を弾《はず》ませ、汗をぬぐいながらもどってきた。笑顔がはじける。

「句作に向かえば苦吟《くぎん》が始まります。わたしは、父上と手を取り合って旅をする、今このときが嬉しくてたまらない。ほら、海の風をいっぱい吸いこんで」

――桃印は句作に向かわず、全身で現《うつつ》を楽しんでいる。

桃青は伊賀上野城を思い浮かべていた。月光を背後から浴びて髑髏《どくろ》のように見えた番士。そして桃青をつらぬいた内心の声。

――小賢《こざか》しい。何《なん》ぞを借りねば、一句も吐けぬのか。

桃印よ、おまえも言うのか、句作を思わず現《うつつ》を見よ、今の一刻を見よと。

俳諧の才はありませぬ、桃青の血を継ぎながら句は作りませぬと言い切った桃印は、別の大きなものを追っているのではないか。

――懸命に俳諧を学んでおる。裏方の仕事で支えるとも言ったではないか。

桃印は旅籠《はたご》に入ると、包みから薬種帳《やくしゅちょう》と薬効《やっこう》の書物を取り出して照合《しょうごう》を始める。

「加茂でも母上や伯母様に煎じてあげました。父上も旅に出られる時にかならず薬草を携行《けいこう》される。躰の具合に応じた薬種の調合が漢方の要《かなめ》です。いずれ詳しくお教えいたします」

そして寺へ通っては漢方だけでなく、漢籍の詩文なども書き写して帰った思い出を懐かしそうに語った。

江戸に帰着したのは、七月二日であった。

九月になって、貞《てい》は男子を出生した。次郎兵衛と名付けた。

貞は産後の肥立《ひだ》ちに長く苦しんだが、子供は可愛く育っていく。次郎兵衛のあたりかまわぬ大きな泣き声や襁褓《むつき》の世話は、橘町《たちばなちょう》の四人家族に明るい騒動を巻きおこした。桃印は食材を吟味して調達し、料理にも工夫を加えるので、貞はしだいに元気を取りもどしていく。

桃印は朝夕に薬草を煎じて母に飲ませ、桃青には胃腸に効くと言って千振《せんぶり》の苦い汁を飲ませる。そして橘町と小田原町とのあいだを毎日往復して、卜尺や杉風らと打ち合わせをし、弟子たちとも会話を交わし、かいがいしく働いた。

十月二日の朝五つ（午前八時）。

桃青は橘町の家を出て小田原町へ向かった。桃印は半刻《はんとき》（一時間）前に出かけている。来春の宗匠立机に向けて来客が増え、時には一門の宗匠も来るので、若い桃印が朝早くから準備をととのえておく。

桃青は荒布橋《あらめばし》を西に渡って魚河岸の納屋裏通《なやうらどお》りへ出た。吹きつける海からの風が寒く、ぶるるっと首を振って八徳の襟を押さえて歩む。

この時刻は、魚の仕入れに殺到してきた棒手振《ぼてふ》りたちが、重く撓《しな》る天秤棒をかついで、江戸の町々へ散っていったあとである。さあっと混雑が退《ひ》けて小揚人足《こあげにんそく》たちに一服《いっぷく》のひまができる。そこで荷揚場《にあげば》にたむろして、話に興《きょう》じながら煙草をふかす。

かれらは先ほどまで短い胴着《どうぎ》に褌《ふんどし》一丁の姿で、天秤棒に大樽を吊し、撓る歩み板を弾むように渡って問屋へ往復していたのだ。

袖無《そでな》しの胴着から厚い胸板《むないた》がのぞき、肩には担《にな》い瘤《こぶ》が盛り上がっている。冬でも汗が飛び散る重労働だ。ときおり腰の小袋《こぶくろ》から固まりを取り出して舐めるのは岩塩《がんえん》である。

桃青は日本橋川を川上のほうへ見通しながら、河岸を西へ歩いてきた。

桟橋《さんばし》替《が》わりの平田舟《ひらたぶね》から、荷揚げを終えた押送舟《おしよくりぶね》が一艘、ゆっくり離れていく。最後の一艘に、帰りの売問屋《うりどんや》が器用に飛び乗った。川面《かわも》が揺れて光っている。

「おうい、桃青さん」

一服していた人足の中から声がかかって、色黒の男が駆けて来た。卯之吉《うのきち》という小揚人足で桃印と顔なじみである。ここを通る桃印と何かにつけて言葉を交わし親しくなったので、父親の桃青にも声をかけてくる。

「やあ、卯之《うの》さん」

「桃印さんが、泣きながら、あっちへ飛んでったぜ」

「なに」

卯之吉は心配げに、西の一石橋《いっこくばし》の方角を指さす。桃青は駆け出していた。

――桃印が泣きながら？　桃印が泣くなどということがあるか。

――其角《きかく》と、ついにやったか。

日本橋の橋ぎわを右に曲《ま》がって、小田原町の太郎兵衛店《たろべえだな》に駆けこむと、板の間に杉風がうつむいて座っていた。

「どうした。喧嘩か」

「申し訳ありませぬ。わしがついておりながら」

吉原から朝帰《あさがえ》りの其角が、突如あらわれて、酔《よ》ったいきおいで悪口雑言《あっこうぞうごん》。

「ものすごい剣幕《けんまく》で、押しまくり突き飛ばしたのです」

桃印は仰向けに倒れた。杉風が飛びこんで割って入り、其角に一発くらわし、ようやく二人を分けた。

桃印は歯を食いしばって飛び出していったという。

「猪兵衛が桃印を追っております。まもなく追いつきましょう」

「其角は」

「堀江町へ帰りました」

「呼んでこい。ゆるさぬ。ううむ、わしが行く」

桃青は突き飛ばされ倒れたという桃印が哀れでならない。激昂《げっこう》していた。目の前に其角がいるかのように拳《こぶし》が上がった。

「お待ち下さい。なりませぬ」

杉風は桃青を見上げ両手をついて頭を下げた。ふたたび見上げて訴える。

「どうか。ご堪忍を。わしが殴りつけました。やれるものなら、もっとやっております。堀江町とは今後のことがあります」

「ちがう。それは別のことじゃ。詫《わ》びぬというなら破門する。杉風、かかる事態になっても、おぬしは其角をかばうか」

「お赦《ゆる》し下さい。このわしにおまかせを。わしが其角に詫びさせます。どうか」

杉風は平伏して叫んでいた。

そして涙ぐんで語る。

杉風は奥にいて耳が遠い、その杉風が聞きつけるほど、其角の声は凄《すさ》まじかった。

「わしが聞きつける前に、もっと凄《すご》んだかも知れませぬ」

吉原から朝帰りの其角は、思いっきり粋《いき》がっていた。

おれは並みの俳諧師じゃねぇとばかり、霰小紋《あられこもん》に裾《すそ》の割れ目から赤褌《あかふん》を覗《のぞ》かせ、足もとは樫《かし》の歯の高下駄《たかげた》。

頭は疫病本多《やくびょうほんだ》で月代《さかやき》を両鬢《りょうびん》の内側まで剃《そ》って、櫛目《くしめ》を通した鬢《びん》から坊主頭《ぼうずあたま》が透けて見える。酔ってふらつく足どりで入ってきた其角は、肩まで腕まくりをして足をどんと踏んばって桃印に迫った。

「やい桃印。桃印たぁ、桃青の御曹司《おんぞうし》だろうが。どうぞ一句を、目の覚《さ》めるような一句を、おいらにお恵《めぐ》み下せえ。詠めねえのか、それともわざと詠まんのかっ！　詠めねぇんなら、乙《おつ》にすましたその面《つら》を、仕舞いやがれ」

かぶき者を気どって押しまくり、積《つ》もり積もった憤懣《ふんまん》をぶちまけた。

其角の一言《ひとこと》ごとに、言葉で顔を張り飛ばされたように、桃印は後退《あとじさ》りした。

其角は桃印の胸ぐらをつかみ、

「桃青を越えよと、言うたそうではないか。こりゃどういう魂胆《こんたん》かっ。師匠を越えてどこへ行けと言うんじゃ。言うてみい。談林を越えた桃青流に、貴様が文句を付けるというのかっ。何でも分かっておるような面《つら》をする。その面が、ゆるせねえんだっ」

思い切り突き飛ばした。桃印はどっと仰向《あおむ》けに倒れた。

「其角っ。やめろっ」

杉風が一発、張りとばし、力ずくでねじ伏せたという。

それを聞く桃青自身がこらえきれず、

「わしが捜してくる」

ふらつく足で太郎兵衛店を出た。

——桃印は歯をくいしばって飛びだしたという。泣きながら河岸を走ったという。くやしかったろう、桃印。

桃青は蒼白《そうはく》になって納屋前《なやまえ》通りを走る。人の流れを除《よ》け掻きわけて、日本橋川の河岸《かし》へ出た。川っぷちから納屋裏通りをずっと見通して叫んだ。

「桃印っ。桃印っ」

幼い日の名を叫んでいた。

「太郎兵衛っ。どこだぁ。どこにおるっ」

桃印は猪兵衛が見つけて、小田原町の鯉屋へ連れ帰った。

一石橋《いっこくばし》から常盤橋《ときわばし》の前を東にまわったとき姿が見えた。桃印は本町通りの人混《ひとご》みのなかを、顔を上げて平然と歩いていたという。

鯉屋へ駆けつけた桃青のほうがおどろいた。桃印は胸を張ってすわっており、爽《さわ》やかな顔をして桃青を見上げた。

「泣きゃしません。小揚《こあ》げさんには手を振っただけで、血相《けっそう》変えて突《つ》っ走《ぱし》ったゆえ、そう見えたのでしょう」

「くやしかったろう、桃印」

「この日が来るとは、分かっておりました。其角とは目を合わすだけで火花が散り、剣呑《けんのん》だった。かれも辛《つら》かったのです」

「おまえが其角を庇《かば》うことはない」

「いいえ父上。はっきり申し上げます。これは、もう二度とは申しませぬ」

毅然《きぜん》とした顔で桃青を見つめた。

「捨てられて死ぬ身なら、とっくに死んでおります。わたしは生き残った。しぶとく強いのです。父上は、どうか、ご自分を責めないで」

「なんと」

「隠《かく》し子だと知ったときの悔《くや》しさに比べれば、何《なん》だって堪えられます。わたしを隠してまで、蝉吟公をお守りしたかった、そのお気持ちも、ようく分かっております」

「おお、おお、桃印」

「捨てられて生き残った者の意地があります。句は詠みませぬが、桃青一門の今の有り様《よう》、将来、どこまでも見届けさせていただきます。わたしの意地にかけて、其角のことは赦《ゆる》します。かれもゆくえを探《さぐ》っているのです」

「桃青を越えよとは、境涯を変えよというのか」

「蝉吟公のお心を、嵐雪どのと話し合《お》うていたのです。つわものの俳諧とは、江戸で勝つことでしょうか。広く万民の心にひびく俳諧をめざし、俗語を磨きあげ、もっと先へ行け、もっと大きな世界があると、仰せではないかと」

「若様に成り代わって、おまえが一門のゆくえを、見とどけるというのか」

――ああ、この細い躰の桃印が秘める思いは、一門だけではない、わしの進みゆく先までも、若様のお心になって追い求める、これだったのか。

桃青は抱きしめたい思いで、わが子を見つめる。

同延宝四年（一六七六）の年末、十二月二十七日。

朝から木枯《こが》らしが吹きすさび、砂埃《すなぼこり》を舞い上げる寒い日であった。どおっと吹きつける風は桃青門下が集う小田原町太郎兵衛店《たろべえだな》の戸障子《としようじ》を激しく揺すった。

宗匠立机を来春にひかえ、弟子たちは世話人への連絡など書きものに忙しい。

先ずは宗匠立机の前提として、「万句《まんく》興行」を成《な》し遂《と》げねばならぬ。百韻を百巻詠んで一万句を世に問うのだが、桃印は皆を見まわし、「三《み》つ物《もの》」を出しましょうと提案した。

「巻頭の三句。百韻の詠み出しから、力を籠《こ》めるのです」

「その通り。われらは、先ず三つ物によって実力を示すのじゃ」

杉風がただちに賛同の声を上げた。

「三つ物」とは、百韻の巻頭の「発句《ほっく》・脇《わき》・第三《だいさん》」だけを取り出したものをいう。

発句の五・七・五は一巻中、唯一の独立した句であり、季語と切れ字（十八切れ字）を含む挨拶の句である。脇《わき》の七・七は発句と同季同時で、発句の境地に寄り添い体言止めにする。そして第三《だいさん》の五・七・五は発句・脇句の世界から大きく丈《たけ》高く飛躍して展開し、最後を「て」「にて」「らん」「もなし」で止める、「打越《うちこし》」が付合《つけあい》の原則である。

ゆえに巻頭の三句だけを取り出しても、「展開をはらんだ連句の世界」として、じゅうぶんに鑑賞に堪える。一門の特色も出る。

江戸の宗匠たちの三つ物を、版元《はんもと》で綴じ合わせたものを「三つ物揃《ぞろえ》」といい、人々はこれを「三つ物所《どころ》」の店《みせ》、あるいは町角《まちかど》の「三つ物売り」から買い求め、宗匠たちの勢力、技量《ぎりょう》を評判し合ったのである。桃青は宣言した。

「桃青万句《とうせいまんく》は来春の二月じゃ。連衆《れんじゅう》として同座する者は覚悟してかかれ。立会人は江戸談林を代表して日本橋材木町の野口在色《ざいしき》が務める。出版は三つ物でいく」

万句興行の連衆となる卜尺、杉風、其角、嵐雪、嵐蘭《らんらん》らは、年内から付合《つけあい》の鍛錬に火花を散らしている。最年長の卜尺が言う。

「技量を磨くには歌仙がよい。歌仙三十六句は一歩も帰る心なし。一瞬が大事。つねに前へ前へと進む。滞《とどこお》るは己《おのれ》の執着《しゅうちゃく》」

松倉嵐蘭《らんらん》が武士らしい豪放な顔つきをして深くうなずく。

「しかり、第三の打越において同趣にこだわり、我見《がけん》に汲々《きゅうきゅう》たる小さな己《おのれ》が現れる。歌仙を巻いて乾坤一擲《けんこんいってき》、共に人間を磨きあげようぞ」

そして機会を見つけては、付合の勘どころを鍛えようと句を詠み合ったのである。

夕刻には弟子たちみなが引き揚げ、桃青と桃印だけが残って泊まりこみになった。

桃印は寒風がびゅうと吹きつけるなかを、いちど橘町へもどって母に声をかけた。

「今夜は父上と、もう少し仕事を続けます」

「無理をなさらぬよう申し上げてね。あなたも躰《からだ》を労《いたわ》って」

「徹夜にはならぬと思います。今夜は冷《ひ》える。母上はおやすみになって下さい。次郎兵衛はよく眠っておりますね」

室内の用心をたしかめて小田原町へ引きかえした、その真夜中であった。

はげしい半鐘《はんしょう》の音に二人は立ち上がった。

桃印が表《おもて》に飛び出して夜空《よぞら》を見ると、北の空が下から赤黒く染まっている。日本橋界隈《かいわい》は北風に弱い。町並《まちな》みが北西に向いており、火元《ひもと》が神田あたりで北風が吹くと延焼《えんしょう》は必至《ひっし》で、五年に一度は焼けている。

半鐘《はんしょう》が一打《いちだ》から連打《れんだ》に変わった。

店火消《たなびけし》の若衆《わかしゅ》が幟《のぼり》を振り立てて、絶叫しながら駆けていく。

「火元は神田須田町《すだちょう》っ。北風っ。火は日本橋へ来る。逃げろっ」

「桃印。行け！　貞《てい》と次郎兵衛をたのむ」

「はいっ、東の堀留橋《ほりどめばし》を渡るほうが早い。先に行きます」

桃印が叫んで飛び出した。桃青は急ぎ重要書類をまとめ、風呂敷に包んで右腕に抱えて、駆け出す。

神田より出火した火の手は強い北風にあおられて、紅蓮《ぐれん》の炎《ほのお》と火の粉を舞い上げ、覆《おお》いかぶさるように迫ってくる。石町《こくちょう》、十軒店《じっけんだな》、室町《むろまち》三丁目と火勢《かせい》は迫り、半鐘は今や擦《す》り半《ばん》の乱打《らんだ》だ。

（半鐘の中で撞木《しゅもく》を擦り回す）

小田原町、杉風の鯉屋もだめか。逃げまどう人混《ひとご》みは南の日本橋川めざして走る。室町通りは呼び交わし駆けまわる群衆の流れで荒れ狂っている。

日本橋が脱出の生命線だ。家財を背負う者、子を抱き老母を背負い、着物を振り乱した人々。荷車が次々と戦場のようにけたたましい音をたてて南へ駆け抜けていく。

桃青は川沿いに魚河岸を東へ走り、荒布《あらめ》橋を渡ると、小舟町を堀沿《ほりぞ》いに北へ向かった。夜空の赤い火をにらんで人を掻き分《わ》けつつ走る。橘《たちばな》町は堀留《ほりどめ》を越えた北東方向にある。だが、堀の向こうの家並《いえなみ》はすでに火焔《かえん》に包まれている。

ごうごうと吹きつける熱風に煙をあげていた屋根が、ばあっと炎を発し轟音とともに金色《きんいろ》の飛び火となって弾《はじ》け上がった。桃印は間《ま》に合ったたか。

目の前を流れる堀留《ほりどめ》の水が炎を映《うつ》して火勢《かせい》を阻《はば》んでいる。桃青がのけ反《ぞ》る水の向こう、渦巻く煙のなかを群衆が堀沿いに南へなだれうつ。その中から鋭い叫びが聞こえた。

「父上っ。こっちです」

燃え上がる火焔が、赤黒く前のめりに動く人の流れを浮かび上がらせた。

桃印と貞がいる。貞は懐《ふところ》に次郎兵衛を深く抱き、その母に桃印がうしろから覆《おお》いかぶさって両腕で庇《かば》いながらよろよろと進んで行く。


明《あ》け方《がた》、火勢は衰えるも再び燃え続け、夕刻六《む》ツどき（午後六時）ようやく鎮火《ちんか》した。まる一日に及ぶ大火によって神田と日本橋のほぼ全域、町数《まちすう》六十町《ちょう》が焼けた。

南の日本橋川と西の鎌倉河岸《かまくらかし》、川が延焼を食い止めていた。

卜尺《ぼくせき》の大舟町も杉風《さんぷう》の小田原町も、東順《とうじゅん》親子の堀江町も、桃青の橘町も全焼し、猛火は日本橋川の岸のきわまでを焼き尽くしていた。

日本橋に火が移らなかったのが不思議であった。

卜尺が「世話役刺子絆纏《せわやくさしこばんてん》」の火消装束《ひけししょうぞく》で橋ぎわに立ち、店火消《たなびけし》の各隊を指揮して町内全員を避難させた。同時に橋を守るために、店火消とは別に、問屋若衆《とんやわかしゅ》を集めて橋に水をかけさせたのである。

魚問屋《うおどんや》で町名主の卜尺の店は大舟町一丁目、橋ぎわの角地《かどち》に建ち、前は大きな広場だ。

卜尺は問屋の番頭・手代に命じて大樽、手桶《ておけ》、盤台《ばんだい》、板舟《いたぶね》のありったけを広場に運び出させた。

眦《まなじり》決した問屋若衆が集結《しゅうけつ》する。

烈風にあおられ火焔は早くも背後の小田原町を襲い、燃え上がる赤い火の粉が卜尺の店に降りかかってきた。

「店は建てればなおる。日本橋を焼いては、商《あきな》いを失う！」

そこへ店火消《たなびけし》の一隊が駆けつけた。梯子《はしご》、大鋸《おおのこ》（柱を切る）、大刺又《おおさすまた》（切った柱を支える）、大鎚《おおづち》（戸を破り柱をはずす）、手に手に鳶口《とびぐち》を持った破壊消防の衆《しゅう》である。頭《あたま》から被《かぶ》る絆纏姿《はんてんすがた》の頭《かしら》が、大鳶口《おおとびぐち》を押し立てて卜尺の前に立つ。

「消し口《ぐち》は、ここっ。小沢太郎兵衛宅！」

「うむ。やれぃ」

卜尺がうなずく。どの方角の家をどれだけ壊すか、延焼の炎をここで消し止めようと、決着点の家を目ざして叩き壊しにきたのだ。一隊はどっと卜尺の店に襲いかかった。

卜尺は日本橋を指し示し、大声で号令を発する。

「橋を守れっ！」

待ちかまえた若衆が次々に飛び出す。上から火の粉が舞い落ちる中を日本橋川の川面《かわも》に降りて手桶で水を汲み、手渡《てわた》しで上へ揚《あ》げた。大樽《おおだる》に水を貯《た》める。

橋の上はもう荷車はなく、逃げる人々が頭を押さえて駆け抜ける。若衆たちはその中へ次々と飛び出して行き、擬宝珠《ぎぼし》に欄干《らんかん》に、橋板《はしいた》には樽をひっくり返し、盤台からぶち撒《ま》けて、水をぶっかけ続けたのだ。

日本橋は残った。

東西方向に流れる二つの川、南の日本橋川から北の神田川まで見通せるほど、その間にあった町が消滅し焼け野原となった。しかし日本橋は黒ずんで残ったのである。

橘町の借家も全焼し、焦げた柱だけが立っていた。

桃青一家は卜尺の世話で、目白台坂上《めじろだいさかうえ》にある安楽寺《あんらくじ》へ避難して行く。


三日後に、延宝五年（一六七七）の正月を迎える。

卜尺は六十三歳。黒焦《くろこ》げの残骸《ざんがい》に寒風《かんぷう》吹きすさぶ正月の日本橋界隈《かいわい》を見わたし、しばし立ちつくした。やがて焼け野原を歩きまわり、この地を捨てて姿を見せぬ旦那衆を次々に訪ねた。

復興の手がかりは何処《いづこ》に！　自らも老いを云々《うんぬん》する時ではないと腹を決めた。

――本町《ほんちょう》四丁目から二丁目まで焼けたが、一丁目は残った。

――江戸町年寄三家《まちどしよりさんけ》のうち、本町三丁目の喜多村《きたむら》と二丁目の樽屋《たるや》は焼けたが、一丁目の奈良屋は残った。馬喰町《ばくろちょう》の郡代屋敷《ぐんだいやしき》、伊奈家《いなけ》も残っておる。

――手がかりはある！　先ずは、公《おおやけ》の支援を引き出すのじゃ。

町々の名主を集めて奮起《ふんき》を呼びかけた。

「皆の衆《しゅう》、力を貸せい」

焼け跡から汚《よご》れた顔で集まった問屋旦那衆の眼が光った。

「見よ。欄干を少々焦がしたが、わしらは日本橋を守った。こんどは町を取りもどす。復興じゃ。町を蘇《よみがえ》らせずしておめえさん方、どの顔立ててると言うんだ」

「おう」

卜尺が先頭に立って、獅子奮迅《ししふんじん》の働きを始めた。

ただちにわが店の再建に着手させながら、卜尺は町内をまわって、呆然自失《ぼうぜんじしつ》の旦那衆を励まし、取っかかりの確かな指示を出す。

卜尺は町奉行ではなく、江戸の町を実質支配する町年寄《まちどしより》奈良屋市右衛門《いちえもん》を見舞った。

本町一丁目は火焔が東側を走り、金座《きんざ》が半焼《はんしょう》、百八十坪ある奈良屋宅は東の居住《きょじゅう》部分を焦がしたが、差配《さはい》の事務所は開かれていた。

「おお、よくぞ来てくれた。こちらから出向くところじゃった」

六代目市右衛門は大きな眼《まなこ》を瞬《しばたた》きながら、手を取らんばかりに卜尺を迎えた。四十代の誠実で仕事熱心な、卜尺にとっては直属《ちょくぞく》の上司《じょうし》である。

驚いたことに、焼け出された喜多村彦右衛門がこの奈良屋に身を寄せており、樽屋藤右衛門は馬喰町の郡代屋敷に行っているという。

町年寄は町人の最高位にあり、奈良屋・喜多村・樽屋の三家が代々世襲して月番交替《つきばんこうたい》で江戸の町を差配している。

「大変であったのう。真っ先におぬしが起《た》ち上がってくれた。感謝しておる。当分のあいだこの奈良屋に通《かよ》うて下され。わしも手を尽くす。今年から神田上水の改修工事も始まる。おぬしには、いっそう励んでもらわねばならぬ」

「こちらこそ奈良屋様をお頼り申す。どうか公《おおやけ》のご支援を！」

卜尺は足繁《あししげ》く奈良屋へ通い、町年寄三家が動かすことができる、資金と差配の力を最大限に引き出した。町の人々に再建の資金を貸し出させ、避難先を紹介させ、働き口を失った者には仕事を見つけてやった。

三家は日本橋の町名主を束《たば》ねながら、大洗堰《おおあらいぜき》の下流にある関口村・小日向《こひなた》村・金杉村の代官をも兼ねる。神田上水の大洗堰《おおあらいぜき》から水戸屋敷に入る手前までの広大な地域を管理しているのだ。ゆえに神田上水改修工事の、公儀《こうぎ》よりの下命《かめい》は町年寄三家に下《くだ》る。

卜尺は桃青を奈良屋市右衛門に紹介した。

「この者、わが店《たな》におります松尾桃青、俳諧の師匠でございます。時にはわしの代理としてこちらに出向き、手続き万般《ばんぱん》取り行《おこな》いますこと、どうかご許可を」

「おお、ようく存じ上げておりますぞ。桃青師匠のご助力をいただくとは心強い。町の者も喜びましょう。神田上水の工事は関東郡代の了承《りようしよう》のもとに行うゆえ、伊奈家にもお伝えします。師匠も一度、ご挨拶にゆかれるがよい」

宗匠立机を目前にひかえ、本拠も橘町の借家もすべてを失った桃青一家に、仮住まいの安楽寺が紹介されたのは、卜尺と奈良屋の働きによる。

そのうえ桃青はこの春より始まる長期の仕事に携《たずさ》わることになった。宗匠立机に要する莫大な資金の助けになる。

延宝五年より同八年まで、四年をかけて神田上水の改修をおこなう。お茶の水に架かる「水道橋掛樋《かけひ》の架け替え」を含む大事業である。

木樋《きとい》をすべて石樋《いしどい》に改修し、名付けて「神田川石垣工事」と言う。長いあいだ上水道として使ってきた神田川の素掘《すぼ》りの区間も、石垣《いしがき》の川に替える。その担当区間を、あなたの町内《ちょうない》はここからここまでと町ごとに振り分ける。その「帳方《ちょうかた》」の仕事を桃青にまわしてくれたのだ。

日本橋大舟町、橋ぎわの角地にこれ見よとばかりに、復興の先頭を切って卜尺の魚問屋が再建された。小田原町には杉風の鯉屋が復活。焼け跡はみるみる整備され、鯉屋の並びにある小沢太郎兵衛店《だな》も建てなおされた。

桃青一門はふたたび「小田原町小沢太郎兵衛店　松尾桃青宅」を拠点とする。

弟子たちは急ぎ集まり、宗匠立机の準備に着手した。

先ずは「万句興行」を成し遂げねばならぬ。当日は江戸の宗匠らを迎えて、「百韻」をいかに見事に詠みあげるか、百韻が何巻に達するかを問う興行となる。百韻の巻頭の三句は「三つ物《みつもの》」として刊行する。

二月初め、桃青は門下の決意を一身に受けて、連日、「桃青万句」を興行した。江戸中より主《おも》だった宗匠が「松尾桃青宅」に集まった。桃青を一派の宗匠として公認しようというのだ。

野口在色《ざいしき》が世話役を務め、桃青門下の中に江戸の宗匠たちも連衆として加わり、これを桃青が捌《さば》く。その捌きの力量《りきりょう》を試《ため》すのである。桃青の捌きは蝉吟より手ほどきを受け、江戸へ出てさまざまな宗匠の執筆《しゆひつ》をつとめ、腕を上げてきている。

いずれも技量に自信ある連衆が、付合《つけあい》に間髪《かんはつ》を入れず次々と句を詠み出してくる。その中から、打越《うちこし》、付け味《あじ》の最も優れた句を瞬時に見分けて称賛《しようさん》の笑みを浮かべ、時にはその場で添削《てんさく》を口添《くちぞ》えし、次の句として確定する。

捌きは、座《ざ》に集《つど》った各々《おのおの》の個性を自在《じざい》に組み合わせて連句の壮大な流れを生み出し、前へ前へと一幅《いつぷく》の絵を編み上げていく、座の文芸の旗手である。

江戸の宗匠と桃青門下が個性を存分《ぞんぶん》に発揮し、桃青の快い捌きに乗せられ目を瞠《みは》って共感するうちに、十日あまりかけて「桃青万句」は成し遂げられた。


三月、いよいよ宗匠立机の時がきた。

万句興行を終えているので、この日は桃青一門の句に、他の宗匠たちが賀句《がく》を付けて百韻を詠むことになっている。

桃青門下から連句に参加したのは、卜尺、杉風、其角、嵐雪、嵐蘭《らんらん》、嵐竹《らんちく》（嵐蘭の弟）、嵐窓《らんそう》（同友人）、巌翁《がんおう》（其角の知人）、卜宅ら十数人であった。

江戸俳壇に「松尾桃青一門」を受け容れるための形式的な行事であるとは言え、世話役の野口在色を初め、集《つど》った宗匠たちは改めて弟子たちの力量にも感服したようであった。

和《なご》やかな中にも付合《つけあい》の張りつめた一瞬〳〵があり、其角・嵐雪らが鍛錬の成果か、あっと瞠目するような句を詠む、それを桃青が快心の笑みを浮かべて捌いてゆくので、俳席は熱い興奮のうちに挙句《あげく》を迎えた。

酒肴《しゅこう》の席が設けられると、桃青と在色を中心に座し、江戸の宗匠たちは桃青門下を褒め讃え、驚きをもって大いに語り合った。

桃印、貞《てい》、鯉屋の猪兵衛らは事務、料理等、裏方として全力で催しを支える。

貞は仮住まいの安楽寺から二歳の次郎兵衛を背負って来て、小田原町の鯉屋に預けて晴れの席を手伝った。向日《むかい》卜宅も江戸藩邸より駆けつけ、神妙な面持ちで俳席に同座し、終わるとただちに裏方に回って忙しく働いた。


宗匠らすべての来客を送り出したあと、広い座敷に桃青門下が集まった。

高ぶる気持ちを抑えきれぬ卜尺が一同を見まわし、それから万感こめて桃青を見つめ、右の拳《こぶし》を力いっぱい突き上げる。

「えいえい、おうっ」

みなが応じ、もう一度かちどきを挙げた。さらに卜尺が叫ぶ。

「日本橋に松尾桃青あり。門下に秀才多し。本物《ほんもの》の俳諧を打ち建てて揺《ゆ》るぎなし。わが一門に春が来た！　よくぞ、よくぞやりぬいた！」

最後は涙声《なみだごえ》になり、拳《こぶし》で涙をぬぐった。

杉風が寄ってきて大声で言う。

「あの黒焦げの焼け野原から、われらは見事に立ち上がってみせた。桃青一門、江戸俳壇への、堂々たる土俵入《どひょうい》りですぞ」

其角、嵐雪ら若い弟子たちも興奮して桃青を取りかこみ、友人、知人、卜宅も表座敷に出て加わった。桃青は両腕をひろげて叫ぶ。

「かたじけないっ！　皆さんのおかげです」

「さあ、祝杯《しゅくはい》を」

卜尺が呼びかけ、桃青の周《まわ》りにどっかと坐り、献酬《けんしゅう》が始まった。猪兵衛や手代らが新たな膳を運び入れる。

桃青は天を仰いで蝉吟に告げた。

――若様、ついに旗揚げをしました。つわものの俳諧はこれからです。江戸の俳諧に勝ち、さらにもっと先へ、道をきわめてまいります。

桃青は裏の座敷へ行った。

桃印は疲れをにじませ頬がこけている。運営のかしらとして、来客を迎える際には表《おもて》に出て対応し、全体の進行を取り仕切った。裏に回っては鯉屋と連係して料理の仕出しなど次々と指示を出し、晴れの席をみごと乗り切ったのだ。

その桃印が貞と並んで手伝いの人々の後ろに立っている。

貞が桃青を見つめ、黙って大きくうなずいた。

「ありがとう」

桃青は大きな声で叫び、まっすぐ近づいて貞の手を両掌につつんで握りしめた。そして、昂揚して顔を赤らめている桃印の肩をしっかりと抱いた。

「ようやってくれた、桃印！　宗匠立机は成功したぞ。おまえのお蔭じゃ！」

痩せた背中を撫でると、桃印は身をあずけ、しゃくり上げてきた。


四月（延宝五年一六七七）、神田上水工事の開始を告げる「町触《まちぶれ》」が町年寄より出された。

元吉祥寺下《もときちじょうじした》の上水道大吐樋《おおはけどい》並びに枡《ます》、このたび石樋《いしどい》に仰付《おおせつ》けられ候間《そうろうあいだ》、望みの者は硯《すずり》と紙を持ち、今日より二十三日までの内、奈良屋所《ところ》に参じ、注文写し取り、入札仕《にゅうさつつかま》るべき旨《むね》、町中《まちじゅう》残らず念を入れ相触《あいふ》れらるべく候。
卯月二十日　　　　　　　　　　　　町年寄三人

桃青はこの上水道工事の「帳方《ちょうかた》」を務める。

町年寄《まちどしより》奈良屋市右衛門宅へ行って、入札を募《つの》っている工事内容を写し取り、町内のすべての名主に知らせて回らねばならない。

触れは、古くなった木樋《きどい》や水吐《みずは》け用の桝《ます》を石樋《いしどい》に取り替えると言っている。日本橋界隈には、石工、大工、土方の業者もおおぜいいるのだ。

井《い》の頭池《かしらいけ》から流れてきた神田川は、関口村の大洗堰《おおあらいぜき》で堰《せ》かれて水位を上げ、一本の神田上水を分水する。

この上水道は小日向《こひなた》村、金杉村を通って水戸藩上屋敷（現、後楽園）に入る。水戸屋敷の池を潤《うるお》し庭園をめぐるまでは素堀《すぼり》である。屋敷を出たところから木樋《きどい》に入って地下に潜《もぐ》り、外濠《そとぼり》（現、神田川）に向かう。この木樋《きどい》を石樋《いしどい》に替える。

外濠の脇までくると地中の桝《ます》で二本に分岐《ぶんき》し、一本の余水《よすい》を濠《ほり》に落とす。これを大吐樋《おおはきどい》という。あとで外濠の上を渡すために水量を減《へ》らしておくのだ。この地中の枡も大吐樋も石造りにする。分岐したもう一本の石樋は、お茶の水まで行って「大渡樋《おおわたしどい》」につながる。濠を渡る上水道は石樋で渡すことができない。ここだけは長大《ちょうだい》な木樋で渡す。

外濠を渡ったあと石造りに替えられた上水道《じょうすいどう》は神田、日本橋方面に広く給水《きゅうすい》され、人々の暮らしを潤《うるお》すことになる。

莫大《ばくだい》な工事の入目《いりめ》（費用）はお上《かみ》より出る。しかし完成のあかつきには、上水を飲用する町々が割付《わりつけ》（分担金）を払わねばならない。

武家《ぶけ》は禄高《ろくだか》に応じて支払い、町名主は「間口割《まぐちわり》」といって店の間口が何間《なんけん》あるかに応じて払うのである。

卜尺は上水に関する連絡はすべて桃青に任《まか》せている。

「桃青師匠、この工事の触れは、ようくわかるよう説明してやって下さいよ」

「もちろんです。入札する業者も石工、大工、各種別《かくしゅべつ》におおぜいおります」

「町の者にはいかに大規模なものかを話してやって下さい。木樋《きどい》を石樋《いしどい》に替えるとは金もかかるが、町々は今後、長きにわたって恩恵をこうむるのですからね」

日本橋界隈は井戸を掘っても塩水しか出ない。上水の大切さは誰もが身に染《し》みて知っている。桃青は町々の名主と会って現場の図面を広げて見せ、将来支払う割付のことまでくわしく説明した。

その上で工事の入札を考える親方衆《おやかたしゅう》を、目白台下《めじろだいした》の「水番小屋《みずばんごや》」に集めた。

水番小屋は関口村の目白台という丘《おか》の麓《ふもと》にあり、上水沿いの一軒家《いっけんや》である。

上水には駒留橋《こまどめばし》が架かっている。ここで水量を見張るとともに、溜まった木《こ》の葉《は》や芥《ごみ》を取り除く。川端《かわばた》には、魚釣り・水浴び・芥捨てを禁ずる高札《こうさつ》が立っている。

日本橋からは遠いが工事現場に近い。桃青は卜尺を通して、この水番小屋を水道工事の事務所にしてもらったのである。

橘町を焼け出されて一家が寄寓している安楽寺は坂を登った目白台にあり、様子を見に立ち寄るにも都合がよかった。

石工、大工、土方、それぞれの職人をかかえる親方衆が、事務所に集まってきた。

日焼けして力仕事《ちからしごと》の逞《たくま》しい仕事師《しごとし》どうし和《なご》やかに笑みを交わすが、注文書にある工事区間、仕《し》様《よう》、寸法などを覗《のぞ》きこむ眼は真剣である。助手を連れておりそれぞれ組になって、かれらも紙をひろげて書き写す。

桃青は町年寄の屋敷で書き取った書類をすべて見せ、聞いてきたことも加えて念入りに説明した。親方衆にとっても、水番小屋に来るまでの道筋に今回工事する現場があるので、仕事内容は分かりやすいようであった。

親方たちは江戸っ子の気安さで、語りかけてくる。

「桃青さん。小沢さまの太郎兵衛店《たろべえだな》で、俳諧の句をひねりなさっておるかと思えば……。こんなところにおいでなすって」

「はい。これは卜尺どのに紹介して頂いた、わしの大事な仕事です」

「町の飲み水のために働いて下さるのかい。ありがてえ、大《てえ》したお人だよ。……しかし、いま時分にゃ、師匠の家に、発句《ほっく》の点をもらおうと旦那衆が詰めかけてるかも知れねぇよ。留守にして、いいんですかい」

「わしは、点付け俳諧はやりませぬので」

「ええっ、点を付けないっ。卜尺《ぼくせき》さんの句にも点をつけず、鯉屋さんにもですか」

「もちろん」

「では、どうやって句の良し悪しを競争するんですかい……、いえいえ桃青さん、あなたはお師匠さんでしょう?　点料を頂戴せず、どうやって」

「あの方々は弟子です。弟子から金をとっては、師匠じゃありません」

「へえ。言ってくれるじゃないか。こりゃ、おどろいた。たしかにそうには違いねえが、おっと失礼だが、生計《たづき》はどのようにして」

「執筆《しゆひつ》というて、俳席があれば進行係を務めて、謝礼をもらいます」

「うんうん。それにこうして、ご上水の仕事もなさる」

「はい。これは卜尺どの、杉風どのへの、恩返しでもあるのです」

「えらいっ、えらいねえ。さすが桃青さんじゃ。並《なみ》のお人じゃないと思うておりましたぞ。それでこそ日本橋の桃青さんよ」


工事現場でも、すべて「桃青さん」で通した。

町触れも「桃青方へ相対《あいたい》（打ち合わせ）致し」と、「桃青方」で通達してくる。

いよいよ木樋《きどい》を石樋《いしどい》に替える「神田川石垣工事」は本番を迎えた。

工事を請け負った土方たちが、現場を深く掘りはじめた。土手に沿った道に石工たちが間知石《けんちいし》や土台石、玉石《たまいし》などをつぎつぎに運びこむ。

これらの現場を取り仕切るには、町年寄の三家が月番交替で人を遣《つか》わすのだが、こまかい連絡や問い合わせはすべて桃青のところへ来る。

そのたびに桃青は、月番の屋敷がある日本橋本町一丁目の奈良屋、二丁目の樽屋、三丁目の喜多村へと問い合わせに出向《でむ》き、図面をくわしく写し取った。


冬が近づいて、工事の合間に目白坂の安楽寺に立ち寄ったときであった。

貞が桃青の耳もとでささやいた。

「桃印がひどく痩せてきて……」

「やはり」

このとき桃印は小田原町へ行ってその場にいなかったが、桃青にも思いあたるところがある。危うげなふらつき、痩せて青白い顔、その桃印が急に熱《ねつ》っぽい赤い顔色になっており、ぎょっと驚いたものだ。

――おまえが見ても、そうか。

「あの子は、わたしに煎じ薬を作ってくれますが、自分は痩せる一方で」

「病があるのか。ああ、ここは休んで、しっかり滋養を摂《と》らねば」

――労咳《ろうがい》……。あずけた養家の父と母も罹《かか》った。

総身《そうみ》から血が引く不安に襲われ、貞を見つめる。

その貞も健《すこ》やかではない。先月も倒れて安楽寺の離れに医師を呼んだ。


この冬、桃青は時雨《しぐれ》の句と、捨て子の句を詠んでいる。

日本橋界隈はすっかり復旧して、大火の傷痕《きずあと》はどこにもない。

しかし、焼け出されて食うに困る人がいるのか、あるいは他所《よそ》から来たか。

喧騒の人通りが途《と》切《ぎ》れた宵闇《よいやみ》どき、冷たい風が吹き過ぎる橋のきわに、衣《ころも》にくるまれて捨て子が置かれていた。魚河岸の者がおどろいて店に抱《かか》え込んだが、桃青はその光景が目について離れない。

一時雨《ひとしぐれ》礫《つぶて》や降って小石川
霜を着て風を敷寝の捨子哉

「冷たい時雨《しぐれ》におそわれた。小石川では礫《つぶて》が降ったかと思うほどひどかった」

関口の水番小屋から日本橋へ急ぎもどるとき、冷たい雨に打たれた。

そして寒風吹きすさぶ日に、あの捨て子を見たのだ。

「この寒風に、あの子は霜が降りた地べたに捨てられていた。死ねというのか」

「きりぎりす鳴くや霜夜のさむしろに衣かた敷きひとりかも寝む」

本歌取というよりも古歌に怒りをぶっつけたかった。貴族は夜寒《よさむ》の独り寝を風雅と感ずるが、ここでは幼子《おさなご》が凍《こご》え死のうとしている。

次郎兵衛は二歳になって可愛いさかりだ。安楽寺の離れで暮らしている。元気一杯にはしゃいで、貞が抱き上げてあやす。その姿を見ると昔の恐怖がよみがえる。

桃印が貞の実家で生まれたとき、武家奉公の身は会うことを禁じられたが、新七郎家の上屋敷をひそかに抜け出して、山城の加茂まで会いに行った。

太郎兵衛と名付け、貞《さだ》と二人、かわるがわる抱き上げては見つめた。愛《いと》しさに頬ずりをした。

だが、その名を隠して親の名も秘して、涙ながらに経師屋へ養子に出した。

――捨て子ではないか。自分と貞が決めたのだ。

奔走して養家を見つけてきたのは姉のお栄だが、決めたのはわれら父と母だ。この次郎兵衛を、捨てるなどできようか。

――なぜ太郎兵衛を捨てた。なぜあのようなことができたのか。おのれが武家へ上がる夢を捨てればよかったのだ。しかし、それ以上に、若殿蝉吟を守りたかった。

あのとき、自分も貞も、鬼になっていたのだ。

そして今、愛《いと》しい太郎兵衛桃印に、病《やまい》の兆《きざ》しがあらわれた。

明くる年、延宝六年（一六七八）、桃青三十五歳。

長女まさ（雅）が誕生。桃印は十八、次郎兵衛は三つで、子供は三人となった。

江戸では新年早々より、俳諧撰集の刊行が盛んである。

神田上水工事で留守がちな小田原町の松尾桃青宅に、来客が増えた。

桃青の句を撰集に頂戴したいと望む編者《へんじゃ》や絵草紙の版元が、競《きそ》って桃青宅を訪れるようになったのである。

「桃青の号でお詠み下されば、引《ひ》っぱり凧《だこ》でございます」

「うちの撰集には、ぜひ、巻頭に頂戴したい。よろしければ歌仙一巻を」

「うちは、付句《つけく》だけでも」

付句とは、先に下《しも》の句（七・七）を用意して、桃青に上《かみ》の句（五・七・五）を付けてもらう。前句付《まえくづ》けとも言う。気の利《き》いた前句を詠めば高い点がつく、点取り競争の遊戯が流行《はや》っていた。

江戸っ子のあいだに高まった俳諧熱に乗って、かれらは刊行する撰集の書名に、江戸の町の名をつける。人気の高い宗匠の発句で巻頭を飾り、町を描いた浮世絵に一句をいただき、江戸の町に住む自分たちを誇らしく主張したいのだ。

桃青自身は魚河岸の旦那衆に会っては心の底から笑い合う。その勇み肌の気風《きっぷ》に惚れ込んで一句を成す。真剣勝負を勝ち抜いたかれらの目利《めき》きと、堪忍の年月が生んだ商人《あきんど》の豪快さに、感嘆して詠んできた。

『江戸広小路《ひろこうじ》』という撰集は堀江町に住む岡村不卜《ふぼく》が刊行したもので、桃青の発句十七句と付句《つけく》二十句を載せる。

内裏雛人形《だいりびなにんぎよう》天皇の御宇《ぎよう》とかや　　桃青

十間店人形町《じつけんだなにんぎようちよう》の雛市《ひないち》は、赤い雛壇《ひなだん》に豪華な雛人形がずらりと飾られている。人だかりはお祭みたいだ。こちとら風情《ふぜい》にゃ、手がとどかぬ内裏雛《だいりびな》もある。人間の天皇さまは京の内裏におわすが、あの内裏雛のお顔は何《なに》天皇であろう。「なになに、仁明《にんみよう》天皇じゃと。するとここは、人形《にんぎよう》天皇の御代《みよ》かい」

『江戸通町《とおりちよう》』は、桃青の発句に始まる歌仙一巻（三十六句）と付句五句を掲載《けいさい》する。この撰集は神田鍛冶町《かじちよう》の神田蝶々子《ちようちようし》が出版した。編者は神田二葉子《じようし》とあるが十二歳の息子であり、じつは父が後押《あとお》しして出したのである。

桃青は発句の中に「通り町」と詠みこんで、これが大評判になった。

実《げに》や月間口《つきまぐち》千金の通り町《ちよう》　　桃青

なんと、間口一間《いつけん》が千両もする通り町。たいしたものだ。

通町《とおりちよう》を照らす月は、まさに値《あたい》千金ですなあ。

神田蝶々子へのお世辞もあるが、句の心は江戸の商人《あきんど》に贈る声援《せいえん》。長年《ながねん》の並々ならぬ努力のすえ築きあげた、豪勢《ごうせい》な町並みへの讃嘆《さんたん》であった。

江戸俳壇の頂点に立つかのような扱《あつか》いを受けて、桃青門下の弟子は意気軒昂《いきけんこう》である。

特に弟子の筆頭として一門を牽引する其角の鼻息は荒い。

「桃青師匠。ついに江戸で勝ちましたぞ。当世《とうせい》の江戸において、われらの右に出る者は、もはやおりませぬ。天下を制したのです」

「思い上がるでない、其角よ。江戸の当世《とうせい》に勝ってなんとする」

桃青はきびしく誡《いまし》める。

「桃青の名は、天下の江戸で輝く名です。そのためにわれらも励んできた」

「撰集に桃青の句をのせて売れるとは、町の宣伝に一役《ひとやく》買っているだけではないか」

「もっと広げるのです。今こそ」

「其角よ。江戸の俳諧に留《とど》まるな、前へ進むのじゃ。新たな俳風を求めて」

「桃青流を越えてですか」

「わしは、未《いま》だ桃青。……李白、杜甫、西行には足もとにも及ばない。古人《いにしえびと》、外《と》つ国人《くにびと》には、深遠な詩境がある。しかも、分かりやすい。時を越え国を越えて、万人の心に響いてくるではないか」

桃青は門下の一人ひとりに訴えた。


この年（延宝六年）四月。去年よりも早く、工事の町触《まちぶ》れが出た。


明後五日《みょうごいつか》神田上水道の水上《みなかみ》石垣の丁場相渡《ちょうばあいわた》し候間、町々の名主月行事衆《がちぎょうじ》、かけや杭木《こうぼく》持たせ早天《そうてん》より水上金杉村まで遣《つかは》さるべく候。

ただし坑木は北山三寸角《さんずんかく》□心地《ここち》に致し持参さるべく候。

もし雨降り候《そうら》はば次々《つぎつぎ》の日罷《まか》り出るべく候。油断《ゆだん》あるまじく候。

四月三日。　町年寄三人

「明後五日、神田上水の上流を石垣にする工事現場を申し渡すゆえ、町々の名主と月番の者は掛《かけ》矢《や》（大きな木槌《きづち》）と杭木を持たせて、早朝より上流の金杉村に集合させよ。坑木は北山杉《きたやますぎ》三寸角程度にして持参せよ。雨天の場合は翌々日集合となる。油断するな」

三日に触れ出して五日に集合させよと、容赦《ようしゃ》ない命令である。

桃青は五日の早朝には水戸屋敷近くの金杉村に到着していて、日本橋の町々が請け負う工事区間の割り振りを指示しなければならない。

金杉村は、貞《さだ》たち家族が寄寓する安楽寺の東である。

集合する前日の四日、桃印が言う。

「父上、明日は町年寄の喜多村様の手代《てだい》が、現場《げんば》の地図を持って来ますね」

「もちろん、ここからここまでは何町の者が石垣に造ると、担当区間は町年寄が決め、その印《しるし》の付いた地図を持ってくる」

「正確な図面を持っていないと、現場で混乱します」

心配になって来たので喜多村彦右衛門の屋敷へ行くと、明日現場へ向かう担当の手代、重兵衛《じゅうべえ》があらわれた。

「よう桃青さん。明朝は早いぞ、よろしくな。うむ、この地図で割り振る。現場で待っていてその都度《つど》、町の者を呼び出して指示してくれ」

桃印が心配したとおり、地図は小さなもので、境界もはっきりしなかった。

「この小田原町の請負《うけおい》区間と、瀬戸物町《せともの ちょう》の請負の境目《さかいめ》はこの線ですな。目印《めじるし》は」

「うむ、ちと、見づらいか」

「拝借《はいしゃく》してよろしいか。大きく書きなおしましょう」

「それは、かたじけない」

小田原町へ持ち帰って、桃印と二人で三倍に拡大して書き写した。

道と水路。近くにある屋敷、寺、天神社《てんじんしゃ》、火消し番所まで正確に記入する。

そうして、地図上に線で区切って、大舟町・小田原町・瀬戸物町・本町・石町《こく》というように、担当する日本橋界隈《かいわい》の町名を書き込んでいった。

集合するのは町々の名主が派遣する町役《まちやく》と、工事を請け負う業者である。


翌五日朝、あかつきの暗いうちに小田原町を出て金杉村をめざした。

桃青、桃印、鯉屋の猪兵衛、卜尺の店の番頭、こちらは四人であった。

小石川を過ぎるころ明るくなって、朝靄の中から重兵衛ともう一人の手代が姿を現した。四月の空は朝焼けに遠く赤らみ、今日は暑くなりそうだ。

しばらく後、北山杉の杭と掛矢を担《かつ》いだ者たちが、続々と集まってきた。

現場では重兵衛と手代を工事区間の中ほどに立たせて、桃青、桃印らが地図を見ながら、町役や業者の職人を現場に案内した。

「何町ですか。あなたの町はここからここまで。さあ、目印《めじるし》の杭を打って」

かれらは納得すれば、町の名を墨で記した三寸角の杭木を担当区間の両端に掛矢でびしびし打ちこんで、声高《こわだか》に話しながら、さっさと引き上げて行く。遠く来たわりには簡単な作業であった。

桃青ら四人も大きな図面のお蔭で、重兵衛たちの労をほとんどわずらわすことなく、手際よく割り振ることができた。

しかし、ここまでの準備と、多くの人々に対応しては案内に歩き廻った苦労のせいで、桃青と桃印はひどく疲れてきた。

そのうえ折り悪しく、担当区間に納得できぬ者が出た。

「おうい、桃印さん。もう一度、図面を見せて下され」

町役たちは遠慮なく桃印を呼んで、杭を打つ地点を確かめる。

「はあい」

遠くにいた桃印が右手の図面を高く掲《かか》げて答え、勢いよく駆けてくる。初夏の陽射しが青葉に反映して、桃印の額《ひたい》がいっそう青白く見える。

「わしが行く。桃印を、使うでない」

桃青があわてて駆け寄っていくと、桃印の吐く息はせいせいと荒く、顔ぜんたいが汗ばんでいる。

「無理するな。おまえは水番小屋へ行って休め」

図面を受け取ろうと手を差し出す桃青に、桃印は明るい笑顔で手を振った。

「平気ですよ、こんなこと」

町役たちのほうへ駆けていきながら、桃青をふり返って叫んだ。

「父上こそ、お休みになって」

このような現場の仕事に桃印を使うことは避けねばならぬと、桃青は強く思う。

翌延宝七年（一六七九）、正月。桃青は一門の「歳旦吟《さいたんぎん》」を発表した。

発句《ほっく》也《なり》松尾桃青宿《やど》の春

われらの発句を見よ。桃青一門に春が来た。

新春の事始《ことはじ》めに、桃青が自らの名を掲げて、高らかに一門の興隆を宣言したのは、弟子たちの成長を見たからである。

『桃青門弟独吟《もんていどくぎん》二十歌仙』の編纂《へんさん》が着々と進んでいた。ことし十九の其角《きかく》が、十七の時よりこの編纂にたずさわっている。二十人の門弟がそれぞれ独吟（一人で詠む）で三十六句の歌仙を詠みあげ、これを一門の撰集《せんじゅう》に結集するのだ。

刊行は其角が二十歳《はたち》になる来春だという。杉風、卜尺、卜宅、嵐雪、嵐蘭《らんらん》、巌翁《がんおう》、北鯤《ほっこん》ら、それに其角を合わせ、すでに十数人が歌仙を詠みあげている。

嵐蘭は自分の歌仙の挙句《あげく》を、「桃青の園《その》には一流ふかし」と結んだ。弟子のひとりひとりが桃青一門を誇りに思っているのだ。

桃青が「宿の春」と詠むとき、そこには「旅の宿」でお仕えした蝉吟《せんぎん》の姿がある。

月ぞしるべこなたへ入らせ旅の宿　　伊賀上野松尾宗房

ている。
蟬吟と共に切磋琢磨《せっさたくま》した、あの「旅の宿」は幾多の山々を越え、いま江戸で「宿の春」を迎え

——ここから、何処《いづこ》へ向かいましょう、若様。民の心とひびき合う発句を求め、如何なる境地に至るか、お導き下さい。

歳旦吟は一枚の版木《はんぎ》に刷って、江戸の宗匠や日本橋の旦那衆に配られた。

宗匠が年頭の句を詠み、弟子たちの句が続く。

桃青宗匠の補佐役としてまた桃青の長男として、一門の庶務を取り仕切る桃印の存在は、広く知られるようになっていた。

「桃印に話しておけば桃青に届く」、そう言われる位置に桃印はいたのである。

しかし、発句を見よ出来ばえで勝負せよと、名のりを挙げた桃青一門の歳旦吟に、桃印の句がないことを、多くの者が不思議に思った。

同年三月。

花見の時が来たと知らせるかのように、毎年三月朔日《ついたち》、オランダ商館長（甲比丹《かぴたん》）一行が、将軍に拝謁し献上物を届けに来る。

「甲比丹」の定宿《じょうやど》は日本橋本石町《ほんごくちょう》の「長崎屋」である。オランダ船が運んできた珍しい船来品が陳列されている。一行は長崎屋から行列を組んで江戸城へ向かう。馬に乗った背の高い商館長が、桜の下をくぐっていく。

阿蘭陀も花に来にけり馬に鞍　桃青

オランダのかぴたんも、桜に合わせて江戸へやって来た。さあ、われらも花見に行こう。馬に鞍を置け。

「馬に鞍」と詠む桃青は、蝉吟を思わずにはいられない。蝉吟の舞う姿が浮かんでくる。金作が腹の底から謡い、蝉吟が勇壮に舞った藤堂新七郎家の上屋敷。

「花咲かば告げよと言ひし山守の来る音すなり馬に鞍おけ」

そして桃青の耳には、あのとき源三位《げんざんみ》頼政の歌について語った、蝉吟の力強い声がひびいている。

翌延宝八年（一六八〇）、次女おふうが誕生し、一家は六人家族となる。桃青三十七、貞《さだ》三十六、桃印二十《はたち》歳、次郎兵衛五歳、まさ三歳、おふう一歳。おふうとまさ、二人合わせて「風雅」である。

四月、『桃青門弟独吟二十歌仙』がついに刊行された。其角が三年がかりで編纂したもので江戸俳壇に大きな反響を巻き起こした。桃青一人が突出しているのではなく、気鋭の門弟二十人が続いているのだと、揺るぎない勢力を示したのである。一門の意気は大いに高まり、二十《はたち》歳の其角が牽引する役割を果たしていた。

しかし、五月八日、四代の公方さま家綱《いえつな》が四十歳で没し、世相はたちまち暗転した。「普請鳴物停止《ふしんなりものちょうじ》」が発令され、日本中の町人はいっせいに五七忌《ごしちき》（三十五日）の喪《も》に服した。特に堪《こた》えたのは各種の「停止《ちょうじ》」で、「普請停止《ふしんちょうじ》」によって材木商、大工、土方が悲鳴をあげた。神田川改修工事も一時中止となった。

「鳴物停止《なりものちょうじ》」は狩猟の鉄砲、神事の笛太鼓、一切の遊芸《ゆげい》鳴物を禁じ、物売りの声は江戸のみならず、京・大坂でも鳴りをひそめた。

魚の「触売《ふれうり》」も停止《ちょうじ》。日本橋魚河岸の問屋、仲買人、棒手振《ぼてふ》りはまったく動きがとれず、甚大な被害をこうむった。被害が大きいほど権威は畏《おそ》れおおいのだ。

次は何の停止《ちょうじ》か。新たな公方さまは何をお考えか。噂が駆けめぐった。

喪中、幕閣は露骨な政争をくりひろげ、藤堂藩士の卜宅は姿を見せぬが、噂は卜尺、杉風にも聞こえてくる。卜尺は怒りがおさまらぬ。

「難癖《なんくせ》つけて敵《かたき》を作りあげ、倒しにかかるとは、汚《きたな》いじゃないか」

五代の公方《くぼう》さま綱吉《つなよし》は、四代家綱《いえつな》の異母弟である。

家綱に子がなく老中会議が紛糾。大老酒井忠清《さかいただきよ》は京の有栖川宮親王《ありすがわのみやしんのう》を後継に迎えようとしたが、老中の堀田正俊《ほったまさとし》が「筋違い」と断じて、館林にいた弟の綱吉を五代の公方《くぼう》様に推挙したという。

家綱危篤のとき堀田正俊がお側に駆けつけ、「綱吉擁立《つなよしようりつ》」の遺言状をとった。「かように致し候様《そうろうよう》申すべく候」、この書付《かきつけ》を高く掲《かか》げ、これを見よと迫って、大老酒井忠清を退けた。公方様となった綱吉は、ただちに大老一派の追放にかかる。

「商《あきな》いを揺るがす動きは、心して見張れ」

卜尺がつねに言い聞かせてきたことだ。

「酒井雅楽《うた》（忠清）ほどの策士が、こんな筋違いの擁立を謀《はか》るわけがない。これは大老を奸臣《かんしん》に仕立てあげ排除せんとする策略じゃ。大老の娘婿《むすめむこ》として全盛を誇った藤堂高久も怨敵《おんてき》。藤堂藩ぜんたいが今や目の敵《かたき》にされておる」

情報は桃青も知っている。卜尺は桃青を見つめながら、気づかう。

「卜宅《ぼくたく》は柳原《やなぎはら》の藩邸から姿を消したようじゃが、桃青師匠の身元保証は藤堂藩。いかなる言いがかりをつけてくるか。われらどこまでもお護り致しますぞ」

五代の公方《くぼう》さま綱吉は早くも館林《たてばやし》藩の江戸屋敷から、小姓組《こしょうぐみ》の柳沢吉保《やなぎさわよしやす》を抜擢《ばってき》して側に置いたという。卜尺はいっそう警戒する。

生母《せいぼ》の桂昌院《けいしょういん》は八百屋の娘お玉《たま》。大奥へ入って家光の寵《ちょう》を受け綱吉を産んだ。家綱の異母弟である。桂昌院の後ろには護持院隆光《ごじいんりゅうこう》という僧がついている。公方さまは背丈《せたけ》が三尺二寸（百二十四㎝）の小男《こおとこ》で、愛憎《あいぞう》が烈しく執念深《しゅうねんぶか》い。しかも母親の言いなりだ。

商いの痛手を取りもどすべく、日本橋の旦那衆はさらに情報を集める。

六月十一日、「水上惣払《みなかみそうばらい》」の触れが出た。普請ではなく溝浚《どぶさら》いである。

明後十三日、神田上水道《じょうすいどう》の水上惣払《みなかみそうばらい》之有《これあ》り候間《そうろうあいだ》、相対《あいたい》致し候町々は
桃青方《とうせいかた》へ急度《きっと》申し渡すべく候、桃青と相対これ無き町々の月行事《がちぎょうじ》は
明《みょう》十二日早天に坑木かけや水上へ持参致し、丁場請取《ちょうばうけと》り申すべく候。
勿論《もちろん》十三日中は水切れ申し候間、水道取《とり》候町々は左様《さよう》心得相触《あいふ》るべく候、
若し雨降り候はば、惣浚《そうらい》相延《あいの》べ候間、左様心得申すべく候。

六月十一日　　　　　　　　　　　　　町年寄三人

「明後十三日、神田上水の上流で総浚《そうざら》いを行う。（担当区間を）打ち合せ済みの町々は、桃青方へ必ず申し出よ。桃青と打ち合せをしていない町々は月番の者が明日十二日早朝、坑木《こうぼく》と掛矢《かけや》を上流へ持参して現場で請負《うけお》うようにせよ。もちろん十三日中は断水するので、水道利用の町々は心得るよう周知させよ。雨天の場合は総浚いを延期する」

神田上水工事は四年めに入り、いよいよ総仕上げの段階を迎えた。

二年前に石垣に替えた区間をすべて溝浚《どぶさら》いして、きれいな水を流すという。

強い陽射しのなか、躰の弱い桃印を現場に出してはならぬと、桃青は心に決めている。しかし、桃印は朝早くから、意気込《いきご》んで地図を探し出し、やりましょうという。

「上水の仕事はこれが最後です。泥《どろ》を浚《さら》う区間を町ごとに割り振る簡単な仕事。卜尺さんのほうでも、手代などあまり人手《ひとで》を出さぬでしょう」

「これはわしの仕事じゃ。おまえが気づかうことはない。現場は陽射しがきつい。決して出ては

ならぬ。割り振りに苦情を言う者もあろう。わしと鯉屋の猪兵衛で片づけてくる。おまえはまだ躰が、じゅうぶんではない」

「わたしはこの通り、だいじょうぶです。区間割りなら、一昨年《おととし》作ったあの地図を使いましょう。わたしも慣れている。こんな仕事で父上に苦労させてはいけない。父上には俳諧がある。わたしが水番小屋で地図を広げて、町方の人に教えます」

一昨年《おととし》拡大して作った地図を取り出して、

「ああ、これを使って割り振ればよいではないですか」

どうしても引き下がらないのであった。


桃印は目白台下の水番小屋に入った。

夏の陽射しがじりじりと照りつけ、野道に埃《ほこり》がたつ、暑い日であった。

西に目白台の丘が遙《はる》かに見え、坂上に安楽寺がある。上水に架かる駒留橋《こまどめ》を渡って坂道を登って行けば、そこには母の貞が子供たちと暮らしている。

東には川幅いっぱいに築かれた大洗堰《おおあらいぜき》があり、澄んだ水が滔々《とうとう》と流れ落ちて、そのあたりはひときわ涼しく感じられる。

桃印は、母が住まいする近くで仕事をするのが、うれしかったのかも知れない。いつもより張りきって小田原町から出かけていった。

桃青と猪兵衛は上水路の川端《かわばた》に立って、大きな地図を広げて待ちかまえている。

町方の人たちが汗を拭《ふ》き拭きやって来る。一昨年《おととし》と同じように、それぞれ三寸角の杭木二本と掛矢をかついでいる。

桃青は地図を広げて見せ、川端をたどり担当個所はここからここまでと指示する。了解した町の者はその場ですぐに、町の名を墨で記した杭を打ち始める。

桃青と猪兵衛はその後ろを通って、次の区間へ移動し、別の町方が来るのを待ち受けている。杭を打つ掛け声、仲間を呼ぶ声、川端の動きは目まぐるしくなる。

どうしても納得できぬ者たちが、水番小屋へ駆けていく。水戸屋敷に入るまでの水路の全体図を、桃印に見せてもらい、地図の上で担当区域を確かめるのだ。

「ううむ。ここから、ここまでか。うちのところ、ちと長《なげ》ぇんじゃねえか」

桃印は汗を拭《ぬぐ》いながら、ていねいに説明する。

「いいえ、この線は、町年寄《まちどしより》さまがお決めになった区間で」

「地図のことは、いってぇ現場の何を目印に行きゃいいんだ」

桃印は町方の者と連れだって外に出る。地図と合わせて現場を指し示しながら、川筋をたどっていく。

こちらの現場で、桃青が振りかえって、桃印たちの動きを見る。

その桃印が突然、川端の草にしゃがみこんだ。

肩をゆらして、はげしく幾度も咳《せ》きこんでいる。

「ああっ。いけない」

桃青は遠くからその姿を見た。小屋を出たときから、いけないと思っていた。

「桃印っ」

桃青は絶叫して駆けだす。

咳きこんで口をおおう桃印の手拭《てぬぐい》に、鮮血が散る。

驚愕の顔で父を見上げると、ふたたび肩をゆすって咳きこんだ。桃印は激しく喀血《かっけつ》して倒れ、気を喪《うしな》った。


安楽寺の一室に横たえられた桃印は痩せて青白く、痛々しい。

仰向《あおむ》けに天井《てんじょう》を見て口を引き結んでいるが、その目は見えていない。貞がわっと取りすがっても、桃青が呼んでも、何《なん》の反応もない。

桃青と猪兵衛が桃印を担《かつ》ぎ上げてあわただしく安楽寺に運び入れたとき、住職の平石禅師《へいせきぜんじ》は沈着《ちんちゃく》に僧たちを指図《さしず》して、離れの一室を調《ととの》え布団に横たえてくれた。貞と子供たちが暮らす部屋とは別の一室である。

猪兵衛が医師の東順らを呼びに駆け出していく。桃印の傍らで愕然とふるえていた桃青と貞は、僧に呼び出され住職の部屋へ案内された。

住職は平石道樹《へいせきどうじゅ》、がっしりした体格の威厳ある四十二歳。貞《さだ》親子を寺に寄寓させて頂くとき桃青は挨拶に訪れ、貞や子供が病んだときなど事あるごとに、お世話になっている。

「桃印どのと母上、別の部屋にていつまでも、おいで下さってよいのですよ」

優しいまなざしで二人を見つめ、穏やかに言葉を句切って語りかける。

「母上と桃印どのが、たがいに支え合《お》うて生きてこられた。いま、桃印どのが病に倒れ、それ以上に、母御《ははご》のお身体《からだ》が危ない」

「はい」

桃青が身を乗り出す。貞も禅師を見上げる。

「桃印どののことは、医師の指図《さしず》に従いなされよ。そして、貞どのは、俗世の夫婦《めおと》を離れ、仏の御手《みて》におすがりなさる時ではござらぬか」

桃青の眼を見て問うてきた。

「先月、榎本東順どのを寺にお呼びしたときから、思うておりましたぞ」

「はい。いよいよ、その時が、来たと！」

身を投げ出すように前へ両手をついた。

――貞だけではない。この、おのれこそ。

このとき桃青は出家を決意した。

――妻の身体《からだ》を俗世《ぞくせ》の夫婦として苦しめてはならぬ。貞の本復を願って仏に祈願してきた。幾度も病《やまい》を繰り返し一命を取りとめてきたが、今の暮らしを続けるならば貞は再び倒れる。平石禅師のお言葉どおり、仏に帰依《きえ》し尼となって、どうか静かな生《せい》を送ってほしい。わしも俗世を断って出家する。

医師の東順、卜尺、杉風、父賢永《けんえい》が駆けつけた。桃印の意識はまだもどらぬ。

そのかたわらにうずくまる桃青は白髪《しらが》が増え、小さな老爺《ろうや》になったように見え、卜尺らははっとおどろく。

東順が医療の上着を纏《まと》うと、卜尺らは部屋を出た。桃青と貞が残って見守り、手伝う。桃印の身体に触れて、東順は慎重に診察を続けた。

卜尺らは庫裡《くり》の板敷きの広間で待ちうける。

診察を終えた東順、続いて桃青と貞が現れた。

東順は皆を見わたして、おごそかに言う。

「労咳です。幼いころより罹《かか》っており、二十歳《はたち》になってどっと悪化したものか。……動かしてはなりませぬ。安静を保って体力の回復を待つ。幼いお子は遠ざけて下さい。母上も、お触《さわ》りになってはなりませぬ。母上のお身体《からだ》がすぐれぬのも、この病《やまい》に……」

「罹《かか》っておると言うのか」

桃青が尋ねた。

「おそれあり、と申し上げねばなりませぬ。後日、母上を診察させていただきます」

ああっと叫んで、桃青はうなだれる。座は静まりかえった。

やがて桃青が顔を挙げた。

「桃印はわしのだいじな宝じゃ。こうなるまでに、酷《むご》い苦労をさせてしもうた。もう桃印を離しはせぬ。わしが桃印を引き取ります。病《やまい》は、わしにはうつらぬ」

そのとき、賢永が大きな声を出した。

「深川へおいで下さい。桃印どのと、ごいっしょに」

皆が振り向いた。息子の杉風が深くうなずいている。賢永が言う。

「深川に鯉の生簀《いけす》を持っております。粗末なものですが番小屋が二つあります」

続いて杉風が身を乗り出した。

「お子たちは、鯉屋がおあずかりいたします」

桃印が倒れたと一報を受けた時から、父賢永と考えぬいてきたのであろう。先のことに手分けして当たるために、親子で駆けつけたのだ。


七月、上水道工事は完成した。

桃青は「愚妻《ぐさい》儀大病《たいびょう》、本復《ほんぷく》おぼつかなく」と願い出て、「帳方《ちょうかた》」を辞した。

——桃印を連れて深川へ移る。深川で仏門の師を求め出家する。一切世間の交流を断ち、桃印を傍らに置いてどこまでも看病していく。

病むといえども桃印はゆくえを照らす光。この自分が何者であるかをつねに問うてくる。談林をわずかに越える境地にとどまり、風雅の誠からは遙かに遠い自分。

——もっと先へとは、何処《いずこ》へ。若様、病んで倒れた桃印を抱きかかえ、二人で考えぬいて、新たな境地を求めよと仰せですか。

枯れ枝に烏のとまりたるや秋の暮　　桃青

「烏のとまりたるや」と中十の字余りもかまわず、おお、お前は枯れ枝にとまっておるか、わしはここにおるぞと呼びかけた。「烏のとまりけり」と、枯淡《こたん》におさまる気分ではない。桃印と貞を苦しめてきたあらゆる出来事を一身に受け、俗世の江戸を捨てて桃印と同行二人《どうぎょうににん》、修行へ転身《てんしん》する決意を秘めた桃青の眼に映った風景である。

深川に隠棲《いんせい》する前には、災難がつづいた。

八月六日と十三、十四日、江戸を台風が襲った。目白台の安楽寺は難をまぬがれたが、木所・深川は家屋の倒壊が三千以上、溺死は七百人という被害を受けた。床上浸水《ゆかうえしんすい》は四尺から八尺で、鯉の生簀《いけす》も番小屋も押し流された。

杉風父子が復旧を急ぎ、十月にようやく番小屋を建てなおした。

十月二十一日、こんどは日本橋小田原町で火事が起こり、杉風の鯉屋が類焼し、世話になっていた子供らが焼け出された。次郎兵衛が四歳、まさは三歳。おふう一歳。

子供たちはト尺宅に避難した。このとき貞は安楽寺から病《やまい》をおして駆けつけ、子供たちを見舞った。そしてふたたび安楽寺にもどる。

共に暮らすことが許されぬ母は一度だけ桃印の部屋に入り、最後の別れを惜しんだ。

冬、入れかわるようにして、桃印は安楽寺を出る。

桃青は鯉屋の手を借りて桃印を駕籠《かご》に乗せ、横に付き添い、深川を目ざしてゆっくりと移って行った。

貞は安楽寺にとどまり、やがて出家して寿貞尼《じゆていに》となった。

深川三《みつ》またの辺《ほと》りに　草庵を侘《わ》びて
遠くは　士峯《しほう》の雪をのぞみ
近くは　万里の船をうかぶ
（桃青『寒夜ノ辞』）

深川の三股《みつまた》は海に近く、隅田川が小名木川《おなぎがわ》と箱崎川に分かれるところで、遙かに雪をかぶった富士を仰ぎ、近くには万里を旅する船が見える。桃青の草庵は三方を水路に囲まれた水郷《すいごう》の中にある。

西に隅田川が海へ向かって流れ、南は小名木川、東は六間堀《ろつけんぼり》である。桃青はつねに流れる水の音、波のひびきを聞き、雄大な風景を眺めながら時を過ごした。

四月二十五日は亡き蝉吟の祥月命日《しようつきめいにち》である。

桃青は深川の草庵においても、この日、精進潔斎《しようじんけつさい》して身を清め、「物忌《ものいみ》、別火《べつか》」して暮らした。穢《けが》れは火を介《かい》して伝わるので用いる火を他の者と別にする。草庵には釈迦像が安置してあり、竈《かまど》は二つある。桃青は火を別にして一日中《いちにちじゆう》、蝉吟の追善供養のお勤《つと》めをしたのである。

桃青門下の李下《りか》が、草庵の傍《かたわ》らに芭蕉を植えたのは翌延宝九年（一六八一）のことであった。

（改元して天和元年、桃青三十八、桃印二十一歳）

会話ができる程度に病《やまい》を持ちなおした桃印は、奥の部屋に横たわっていた。

鯉の番小屋は芭蕉庵と呼ばれるようになり、桃青は芭蕉を名のる。
弟子の小川破笠《はりつ》（笠翁《りつおう》）が、草庵の暮らしを歌舞伎役者の市川団十郎に語っている。それを団十郎が日記に書き残した。

「笠翁《りつおう》殿見え、しばらく芭蕉翁の庵室の物がたり。桃青、深川の芭蕉庵、竈《へつい》二つありて台所の柱に瓢《ふくべ》を懸《か》けてあり。二升四合程も入るべき米入也《こめいれなり》。杉風、文鱗《ぶんりん》、弟子の見次《みつぎ》（援助）にて、米なくなれば、又《また》入れてあり。もし弟子よりの米、間違《まちが》ひて遅き時、瓢明《ふくべあ》けば自ら求めに出られしが、其頃笠翁子《りつおうし》は二十三か二十四の時のよし。翁《おう》は六十有余《ゆうよ》の老人と見えし由《よし》。其《その》頃翁は四十前後《しじゅうぜんご》の人か。（中略）其角《きかく》・嵐雪は夜具《やぐ》などもなき道楽《どうらく》なる暮らしのよし。翁の仏壇は壁を丸く掘り抜き、内《うち》に砂利《じゃり》を敷き、出山《しゅっせん》の釈迦《しゃか》の像を安置せられし由」
（以下略、市川団十郎栢延《はくえん》『老《おい》の楽《たのしみ》』）

翌天和二年（一六八二）の秋、芭蕉は其角と句の詠み合いをした。
二十二歳の其角は俳諧一途《いちず》の道楽者《どうらくもの》になっており、極貧《ごくひん》の暮らしぶりで夜具《やぐ》もなく、嵐雪の布団に潜《もぐ》りこむほどであった。

草の戸に我は蓼《たで》くふほたる哉　　其角

角が蓼蛍《たでほたる》の句に和す

あさがほに我は食《めし》くふおとこ哉　　芭蕉

夜に句を案ずる其角は、和泉式部《いずみしきぶ》の歌を借りて俳諧への烈しい憧《あこが》れを詠んだ。蓼食《たでく》う虫も好き好《ず》きというが、我は粗末《そまつ》な草庵の中で、俳諧へのあくがれに身を焦がす夜《よる》の蛍《ほたる》だ。

物思へば沢の蛍もわが身よりあくがれ出づる魂《たま》かとぞみる

能にも演じられ最高潮の場面で、鬼と化した和泉式部が「我は貴船の河瀬《かわせ》の蛍火《ほたるび》」と謡う。其角はこれを借りて「我は蓼食う蛍」と名のった。

芭蕉がただちに唱和《しようわ》する。

其角が「蓼食う蛍」ならば、わしは貧しく灯《ともしび》の油もなく早寝早起《はやねはやお》きで、朝顔を見ながら飯《めし》を食うおとこだ。

隠棲《いんせい》して俗世の贅《ぜい》を断《た》った芭蕉は、「簡素茅舎《かんそぼうしや》の芭蕉に隠《かく》れて自《みずか》ら乞食《こつじき》の翁《おきな》と呼ぶ」と乞食僧《こつじきそう》を名のっている。乞食《こつじき》とは托鉢《たくはつ》して食《じき》を乞《こ》い、欲を清《きよ》める修行である。芭蕉は托鉢に出ず草庵にいて俳諧に励《はげ》む。人々が食《じき》を持って訪れ、談笑して去っていく。

乞食の暮らしと、詠み出す発句とが一体になる。草庵の暮らしをそのまま俳諧に写す。そして俳諧に詠むそのままの暮らしをするのだ。

師に倣《なら》って清貧に身を投ずる弟子たちが草庵に出入りした。芭蕉はほんとうに貧しく、杉風、文鱗の援助が途切《とぎ》れたときは、食うにも困った。

雪の朝独り干鮭《からざけ》を噛得《カミエ》タリ　芭蕉

粗食《そしょく》に甘んじるのではない。噛得《カミエ》タリ。雪の朝、米もなく菜《さい》もなく、わずかに残る干鮭をひとり噛みしめる。噛みしめることができたのである。芭蕉庵の中に、乞食《こじき》になったような、身に染《し》みる侘《わ》びの気配《けはい》が深まってきた。

奥の部屋に横たわる桃印は、身体《からだ》の僅《わず》かな兆候《ちょうこう》をも見きわめつつ薬草の調合を変え、その効《き》めか、病《やまい》を抑《おさ》えこんでいる。やせ細って白髪《しらが》が増え、陽にあたらぬので蒼白《あおじろ》く、しかし、落ちついた眼差《まなざ》しである。しっかりした明るい声で父に語る。

「寝たきりでおると耳が研《と》ぎ澄《す》まされ、隣《となり》で話す方々のお心がよく分かります。この芭蕉庵は代官頭《だいかんがしら》伊奈家の敷地にあります。父上の留守中、少年のようにお若い半十郎忠篤《ただあつ》様が、用人《ようにん》の案内で巡回《じゅんかい》に見えました」

「おお、忠篤様が。そうであったか。忠篤様はことし十三歳のはず」

「奥の部屋で寝ているわたしにたいそう驚かれ、だいじに致せよとお言葉を賜《たまわ》りました。すぐお帰りでしたが、優しいお顔が心に残り、伊奈家にかかわる話は気をつけて聞くようになりました」

「去年の九月、代替《だいが》わりがあって卜尺、杉風とご挨拶に参上した。忠篤様にお目通りしたのじゃが、わしと卜尺との縁《えにし》をおたずねになり、じつに聡明なお方であった」

「皆さまのお話では、農村経営のために、伊奈家は隠密《おんみつ》の働きをするそうですね。このことは杉風どのも父上もご存じだと」

「何を言う、伊奈家は検地をして年貢《ねんぐ》を徴収《ちょうしゅう》する、関東の代官を束《たば》ねる頭《かしら》ぞ」

「検地の前に鷹場《たかば》の下見があります。禁猟区で生き物を獲《と》るのはご法度《はっと》。その鷹場で猟師が雁《かり》を撃った。暮らしのために撃ったのです。この猟師を磔《はりつけ》にかけた。磔は領主の威光を示すために領主が行う。しかし恨みを買い領内が不穏《ふおん》になる。そこで伊奈家が中に入り、将軍家の鷹狩りは伊奈家が差配《さはい》するようになった」

「そのとおり、鳥見役《とりみやく》が村へ入り、鷹匠《たかじょう》が来る」

「お鳥見は鷹場の巡検をしますが、さらに村々を探索する。不満は何処《いずこ》に、一揆《いっき》の火種《ひだね》はないか。それでも将軍お成《な》りの鷹狩りに直訴《じきそ》する者が出る。東照宮様はその場でお裁《さば》きになったが、今は有無《うむ》を言《い》わせず謀反人《むほんにん》として捕らえる。そうなる前に農民とじかに会い、穏便《おんびん》に手を打っておきたい。これが隠密の働きだというのです」

「なにゆえ、今それを言う」

「父上は出家して深川で終わる方《かた》ではない。お弟子は諸国に広がり、旅に出て新たな境地を開きたいと渇望しておられる。今は芭蕉庵にて乞食僧《こつじきそう》の修行をなさるが、托鉢ではなく、俳諧修行の旅へとお心が動き始めている。父上、そうではありませんか。母上は将来を考えて身を引かれたのです。わたしも覚悟はできております」

桃印は身を乗り出して見つめてくる。

「藤堂藩は今、新たな公方さまに狙われて窮地に追い込まれています。しかし公方さまも情報が欲しい。藤堂藩以上の忍びを動かしてくる」


この年、天和二年（一六八二）十二月二十八日、本郷駒込《こまごめ》から出火した火災が日本橋方面へ延焼、ついに隅田川を越えて深川に達し、芭蕉庵は全焼した。

みるみる火焔がおし包んで来て、芭蕉は桃印を抱きかかえ前の海へ逃げた。潮《しお》にひたり、苫《とま》の囲《かこ》いと海藻《かいそう》を頭からかぶって火焔をしのいだ。命《いのち》からがら焼け出された親子は、とりあえず堀江町の東順宅に身を寄せる。

翌天和三年（一六八三）、正月。甲斐《かい》の門人で秋元藩の国家老《くにがろう》を務める高山《たかやま》傳右衛門（麋塒《びじ》）が帰国に際して、国元《くにもと》のわが屋敷に避難されてはと声をかけてきた。

谷村《やむら》（都留市）の城代でもあり、屋敷に恰好《かっこう》の離れがございますという。

杉風に相談すると、桃印様は医師の東順とわたくしが責任をもってお預かりします、鯉屋を急ぎ再建しますので一時避難なされてはと勧める。そして、

「秋元藩は江戸の藩邸が焼け、国元も苦しい事情を抱えております。十四年前に蜂起した百姓一揆がまだ治《おさ》まらず、二年前に首謀者を処刑したばかりです」

心配そうに言う。

「麋塒《びじ》どのは多くの家臣を使って手厚くお世話致すでしょうが、地元の民が一揆の者を供養して建てた、六地蔵《ろくじぞう》をご覧になれば心穏《こころおだ》やかとは参りませぬ」

芭蕉も、『桃青門弟独吟二十歌仙』に名を連ねた白豚《はくとん》が、秋元藩の家臣で国帰りしていることから、藩内事情を知っている。

藩主の秋元喬朝《たかとも》は六年前に奏者番《そうじゃばん》を仰せつかり、二年前に寺社奉行、去年若年寄《わかどしより》に昇りつめた。国元に送金を催促するにつれて倹約令《けんやくれい》が厳しくなり、年貢は九公一民（上納《じょうのう》九割、食糧一割）となった。

一揆の者は「甲斐国の太守《たいしゅ》武田晴信《はるのぶ》公（信玄）の定め置かれし税法に基づき百姓一同助かりますように」と嘆願し続けている。十四年前に大明日見《おおあすみ》村と朝日《あさひ》村の庄屋二人が、上納不能の訴訟を起こしたが、認められず、桂川《かつらがわ》の金井河原《かないがわら》で斬首の刑に遭《あ》った。

一揆の代表四十四人が密《ひそ》かに甲斐の東の端、秋山村に集合、関戸左近《せきどさこん》を惣代とし領主に直接嘆願せんと決める。そして延宝八年（一六八〇）、十九ヵ村の代表七人と五十六人の村人《むらびと》が江戸藩邸に訴えて出た。しかし聞き入れられず、逆に国元で庄屋・組頭たちが捕縛された。

一揆の者は帰るに帰れず、翌延宝九年（天和元年一六八一）、ついに江戸町奉行へ越訴《おつそ》に及ぶ。その場で捕縛され関戸左近と他の六人は谷村に送られて入獄。取り調べも審議もなく二月二十四日、左近は磔《はりつけ》、六人は斬首、一揆に加わった百十七人が死罪となった。屋敷の裏で抜き打ちに次々と斬殺《ざんさつ》されている。

一揆は何ひとつ成果を挙げず鎮圧された。斬首の罪人を表《おもて》だって供養するのは法度《はっと》である。このあと、甲斐の郡内各地に六地蔵が建つようになる。

さらなる仕置きは妻子家族を所払《ところばら》いとし、税をきびしくした。木綿の着物は厳禁、祭りの馳走《ちそう》も禁止。和紙を節約するため縁側《えんがわ》の障子や窓の障子に「長障子《ながしょうじ》の税」を課すので谷村領の百姓は縁側を造らない。窓を粘土で塞《ふさ》ぐと後難を怖《おそ》れる五人組が注進《ちゅうしん》して、「窓塞《まどふた》ぎの税」を取り立てられる。

いよいよ芭蕉が谷村へ旅立つ日がきた。杉風は領内の実情を気遣《きづか》う。

「姉が近くの初雁《はつかり》村（大月市）の磯部《いそべ》家に嫁《か》しております。添状《そえじょう》を書きますので姉の家にも、ごゆっくりと逗留《とうりゅう》なさって下さい」

芭蕉は糜塒《びじ》とともに、雪解けの甲州道中を行く。芭蕉庵に幾度も往診して入門した芳賀一晶《はがいっしょう》という医師が同行した。

谷村に着くと、静かに思索できるように屋敷の離れに、筆硯《ひっけん》、書籍類を用意し、芭蕉の心のままにもてなす。時には離れに医師の一晶を呼んで糜塒と芭蕉と三人で歌仙を巻く。外出の際は馬を用意し、案内の馬子《まご》を付けてくれる。芭蕉はしきりに遠出《とおで》の旅を繰りかえし、寺院に泊ることもあった。

馬上の旅、甲斐路《かいじ》での数多くの体験は、桃印を杉風に託して「一所無住《いっしょむじゅう》」の身となった芭蕉を激しく揺さぶった。悠然と見下ろすのではなく、道の辺《べ》の一本《ひともと》の草木《くさき》にも民の姿にも、見入って語りかけずにはいられない芭蕉である。

甲斐路の富士は時に姿を隠し、突如、白雪の雄大な姿をあらわし、つねに旅ゆく芭蕉のすぐ近くにあった。

芭蕉は二年後の貞享二年（一六八五）の夏、故郷への帰途、ふたたび甲斐に立ち寄っている。それほど甲斐の見聞は心に懸かり続けていたのである。

谷村城の正面にある麋塒《びじ》の屋敷を馬に乗って出る。今度は夏なので富士五湖や道志《どうし》七里など、領内を広く旅するつもりだ。行く道に出会う百姓はみな俯《うつむ》いて芭蕉の顔を見ようとしない。声をかけるすべもなく馬にまかせて行く。手綱《たづな》を引く十四、五の少年は麋塒に仕える無口な下僕《げぼく》で、行く先の方角と道のりは教えるが、村の暮らしや一揆に関わることは何を尋ねても答えぬ。

河口湖が見えてきた。道ばたに、思った以上に大きな六地蔵が立つ。風光絶佳《ふうこうぜっか》のところを選んで、どうぞ富士山の勇姿と湖面に映る逆さ富士をご覧くだされと、村人が供養して安置したものだ。馬を降り、掌《て》を合わせて地蔵とともに湖面を見やる。風はひたと止み、蝉の声が聞こえてきた。

それから山中湖をめぐり、道志《どうし》渓谷を東へ下って秋山村をめざす。途中で一人の杣人《そまびと》（樵《きこり》）に出会った。

山賤《がつ》の頤《おとがひ》閉づる葎《むぐら》かな　　芭蕉

この山道では杣人でさえ頤《おとがい》（下顎《したあご》）を閉じていなければ、生い茂る八重葎《やえむぐら》の穂先《ほさき》が口に入ってくる。

芭蕉は秋山村に集《つど》った一揆の者のことを尋ねたい。しかし、声をかけても、色黒く陽焼けした杣人は頑《がん》と口を閉じて通り過ぎていく。無言の横顔が馬上の芭蕉をおどろかす。

――己《おのれ》も農民出《で》で、農民に心を寄せながら、いつまでも支配者の側に身を寄せている。麋塒は国家老で、かかる断圧を許す立場にある。己は何《なん》という、危《あや》うい生き様《ざま》であるか。旅は馬上ではなく、独《ひと》り行くものだ！


実は、七年後の元禄五年（一六九二）の十一月にも、四十九歳の芭蕉が甲州へ旅立つと言い出している。江戸の弟子が驚きとどめ、麋塒《びじ》よりの書簡で冬の道中は無理と止められた。芭蕉は無念の気持ちを森川許六《きょりく》に書き送っている。

「甲州旅立ちの事、寒気甚《はなはだ》しく御座候間、春に成《なり》候て然《しか》るべき由、人々も申し、甲斐の国便《くにだよ》りにも雪など漸ゝ重《ようようおも》り、凍風《とうふう》肌を稜《りよう》すなど申来《もうしきたり》候て、冬道の程、一夜の草枕《くさまくら》も苦しかるべき旨、申越《もうしこし》候故《ゆえ》、臆病神《おくびようがみ》に驚《おど》され……」

――凍風《とうふう》、何するものぞ。いま一度、甲斐の旅を！

甲斐路の旅が、権力を背後に置かず、ひたすら風雅の誠を求めて漂泊する旅立《たびだ》ちに、火をつけたのである。

天和三年（一六八三）の五月、芭蕉は再建成った杉風の鯉屋に帰ってくる。二十三歳の其角が一門の俳諧撰集《せんじゅう》『虚栗《みなしぐり》』の編纂を終えたと、甲斐の寄寓先へ書簡で報《しら》せてきたのであった。其角は喜び勇んで芭蕉の跋文《ばつぶん》（あとがき）を求めている。

同い年の桃印と其角は、去年、堀江町の東順宅で会っており、ここ鯉屋では半年ぶりの再会となった。其角は隣の部屋で父と話す。

『虚栗《みなしぐり》』は、漢詩《かんし》文調の堅さはあるが、談林の戯《たわむ》れを排し思索を深めて、一門が辿り着いた最新の撰集である。最後の句は其角で、撰集の名になっている。

凩《こがらし》よ世に拾われぬみなし栗　　　　其角

芭蕉はただちに跋文を書く。その中ほどに書いた。

其句《そのく》　見るに遙《はるか》にして　聞くに遠し
侘《わ》びと風雅の　その生《つね》にあらぬは
西行の山家《やまが》をたづねて　人の拾はぬ蝕栗《むしくいぐり》なり

末尾の署名は、「芭蕉洞桃青《ばしょうどう》、鼓舞書《こぶしてかく》」であった。芭蕉は言う。

「わが俳諧は戯《たわむ》れや狂言綺語《きょうげんきご》ではない。深遠な詩境《しきょう》を内に秘める。老荘《ろうそう》に学ぶのじゃ。李白、杜甫も老荘の基盤に立つ。『荘子《そうじ》』は無用《むよう》の用《よう》と言う。今は分かりにくいが、無用に見えるものに、真の用があり、風雅の誠《まこと》が宿る」

其角は感激して、抱負《ほうふ》を熱く語る。

「その通りです。世に認められぬ無用の蝕栗《むしくいぐり》に見えるが、そこにこそ、民が真に欲《ほっ》する風雅が宿るのではないでしょうか。われら一門は今や談林を抜けております。侘びと風雅の道、西行《さいぎょう》の漂泊《ひょうはく》の旅を慕《した》う者です。われらの句が晦渋《かいじゅう》になるも、今はやむを得ない。必ず脱皮して平明《へいめい》な俳風を開いてまいります」

桃印は其角の訴えを隣部屋《となりべや》で聞いていた。

――分かりにくさから脱皮して、平明な俳風を開くために。「西行の漂泊の旅を慕う」とは、いよいよ父は旅に出ると言うのか。そして其角も。

六月二十日、伊賀で母の梅《うめ》が亡くなった。

松尾家の菩提寺愛染院《あいぜんいん》に葬ると知らせを受けても、芭蕉は帰らなかった。桃印が勧めても杉風が勧めても、思索にふけるのみで、江戸を動かない。

「何をお考えですか父上。俗世の縁を絶ったからには、親子の縁も断ち切ったというのですか。せめて四十九日《しじゅうくにち》には……。いま旅立《たびだ》てば間に合います」

桃印は繰り返し問いただす。

九月、山口素堂が芭蕉庵再建を呼びかけ募金を開始。門人五十二人の拠金《きょきん》によって冬、深川の同じ場所に芭蕉庵は再建された。

あられきくやこの身はもとのふる柏《がしは》　　芭蕉

素堂や多くの知友門人の努力に感謝の挨拶をおくらねばならぬ。しかし、新築なった庵《いおり》にぱらぱらと、た走る霰《あられ》を聞くこの身はもとのまま。冬木《ふゆき》にしがみつく古い柏の葉ではないか。これでよいのか。変革のゆくえも見えぬ、この狂《くる》おしさを如何《いか》にせん。

翌貞享元年（一六八四）六月。亡き母の一周忌が巡ってくるが、芭蕉は動かない。七月の盂蘭《うら》盆会《ぼんえ》も見送って八月になった。桃印がふたたび語りかける。

「所用《しょよう》の旅ではなく、俗世の目的を一切断ち切った旅をお考えですか」

芭蕉がようやく顔を上げて、答えた。

「そうじゃ。俳諧ひとすじに漂泊する、乞食僧《こつじきそう》の旅でなければならぬ」

桃印は父を見つめて迫る。

「甲斐路の旅のように、わたしを置いて旅に出て下さい。後鳥羽院の北面の武士であった西行がその身を捨て、わが子をも捨て去り、漂泊の旅に出たように、もう一度わたしを捨てて、旅立つのです」

「おお、桃印。わしは変革のゆくえを考えぬいて、根源《こんげん》に立ち帰った。蝉吟公は藤堂の若様であられたが、義のために死ぬ兵《つわもの》の心を受け継ぎ、俳諧においては身分の垣根を払い、俗語によって民《たみ》の生《い》き様《ざま》を詠め、民の心とひびき合《お》うて、権威《けんい》の風《かぜ》を笑い飛ばせと仰せであった。初めから万人《ばんにん》の境地に立っておられたのじゃ」

「身分を越えて心を通《かよ》わし、句を繋《つな》ぎ合う。その武器となるのは俗語です」

「民の心にひびきゆくには、権威を背にしてはならぬ。わが一門を見よ。武家《ぶけ》と農夫《のうふ》と町人が等しく交わり、魂《たましい》が打ち合う世界をつくっておるではないか」

「そうです。乞食僧《こつじきそう》の旅は、万民の俳諧をつくりゆく旅となりましょう」

「うむ」

「時を逃してはなりませぬ。もっと先へ行け、生きゆくお前そのものがわしの発句との、蝉吟公のお言葉は、今この時を指しているに違いありません。父上の俳諧に新らたな境地が開かれるとき、何でこの身を惜しみましょう」

「生きゆくわしそのものが、若様の発句！　おお。いま若様が呼びかけ、桃印、おまえが背中を押してくれるとは！」

ついに、『野ざらし紀行』の旅立ちを決意した。

千里に旅立《たびだち》て、路糧《みちかて》をつゝまず、三更《さんこう》月下無何《むか》に入《い》ると云ひけむ、
昔の人の杖《つゑ》にすがりて、貞享甲子《きのえね》秋八月、江上《かうしやう》の破屋《はをく》を出づる程、
風の声そぞろ寒《さむ》気《げ》也《なり》

野ざらしを心に風のしむ身かな　芭蕉

千里の旅に出るのに食糧を持たない。古人は深夜の月のもと無何有の郷《むかうきょう》（何も持たぬ仙人の境地）に入ると言った。身分を捨てた乞食僧《こつじきそう》の旅立ちである。野末《のずえ》に行き倒れて、野ざらし（髑髏《どくろ》）と化すかも知れぬ。心に決めて芭蕉庵を出ると、秋風がそぞろ身にしみる。

――ひとり残る桃印はどうなる。おまえは生きてゆけるか。わしよりも桃印の命が危ない。それでも桃印は、杜甫のように西行のように、新たな境地を求めて旅に出よと言うのだ。

桃印が二十四、芭蕉四十一。住み慣れた江戸を離れて、権威権力を背景に置く馬上の旅ではなく、俳諧ひとすじに漂泊する修行としての、旅の人生の始まりであった。

この三年後に、徒歩で「奥の細道」の旅に出る。

伊賀に帰郷して母の墓前に参じ、桑名、熱田をめぐって名古屋へ行くと、弟子の荷兮《かけい》、杜国《とこく》、野水《やすい》らが俳席をもうけ大いに歌仙を詠み合い、これを機に「名古屋蕉門」を旗挙げすると言い出した。その果実《かじつ》として荷兮編の俳諧撰集『冬の日』（芭蕉七部集第一）を刊行した。

狂句《きょうく》木枯《こがらし》の身は竹齋《ちくさい》に似たる哉

この歌仙の付合《つけあい》に二十八の杜国が斬新可憐《かれん》な才を発揮して、わしは目を瞠《みは》ったものだ。面影が忘れられず夢に現れるほど心に懸けていたが、その杜国が罪を犯し三河の伊良子崎《いらこざき》に追放の身とは！

名古屋城の正面で商うほど裕福な米商人であった坪井杜国《つぼいとこく》が米の空売り《からう》（先物取引《さきものとりひき》、収穫前に売買）が発覚し、領国追放《りょうごく》。「島流し」ならば恩赦《おんしゃ》もあるが領国追放は終身、所払《ところばら》いで生きては帰れぬ。何としても生きているうちに杜国に逢うのだ。

わしは杜国の流刑地《るけいち》へ訪ねて行き、約束して来年の春、吉野で花見《はなみ》をしようと連れ出す。この旅を『笈《おい》の小文《こぶみ》』という一書に記録した。

冬の日や馬上《ばじょう》に氷る影法師　　　芭蕉

「冬の日」は実景であるとともに、杜国と巻いたあの歌仙、俳諧撰集の『冬の日』である。

「天津縄手《あまつなはて》、田の中に細道《ほそみち》ありて、海より吹上《ふきあ》ぐる風いと寒き所《ところ》也」

ああ杜国よ、日も氷る地の果ての流刑地でおまえはどうしておるか。名古屋での懐かしい日々を思い浮かべつつ、馬上で凍《こご》えそうになって行く。何としても生きているうちに逢うのだ。

前を行く越人《えつじん》に絶叫していた。越人（越後の人）は三日勤めて三日遊び常に酔っている。

雪氷馬より落ちよ酒の酔　　芭蕉

氷《こおり》混じりの風が顔を打つ。

雛罌粟《ひなげし》に羽もぐ蝶の形見かな　　芭蕉

けしの花に止まったわしは、飛び立つとき羽をもいでいくよ。
わしは自らも罪を犯し、来年の春、吉野で花見をしようと約束した。杜国は三河から舟で脱出。二人は吉野の山々を巡り歩いて句を詠み合い、須磨から京まで旅をする。この旅で杜国は雄々しく蘇《よみがえ》った。

若葉して御眼《おんめ》の雫《しづく》ぬぐはばや　　芭蕉（鑑真和尚像）

吉野にて桜見せうぞ桧《え》の木笠　　万菊丸（杜国）

杜国は「同行二人《どうぎょうににん》　万菊丸」を名告《なの》っている。

草臥《くたび》れて宿かる頃や藤の花　　芭蕉

当時の俳諧は惨憺たる未熟さで、談林の総師西山宗因の藤は「藤咲けば蛸木《たこ》にのぼるなり」、西鶴の雪は「松に豆腐」であった。

和歌から独立し万人のものとなるはずの俳諧が、和歌にある深遠な詩境に達するのは至難のわざ、常に革新を求め続ける者のみが、風雅の誠に迫ることができると覚悟を定めた。

万菊丸は余程疲れたのであろう。わしは彼に寄り添って、「いびきの図」を描く。ここはいびきのかき始め、ここは長持ちを引き削っているところと。

エピローグ

すべての発句は心の師蝉吟への呼びかけより生まれてきている。すべての旅の記録は、芭蕉庵で待つ桃印に見せるべく記《しる》された。

そして蝉吟より託された「民の心にひびく俳諧」を、弟子が実現するためにさらに磨き上げられていく。

『奥の細道』の旅に随行した河合曽良《かわいそら》の『曽良旅日記』、その四月にあたる部分に、

「十九日　快晴。予《よ》、鉢ニ出ル」

「廿五日　主物忌《しゅものいみ》、別火《べっか》」と記した行《ぎょう》がある。

曽良は十九日、托鉢《たくはつ》に出て那須（栃木県）の温泉神社に参詣し、数人の者と連絡をとり合って殺生石《せっしょうせき》へ向かっている。

二十五日は蝉吟の祥月命日《しょうつきめいにち》で、二人は須賀川《すかがわ》（福島県）を旅していた。芭蕉はこの日、精進潔《しょうじんけっ》斎《さい》して身を清め、別火《べっか》して亡き蝉吟の追善供養をした。

閑《しずか》さや岩にしみ入る蝉の声

この句が生まれたとき、初案より推敲をかさね重ねて、悠久《ゆうきゅう》の静寂《せいじゃく》に至《いた》ったとき、芭蕉は蝉吟と向き合っていた。

夏草や兵《つわもの》どもが夢の跡

この句は蝉吟が芭蕉に託した「つわものの俳諧」の到達点である。平泉《ひらいずみ》の地で討死《うちじに》した義経《よしつね》主従を背景に置くが、蝉吟の祖父良勝《よしかつ》の義を貫いて討死した「つわものの心」とひびき合っている。ゆえに、『猿蓑《さるみの》』を編むとき、百三十一番と百三十二番に

大坂や見ぬ世の夏の五十年　伊賀蝉吟
夏草や兵共《つわものども》がゆめの跡　芭蕉

二つの句を並べて記載したのだ。

芭蕉は最期《さいご》まで、桃印を芭蕉庵に置いて看病し、面倒をみた。せまりくる死と闘《たたか》い、悩み苦しむ父と子の前に、森川許六《もりかわきょりく》があらわれる。

許六《きょりく》は芭蕉の晩年の弟子。元禄五年（一六九二）の入門で直接指導を受けたのは十ヶ月に満たぬが、芭蕉が最も心ゆるして語り合う弟子であった。近江彦根《おうみひこね》藩士で絵師《えし》。芭蕉が俳諧を教え、許六は芭蕉に絵を教えた。

北村季吟に学んで談林に属したときから芭蕉を慕って、先《ま》ず近江の蕉門《しょうもん》に入り、江戸下向《げこう》の折りには其角の指導を受ける。そして『曠野集《あらのしゅう》』を読み『猿蓑《さるみの》』を読んでいよいよ決意を固めるが出会いの縁《えにし》は薄く、官命で江戸に出たとき芭蕉は奥羽長途《ちょうと》の行脚《あんぎゃ》。任期満《み》ちて近江に帰藩すると芭蕉は近江を去っていた。

「十団子《とをだご》も小粒になりぬ秋の風」の句を懐《ふところ》に、対面が叶ったのは元禄五年、許六三十七歳のときであった。芭蕉は閑寂《かんじゃく》の境地ありと激賞する。

「今日許子《きょうきょし》（許六）が句を見る事、専《もっぱ》ら撰集《せんじゅう》に眼をさらしたる事あきらかなり。愚老《ぐろう》が魂《たましい》を集にてさぐり当《あた》る人は門弟並《ならび》に他門共《たもんとも》に許子一人なり。昼夜この魂を門弟に説くと雖《いえど》も通じ難《がた》し、愚老が本望《ほんもう》今日達《たっ》せり」

ただちに入門を許し、許六は病み衰えた桃印を見舞った。

　手前《てまえ》病人、先月廿日比《はっかころ》より次第次第に重病、此《この》五六日しきりに悩み候て、既に十死《じっし》の躰《てい》（死を免れない様）に見え候。（中略）しかれども、癆性《ろうしょう》（肺結核）のことに候間、急には事終《ことおわ》り申すまじく候か。旧里《きゅうり》を出《い》でて十年餘《あまり》二十年に及び候て、老母に二度対面せず

五六才にて父に別れ候て、其後は拙者介抱《かいほう》にて三十三に成《な》り候。此の不便《ふびん》（不憫）はかなき事ども思ひ捨てがたく、胸をいたましめ罷《まか》り在《あ》り候。（中略）

一、見事《みごと》の花、御意《ぎょい》に懸《か》けられ、病人にも花の名残《なごり》と存《ぞん》じ、見せ申し候間《あいだ》、悦び申し候。以上。

（元禄六年三月廿日頃、森川許六宛書簡）

「一、以下の追伸《ついしん》」は、桃印の死にぎわに、許六が桜の一枝《ひとえだ》を贈ったことを示す。「見事な桜の花。お心に懸けられ頂戴致しました。病人にも花の名残《なごり》と思い、見せましたところ、喜びました」

元禄六年の春三月、桃印は名残《なごり》の桜を愛《め》で、父に看取《みと》られて、ついにこの世を去る。

拙者当春、猶子《ゆうし》桃印と申すもの三十余まで苦労に致し候て、病死致し、此の病中《びょうちゅう》、神魂《しんこん》をなやませ、死後断腸《だんちょう》の思ひ止《や》みがたく候あひだ、精情草臥《せいじょうくたび》れ、花の盛り春の行衛《ゆくえ》も夢のやうにて暮《く》れ、句も申し出《いで》ず候。

（元禄六年四月廿九日、宮崎荊口《けいこう》宛書簡）

桃印をうしなったとき、芭蕉の旅の人生は終わろうとしていた。句も「申し出《いで》ず候」と言う。

七月、「閉関之説《へいかんのせつ》」をあらわし、芭蕉庵を閉じて人に会わず一ヶ月に及ぶ。
翌年五月、芭蕉は最後の旅に出る。

麦の穂を力につかむ別れかな　　芭蕉

留守の芭蕉庵に、寿貞尼《じゅていに》が入る。
貞《さだ》が六月に芭蕉庵で亡くなり、それを聞いた芭蕉は十月、旅先の大坂で亡くなった。
五十歳と五十一歳であった。

完

参考資料

『芭蕉文集（日本古典文学大系46）』荻野清・杉浦正一郎・宮本三郎　岩波書店
『校本芭蕉全集』小宮豊隆監修　角川書店
『芭蕉連句全注釈』島居清　桜楓社
『芭蕉庵桃青の生涯』『芭蕉伝記新考』高橋庄次　春秋社
『潁原退蔵著作集』潁原退蔵　中央公論社
『袖珍版　芭蕉全句』堀信夫監修　小学館
『神田上水工事と松尾芭蕉』大松騏一著　松本市壽監修　神田川芭蕉の会
『芭蕉庵桃青と神田上水』酒井憲一・大松騏一共著　近代文藝社
『芭蕉伝記の諸問題』今栄蔵　新典社
『芭蕉と江戸の町』横浜文孝　同成社
『若き芭蕉』麻生磯次　新潮社
『図説　江戸の芭蕉を歩く』工藤寛正　河出書房新社
『詩人の生涯』加藤楸邨編　角川書店

『其角と芭蕉と』今泉準一　春秋社
『虚栗の時代』飯島耕一　みすず書房
『芭蕉の恋句』東明雅　岩波書店
『小説芭蕉日記』荻原井泉水　朝日新聞社
『寿貞尼』吉田弦二郎　八雲書店
『芭蕉—二つの顔』田中善信　講談社
『わが夢は聖人君子の夢にあらず　芭蕉遊行』秋山巳之流　北溟社
『芭蕉に学ぶ』宇井丑之助　東峰書房
『いくらかかった「奥の細道」—「曽良旅日記」を読む』戸恒東人　雙峰書房
『日本橋魚河岸物語』尾村幸三郎　青蛙房
『読んで歩いて日本橋』白石孝　慶應義塾大学出版会
『中国の詩集5　杜甫詩集』三好豊一郎訳　角川書店
『藩校と寺子屋』石川松太郎　教育社
『江戸の災害史』倉地克直　中央公論新社
その他